燃烧的希望

陈宏 著

让希望像烈火般
熊熊地燃烧起来吧

百花洲文艺出版社
BAIHUAZHOU LITERATURE AND ART PRESS

图书在版编目（CIP）数据

燃烧的希望／陈宏著. -- 南昌：百花洲文艺出版
社，2023.4
ISBN 978-7-5500-5138-6

Ⅰ.①燃…　Ⅱ.①陈…　Ⅲ.①散文集—中国—当代
Ⅳ.①I267

中国国家版本馆 CIP 数据核字（2023）第 039258 号

燃烧的希望
RANSHAO DE XIWANG

陈　宏／著

出 版 人	陈　波
责任编辑	郝玮刚　蔡央扬
封面设计	肖景然
制　　作	书香力扬
出版发行	百花洲文艺出版社
社　　址	南昌市红谷滩区世贸路 898 号博能中心一期 A 座 20 楼
邮　　编	330038
经　　销	全国新华书店
印　　刷	成都兴怡包装装潢有限公司
开　　本	880mm×1230mm　1/32　　印张　10.75
版　　次	2023 年 4 月第 1 版
印　　次	2023 年 4 月第 1 次印刷
字　　数	270 千字
书　　号	ISBN 978-7-5500-5138-6
定　　价	60.00 元

赣版权登字　05-2023-60

网址　http://www.bhzwy.com
图书若有印装错误，影响阅读，可向承印厂联系调换。

自 序

　　我的七十九篇散文终于结集出版，完成了我的一件心事，大有松了一口气的感觉。但在这之前，且不说一篇篇散文的写作费时费心费力，单就为出版梳理，再修改，编目录，反复校对，真的是太麻烦，有的时候竟然有一种早知今日，何必当初的感慨。

　　为了不给别人增加麻烦，也为了节省时间，我就自己作序了。

　　为什么以《燃烧的希望》为书名呢？那是因为希望充满了我的内心、充满了全书、充满了全书的各篇文章。

　　我出生于 1956 年 11 月，安徽省淮北市濉溪县韩村镇人，经历了三年困难时期、"文化大革命"和改革开放的过去和现在，读过书、当过农民、当过教师、做过乡镇教育的教育教学管理工作。亲身感受到家乡人民那种改天换地的冲天干劲和劳动热情，以及要求于人的甚少而给予人的甚多的朴素情怀，感受到教师奉公守法、教书育人的高尚品德，感受到领导们真抓实干、率先垂范的榜样力量，感受到全体人民对党、对祖国、对家乡、对事业无比热爱的澎湃激情。今日之中国，工农业生产频传捷报，综合国力和人民生活水平空前提高，尖端科学突飞猛进，各种火箭、卫星上天，各种核潜艇下海，谁敢犯我中华，必将会碰得头破血流！我们应该拿起笔来，歌颂我们伟大的中国共产党，歌颂我们日益繁荣富强的社会主义祖国，歌颂我们勤劳、勇敢、智慧的社会主义现代化的建设者，歌颂让中国人民站起来、富起来和强起来的人民领袖。

　　我的每篇散文都是那时那地触景生情、随感而发、顺手而写的，绝没有想着将来出书；但现在聚拢一起，居然已有百余篇，我就从中挑出七十九篇，按照各篇的内容和它们间的内在联系，分编成了三辑。第一辑是《我爱我的祖国》，共 29 篇。我们的祖国实在是太可爱了，如同《我爱你，祖国》里所说："我们伟大的祖国有九百六十多万平方公里的辽阔土地，有许许多多令人神往的名山大川，有五千年古老而又文明的辉煌历史，有数不胜数、流芳千古的历史英雄，有勤劳、勇敢、智慧的十四亿人民。每当提到'祖国'这个字眼，我的敬意便油然而生，我从心底里欢呼：'我爱你，祖国！'"是的，我国是四大文明古国之一，我国最早发明了造纸术、印刷术、指南针和火药。李时珍的《本草纲目》被誉为"东方医学宝典"。我国有喜马拉雅山脉，其珠穆朗玛峰海拔 8848.86 米，东岳泰山、西岳华山、南岳衡山、北岳恒山和中岳嵩山，并称中国的"五岳"，它们是远古山神崇拜、五行观念和帝王巡猎封禅相结合的产物，后为道教所继承，被视为道教名山。我国有世界上最长的运河，即长达 1747 公里的京杭大运河。又有母亲河——长江和黄河，以及珠江、黑龙江、松花江等大江大河。我国的万里长城是世界上最长的城墙。我国的三大国粹——国画、京剧和中国医学誉满中外。我国的民族英雄数不胜数，郑成功收复台湾、戚继光抗击倭寇、林则徐虎门销烟……中华人民共和国成立后，一个个闪光的名字永远地写在了共和国的史册上，雷锋、焦裕禄、邓稼先、钱学森、袁隆平……《春天来啦》以城市和乡村那种独特的生机盎然的图景，欢呼着2021年春天的到来。《致敬，五〇后》以五〇后为代表，歌颂了中华人民共和国建设者们对今日中国繁荣富强所做出的巨大贡献与牺牲，是他们当年的挖河开渠才有了今天的江河奔流，是他们当年的挥锹筑路才有了今天纵横交错的道路畅通，是他们当年的挖沟打机井才有了今天农田的旱涝保丰收。接下去的几篇游记则歌颂了伟大祖国的大好河山及其独特的迷人风光。例如《西安行》中有一段对大雁塔北侧喷泉的描写——"在大雁塔北广场，我们观赏了之前闻所未闻、见所未见的喷泉：喷泉仅有10分钟，这10分钟内，喷泉的形状变化无穷，奇异壮观。有时四周出现，有时某角出现，有时纵横出现，有时又中间突起。那喷泉直插云霄，如雪峰、如冰凌、如白色铠甲的方阵；那声音如洪涛拍岸、如雪山崩裂、如千军喊杀万马奔腾。"再如《河南三日》中有这样一段描述——"我们先坐索道观看了嵩山全景：我们看到了远处山顶的云、山周的雾、山间的烟、山下的河；看到了远处的山峰、树林、庙宇、河流、田园；看到了对面的少林寺和四周的建筑、游人。坐索道虽然单调了一点，但的确感到自己已经是人在索道中，身处云雾里，心驰嵩山外，神飞天地间了。"这里有景有情，有感悟、有意念，力图情景交融。接下去的一些文章，有的是叙事性散文，有的是小品文，也有的是议论文，它们都是从事物的某一特点而生发出去，来表达笔者的情感的。

第二辑《我爱我的家乡》共26篇文章。第一篇便是《小李家，这片红色的土地》，这因为小李家是全国红色旅游景点之一，是全省爱国主义教育基地。淮海战役中的1948年11月23日至12月31日，中共淮海战役总前委指挥部便设在了小李家。小李家这个本来普通的小村庄也因此而名扬中外。文章描写了小李家三面环沟、树木遮天蔽日、能防能守的自然环境，述说了老一辈革命家与当地村民的军民鱼水深情。本文曾于 2017 年 12 月在"大美濉溪"全国散文征文比赛中获得二等奖。《淮北的夏天》《淮北的秋》《相山公园，我心底的最爱》《草寺庙春会》《铁佛半日游》等散文，从时令的角度，叙写了淮北的自然风光与丰收景象。在《淮北的夏天》中有这样一段话："淮北的夏季是收获的季节。在芒种之前，小麦成熟了，千里淮北一片金黄。……麦田里套种的薄膜覆盖的春西瓜也在夏至前后慢慢成熟了，……菜园里，四季青、小苋菜嫩绿地生长着，青辣椒、豆角子、嫩黄瓜、西红柿等坠弯丫枝，人们可以摘取它们做成美味佳肴了。果园里，麦黄杏、五月红桃等早被人们享用，苹果、酥梨、巨峰葡萄……也都光鲜耀眼，一片丰收景象。"《老家》与《新家》则是从居住地这个更小范围内写家乡的风景。用《新家》的话说："新家与老家相比，不仅有四季如画的田园风光，而且又在周围多了许多人文景观和一些红色文化景点。"这里的人文景观多指海孜矿工人村内的多处公园，红色文化景点指的是西边四公里处的临涣文昌宫和东边不足一里的小李家，现在的小李家已成为国家 AAA 景区。《母亲的弥留之际》《我的父亲》《悼念奶奶》等散文是写亲情的，他们给了我生命并哺育我成长。《一位情系百姓的"濉溪好人"》叙述了淮海村党支部书记纪永亮同志带领全村人民共同致富并促进社会稳定的先进事迹。家乡的美好幸福正是千万个像纪永亮同志一样的家乡人民共同奋斗出来的。至于另外的一些文章，都是写家乡的人和事的，都同样澎湃着笔者的爱与激情。

第三辑《我爱我的事业》共 24 篇，大致可分为三部分。前几篇写教育的发展和对教师的歌颂，中间的几篇是教学论文，最后的几篇是针对当下教育的一些不正常现象而做的评论。《家访》叙述的是一件真实的事。那一年，我带初三复习班语文兼班主任；那一天，我因薛庆凤几天不上学而去家访。当我看到庆凤家的房屋、室内布置和庆凤母亲的穿着之后，一种哀怜与同情之心难于言表；当她的母亲在我的劝说下愿意让女儿继续上学的时候，我当时是真的向这位老妇人深深地鞠了一躬的。《张云波，好人》《浍水的呜咽》《黄牛赞歌》是写教育战线上先进人物的先进事迹的。他们默默无闻、兢兢业业、夜以继日地工作着，平凡中见伟大；他们生活艰苦，条件简陋，工资微薄却无怨无悔，全身心地扑在教育事业上；他们"传道授业解惑"，培育着我们伟大祖国的建设者和接班人。教育的继承性和永恒性本身就规定了教师的担当与伟大！后面的十篇教育教学论文则是从教师的素养、课堂教学艺术和作文教学三个方面选入本集的。

在语言的运用上，我力求朴实与流畅。记得我以前教学的《关于写文章》一文中，它所强调的是文章要有物有序。我认为，散文既要有物有序，又要有情有文采，要形散而神聚。有物指有内容；有序指文章要有好的先后顺序，要详略得当；而有情则是指有感情、有激情；有文采当指语句要尽可能流畅华美。散文的"神"则指思想性，在今天就是要宣传正能量。在实际篇章中，当描写的一定要描写，例如《挖河》中就有对工地晚上和早晨的两大段描写。可描写也可不描写的，就不必描写了，切不能给人无病呻吟之感。

我是一个平平常常的人，但我的心中却时时都有希望。在生活的百花园中，我是那束不蔫不缀的花；在生命的长河里，我是那滴欢快向前的水；在人生优美的旋律里，我是那个随曲而跳的符。

　　生命不息，奋斗不止，让希望像烈火般永远熊熊地燃烧起来吧。作为教师，要做一个热爱祖国、热爱家乡、热爱教育事业并为之不懈奋斗的人！当我们看到我们曾经的学生在祖国建设的百花园中粲然一笑，我们一定会无比欣慰的！

　　就写到这里吧，搁笔。是为序。

2022 年 6 月 29 日

《燃烧的希望》内容简介

　　这本散文集共分三辑。在第一辑《我爱我的祖国》里有对伟大祖国壮丽河山的歌颂。我们看到了伟大祖国五千年古老而又文明的历史，看到了嵩山的巍峨和云台天瀑的壮观，看到了我国十三朝古都西安的古朴、庄严与辉煌，看到了中华人民共和国建设者的顽强与奋斗，领悟到了人生的酸甜苦辣。在第二辑《我爱我的家乡》里，有对家乡淮北四季尤其是夏与秋的描绘，有对家乡巨大变化的深情叙说，还有对亲人的怀念，更有对今日幸福生活的抒写和对人生的感悟。在第三辑《我爱我的事业》里，既有对优秀教师先进事迹的叙述，又有对中学语文教学艺术的探讨，还有对当下某些教育问题的评说。

　　文章的内容力求简明、直观、精要，有物有序；文章的语言力求通畅、洒脱，有情有文采。

目 录

CONTENTS

第一辑　我爱我的祖国

第二辑　我爱我的家乡

第三辑　我爱我的事业

第一辑

我爱我的祖国

我爱你，祖国

我们伟大的祖国有九百六十多万平方公里的辽阔土地，有许许多多令人神往的名山大川，有五千年古老而又文明的辉煌历史，有数不胜数、流芳千古的历史英雄，有勤劳、勇敢、智慧的十四亿人民。每当提到"祖国"这个字眼，我的敬意便油然而生，我从心底里欢呼："我爱你，祖国！"

我的祖国土地辽阔。从东海之滨到青藏高原，从南海前哨到黑龙江畔，每一座矿山、每一处兵营、每一个乡村、每一所机关和学校，象征着伟大祖国的五星红旗都在高高飘扬。在我们伟大祖国的辽阔土地上，有横贯东西的母亲河——长江和黄河，有世界最雄伟高大的山系——喜马拉雅山，有许多的内海与湖泊，有高原、平原、盆地和森林，有四通八达、纵横交错的公路与铁路，又有令全世界人民叹为观止的万里长城和故宫博物院以及颐和园，等等。雄哉，中国；壮哉，中国！

我的祖国古老而文明。我们的祖先最初都生活在江河边、水源充足、草木茂盛、土地肥沃的地方。从距今约170万年的云南元谋人到距今70万~20万年的北京周口店的北京人，再到距今约1.8万年的北京周口店的山顶洞人，在这漫长的岁月中，他们以劳动创造了人本身，完成了脚手分工，完成了从围猎捕鱼、采集果实到用火烧烤猎物吃熟食的伟大创造，完成了用打造的石器创造生活的伟大壮举。距今约七千年前的半坡聚落和河姆渡聚落已经会造房屋、建窑场，在世界上最早种植了粟和水稻。他们和大汶口居民最早开始了农耕文明。我们的祖先大多生活在黄河流域、长江流域和珠江流域。他们年年、月月、天天劳动着，创造着，历经磨难、饱尝艰辛，且繁衍生息，继往开来。后来，炎帝发明陶器，开辟集市，黄帝则造出宫室、车船、兵器、衣裳，还让下属官员发明历法、算术和音乐。炎黄二帝被尊奉为中华民族的人文始祖。约公元前 2070 年，禹建立了我国历史上第一个奴隶制国家——夏朝。后来商代发明了我国最早的体系较完整的文字——甲骨文。后经夏商西周春秋战国到公元前的 221 年，秦始皇统一全国，建立了我国历史上第一个统一的多民族中央集权国家，从此，统治中国两千多年的封建社会形成了。他把全国分成三十六郡，郡下设县，并统一文字、统一货币、统一车轨、统一度量衡，修筑了抵御侵略的万里长城。后历经汉、三国、两晋、南北朝、隋、唐、宋、元、明、清等朝代。在我国两千多年的封建社会中，也涌现了许许多多的创造者、发明家和名垂千古的民族英雄。我国是世界上四大文明古国之一，我国古代人民在世界上最早发明了造纸术、印刷术、火药和指南针。李时珍的《本草纲目》永载史册。郑成功收复台湾、戚继光驱逐倭寇、郑和七次下西洋、林则徐虎门销烟等，他们都是万世流芳的民族英雄。

党的十八大以来，党中央率领全国人民实现了由站起来到富起来再到强起来的伟大飞跃。我国经济保持中高速增长，在世界主要国家中名列前茅，国内生产总值稳居世界第二；高铁、公路、桥梁、港口、机场等基础设施建设快速推进；农业现代化方面，粮食生产能力超 1.2 万亿斤；乡村振兴战略加快实施，农村强、农村美、农村富目标基本实现，农村基本实现城镇化；在科技领域，天宫、蛟龙、天眼、悟空、墨子、大飞机等重大成果相继问世；脱贫攻坚战取得决定性进展，六千多万贫困人口稳定脱贫；我国加强生态文明建设，成为全球生态文明建设的重要参与者、贡献者和领导者，我们国家的山更青、水更绿、天更蓝……如果有谁胆敢犯我中华，必将在我国人民的铜墙铁壁面前碰得头破血流！任何国家和势力都阻挡不了中国人民前进的脚步，任何国家和势力都撼动不了中华民族的历史地位！目前，全国人民正在为实现国家富强、民族振兴、人民幸福的中国梦而奋勇前进。今日之中国，已经空前强大，已经雄立于地球！

遥想未来之中国，中华民族的复兴梦实现之时，我国人民的衣食住行又该以怎样崭新的面貌出现在世人的面前？我们的国家必将以无与伦比的姿态傲然屹立于世界的东方！

祖国，我辽阔壮观的祖国，我美丽富饶的祖国，我繁荣富强的祖国，我前景辉煌的祖国！我为生在这样的一个国度里而无比自豪，我为成为中国人民的一分子而无上光荣。我愿千万遍地振臂高呼："我爱你，祖国！"

2022 年 3 月 26 日

春天来啦

春天，2021 年的春天来啦。2021 年的春天在与 2020 年漫长寒冷冬天的搏斗中以自豪的心情、胜利的姿态和坚定的步伐向我们走来啦！

2020 年是极不平凡的一年。在党中央的领导下，我们取得了抗击新冠疫情斗争的重大战略成果；取得了防汛抗洪救灾的重大胜利；我国成为全球唯一实现经济正增长的主要经济体；我国在这一年里在载人航天、探月工程、超级计算、量子通信、载人深潜等各项科技领域都取得了令国人振奋、令全球刮目的丰硕成果。2020 年的伟大成就鼓舞着人们满怀豪情地去迎接和呼唤 2021 年春天的到来。

2020 年的冬天的确是极其寒冷的。去年农历的十一月下旬至腊月上旬的 20 天里，我们当地有 10 多天都在 -10℃ 以下，其中农历十一月二十四日竟达到 -14℃。而到了立春，那种奇寒已经不复存在了，毕竟春天来啦。

是的，2021 年的春天真的来啦！

2021 年 2 月 24 日及之后的几天里，间断地下了几次小雨和中雨，天真的暖和了起来，正如农谚所云："一场春雨一场暖。"每每听到雨的声音，我的心情总是那样激动，那样澎湃。那声音轻轻的、细细的、柔柔的、甜甜的……那是谷种爆芽的声音，是柳条长叶的声音，是小草顶土的声音，是麦苗拔节的声音，是初恋情人互吐衷肠时的那种娇滴滴、羞答答、依偎缠绵、心跳气短的声音。

　　惊蛰前的一天，我去了淮北相山公园。这一天，阳光灿烂、春风和煦。游人们已经大多甩掉了棉袄，健壮的小伙挽着情人的臂膀，脸上飞扬着掩饰不住的幸福与喜悦，映衬着春天的美丽与妖娆。一树树的杏花还在满怀闺情地惹人心醉，那桃花却争奇斗艳，于是引来了热恋中的情人或年轻的夫妇在它们跟前拍照。极目远眺，连绵起伏的群山变得苍绿了，近处山坡上的小草悄悄地钻出地面，嫩生生、绿油油的。山坡上所有的树木都在不声不响地抽出新的枝条，长出来像小草一样的新芽。柳树的枝条向下垂着，黄色的小花儿粘在枝条上，枝条随着风吹摆动着，像是姑娘们在舞蹈一样。杨树开满了紫红色的花，一串一串的，身上细软的毛发在空中飘荡着。松叶儿更轻、更绿、更鲜亮，像是滴出油来，松子儿在松针的空隙间不时地撒到地上。去相山庙的人很多，但遗憾的是这一天庙门紧闭着。不少的人在门前或在西面的广场上徜徉着。有的人请来几支香，点燃了，走到了门前举了三举，不停地祈祷着；有的人虽未燃香，但双手并拢，举过头顶，叨念着；也有的人用手抚摸着庙门西侧的石狮子，以求沾沾仙气，希望新的一年有个好运气。人工池内更是一番热闹的景象。池的东南角有一竖直的断壁，壁面上露着一个石砌的龙头，龙头的嘴大张着，唇下流着线状的水，水流进下面的小潭里。小潭一米见方，内有一粒粒光滑鲜亮的鹅卵石。小潭里的水总是满而不溢，大概是潭水与龙水同步沉浸到潭的下面去了吧！是出于好奇还是别的什么原因，一些游客走到龙头跟前，或者接水洗把脸或者接水漱漱口，又或者直接伸过头去用水洗头。他们对这清凉的水总是赞不绝口。人工池里的水清澈见底，波光粼粼，辉映着四周的青山和其上面的蓝天白云。而此时的青山、松林、蓝天、白云也正倒映在池水里，更有红色的小鱼儿在池中嬉戏，有时还跃出水面表演一番呢，真的是一派神仙境地。池水里有许多小船，小船里坐着几个身穿黄色救生衣服的人，他们兴高采烈地在水船上划呀，说呀，笑呀，唱呀。据了解，这方人工池是 1979 年 11 月经市政府投资造成的，它填补了相山公园无水的空白，多了一处游人们乐此不疲的人间仙境。儿童乐园里人声鼎沸。游客们有的在小摊前买好吃的点心，有的在魔幻世界里玩耍，有的在摩天飞轮上翻飞，有的在旋转木马上驰骋，有的在水池边嬉戏……儿童乐园南边，寓言石刻里的每一条石刻，都能给人以向上奋进的人生启迪。相山公园里的山、水、松、石和游人们都在传递着春的气息。

　　春的气息在农村要比在城市表现得更为自然而清晰。新建的农村都城市化了，但有别于城市的是，庄稼人的家家户户都是单门独院，占地都在半亩左右，多是三间两层的楼房，又有偏房三四间。喜欢养殖的农户还开辟一角建几间小圈养鸡或养鸭养鹅呢！各家的院子里，都养着几盆花，月季花、牡丹花、菊花等，还有玉树、平安树、仙人掌……这些花儿都在为春天彩排，为春天喝彩，为春天欢呼歌唱呢！走进田野，走在田间小路上。那装点春天的大片大片的油菜花和那一望无际的麦禾，即刻映入我的眼帘。油菜花——那热烈的亮黄，那浓郁的金灿，那扑鼻的清香，不仅陶醉着我的感官，而且沁润到我的心脾，我不禁联想到那菜籽油的味道，用菜籽油炒的菜是多么香甜可口，多么醇厚绵长呦。于是我飘飘然手舞足蹈，还高歌一曲呢！麦禾——像十七八岁年纪的女子，愈发丰满，愈发精神，愈发美丽起来，万里麦禾随风起伏，掀起层层波浪，宛如一片绿色的海洋。身在其中的我联想到这麦禾拔节了、抽穗了、扬花了，又是金黄一片，又是一年好收成。放眼望去我还看到有许许多多的农民正在这麦田里撒化肥呢，因为前几天下了几场小雨，人们不失时机地追肥，是为了确保小麦的更大丰收呢！于是我的心里泛出了四个字——"人勤春早，人勤春早"哟！

今年是牛年，俗话说：牛马年，好种田。"日出江花红胜火，春来江水绿如蓝。"让我们以热烈的情怀来歌唱和拥抱这个牛年的春天吧！牛年一定会四季如春，一定会风调雨顺，一定会大获丰收。我们在这牛年里，也一定会更有安全感、获得感和幸福感。

2021 年 6 月 24 日晨草就

致敬，五〇后

　　五〇后，是指我国 1950 年以后至 1960 年之前出生的人们。现如今，这些人已经都是六七十岁的人了。他们尝遍了人间的酸甜苦辣，积累了丰富的生产与生活经验，为家庭的传承和祖国的发展做出了无与伦比的贡献。这些人值得而且应该受到全社会的尊敬与尊重。

　　二十世纪七十年代中期，五〇后们都处在青春年少时期，都把自己高涨的热情和冲天的干劲投入到社会主义建设中去了。虽然他们"吃的是红芋饭、红芋馍，离了红芋不能活"，但他们"为有牺牲多壮志，敢教日月换新天"，改造山河，改天换地，夜以继日，生龙活虎，挖沟、挖河、挖渠、修水库、修大坝、修公路、修飞机场，即使寒冬腊月，也照样汗流浃背，从不叫一声苦，从不说一声累。那时的口号是"早上天不亮，中午带顿饭，晚上挑灯干""感冒不算病，轻伤不下火线""今天苦不苦，问问红军两万五"……这是何等的激情，何等的豪迈，何等的坚定！那个时候的他们，只觉得为了祖国，为了人民应该那样干，必须那样干。那激情燃烧的岁月，那累死不觉累的青年！看看今日祖国的强盛，那分明地写着五〇后的血汗。我们怎能不道一声"五〇后，向你们致敬"！

　　到了八十年代，五〇后们正是婆妻生子的年纪，他们模范地执行了当时的计划生育政策。职工中生两个孩子的极少，农村中有勉强生两胎的，但生三胎及以上的极少。从 1981 年直至新世纪之初，五〇后们就更显得难能可贵了。农村实行了联产承包责任制，他们为了儿女和家庭，每天起早贪黑、夜以继日地在承包田里面朝黄土背朝天，累得腰酸背疼腿发酸。那时的机械化程度低，平时的积肥和种庄稼、收庄稼，大都是肩挑背驮，或者用平板车拉，有时累得正吃着饭却睡着了。尤其是一工一农的两扯户，其工作人员要在工作之余和双休日加班干活，那时的累真的是难以言表了。农闲的时候，男人们还要到外地打工挣钱以维持生计。

到了新世纪 2000 年前后，五〇后们先愁儿女上学，再愁儿女事业，三愁儿女婚事，四愁儿女的生育。儿女们上小学、上初中困难不大，但当儿女们上高中、中专，或者上大学的时候，这些做父母的五〇后困难就很大了。对于儿女的学费、生活费、穿着打扮等，捉襟见肘、如履薄冰。他们东挪西借、求亲问友，赔尽了笑脸，说干了好话……儿女们大学毕业后或初、高中失学后，五〇后们，有的为儿女找工作，跑断腿、磨破嘴、缠到底、费尽心思，有的陪着儿女去打工挣钱。他们债台高筑，却还要再借钱，实在是苦不堪言。再朝后，儿女们长大成人了，该谈婚论嫁了，儿女们的婚事被列上了日程，这成了他们最苦最难的大事。为了使儿女将来能平平和和地过日子，五〇后们选儿媳、挑女婿，既想着门当户对，又打听着对方的相貌、工作、性格、为人处世等，还打听着对方父母（未来准亲家）的心眼脾气、有无不良嗜好等等。了解清楚了，考虑成熟了，就张罗着相亲、娶亲的诸多事宜了。这些过程中，还是无钱不说话的呀。所以，这时的五〇后更是苦上加苦，难上加难了。儿女成婚后，五〇后的人们又愁着儿女们生孩子的事，生男孩、生女孩、生几胎、办宴席等，总有愁不完的事。真的是既苦又难，愁后又愁啊！

时至今日，五〇后们大都已过花甲甚至已到古稀之年，他们依然为儿女操心费神。儿女们不在跟前，他们常常念叨儿女们：这么多天没有来，连个电话也没有打，过得好吗？两个人吵架了吗？还是谁有病了？再不就是有什么困难了？有什么不如意的地方了？无论咋样，总得来跟娘说说话吧，唉！儿女们来到跟前，他们总不停地问这问那，细致地问，琐碎地问，反复地问，问得孩子反倒有些不耐烦了，感到有些唠叨了，往往会撂上几句指责的话："你不能别问了吗？""问那么多干啥？中用吗？""谁都过得好好的，你操那么多心干啥？"……殊不知，父母的唠叨，正是他们出自内心的关爱与惦念啊！做儿女的应该理解他们、感谢他们才是啊，怎么能去指责他们呢？五〇后最难为的是平日对孙辈们的照顾和儿子、儿媳都在家时的一日三餐。五〇后们每天要送孙辈上学，接孙辈回家。如果是两个孙儿，一个在幼儿园，另一个上小学，每天上午下午要接送 8 趟。早上和晚上，孙子不愿在家里吃，那么你就得到街上买东西给他们吃。早上，你在家啃大馍，他们则吃汤包、喝鸡蛋汤；晚上你在家吃面条，他们则吃手抓饼、汉堡、鸡柳等。儿子儿媳看到他们吃这些东西，往往责怪说："就会惯着他们。""油条、烤肠、方便面之类都是垃圾食品，吃了会影响他们的正常生长发育，不知道吗？"很多五〇后还总是喜欢给孙子买换季节的衣服、鞋等。儿子儿媳又责怪说："啥年代了，还买那么老气的衣服？""要买就买合身的，那么大，跟溲桶样，难看死了。"儿子儿媳都在家，买什么菜、做什么饭、怎样做，往往是件大难事。问他们吃啥，他们只说两个字："随便。"菜饭做好了，端到桌上，等他们吃饭。他们若是正常地坐在桌旁吃了，当父母的心里还算舒坦。但很多时候，他们又责怪："就会买猪肉、鸡肉，不嫌俗吗？""天天吃这几样，没吃够吗？""排骨不能炖熟就不管了，要炖熟了之后，再用材料炒、焖。"……在他们想来，对父母的这种种责难，是自然而然，是实事求是，是天经地义；他们对父母怎么就没有说过一句赞成或感恩的话呢？但作为父母呢，他们要忍气吞声呀，要背地里暗自流泪呀。他们不愿与儿子儿媳反驳，如果吵起架来，"不知是驴不走还是磨不转"，怕外人看笑话。五〇后呀，难为你们了！

五〇后的人们，尽管经历了我国六十多年来的各个时期，曾经苦过、累过、愁过、难为过，但聚在一起，回忆往事，没有谁说过一声苦与累，也从不谈愁与难，他们最常说的一句话是："能有今天，知足了！"今天的人们，住的是高楼，穿的是细衫，吃的是鸡鱼肉蛋白面馍，喝的是饮料口子酒，一年累加起来不能干一个月的活。这些都是他们年轻时想都不敢想的事。他们打心眼里感谢党和政府哩。

五〇后的人们在阳光和风雨中度过了大半生，体会了世态炎凉与人情冷暖；他们为家为国，日出而作，日入而息，劳动成了嗜好；他们经过一次又一次的磨难与历练，能够从容镇定地对待生活和事业，历久弥坚，砥砺前行，做善事做好事，为儿孙积福，为国家贡献。

我要说，也必须和应该这样说：中国的五〇后，最勤劳、最勤奋、最无私，为家为国都创造了太多。他们是最了不起的人、是世界上最伟大的人！

致敬，五〇后！

2021 年 10 月 8 日下午 5 时 36 分草成
2021 年 11 月 18 日晚上 9 时 52 分改就

西安行

2021 年 3 月 30 日至 4 月 2 日，淮北组团一行 63 人去西安旅游。我们早晨出发直到晚上 7 点才到达西安古城。途中的车厢内歌声、笑声、欢呼声不绝于耳。沿途沟河纵横，树木葱茏，麦田荡漾着绿波，油菜飘散着花香，从河南入陕西后，道路两旁群山起伏，高楼林立，万里祖国一片繁茂富强、欣欣向荣的景象。

3 月 30 日晚 6 时 40 分，导游小马同志在车厢内给我们介绍了西安的一些历史文化：西安曾是十三朝古都，在唐朝时最为繁盛。由此我想起了唐朝卢照邻在《长安古意》中对长安人生活的描写："长安大道连狭斜，青牛白马七香车。玉辇纵横过主第，金鞭络绎向侯家。龙衔宝盖承朝日，凤吐流苏带晚霞。百尺游丝争绕树，一群娇鸟共啼花。"小马又介绍道：这里有 108 坊，是古代丝绸之路的发源地，今天的"一带一路"也从这里出发。她的介绍更增添了我们游览古城西安的兴致。7 时许，我们来到了西安唐大慈恩寺遗址公园。我们先游览了大唐不夜城。这里灯火通明，如同白昼。有的地方，一棵棵树上满缀着红色的灯笼，远远望去，犹如燃烧的火焰；另有一些地方，一棵棵树的枝干上又满裹着白色串灯，恰似一片银色的世界；还有一些地方，高高地矗立着龙与凤、蝴蝶与蜻蜓，五光十色，栩栩如生，直让人赏心悦目。我们来到了唐玄奘塑像前驻足仰视，对这位曾推动中外文化交流的使者肃然起敬，不少人在塑像前照了相。我们看到了恢宏壮阔的大雁塔。据马导说，大雁塔是唐高宗李志为母亲建造的，唐玄奘主持修建，并在此翻译和研究他从古印度运回来的佛教经书。在大雁塔北广场，我们观赏了之前闻所未闻、见所未见的喷泉：喷泉仅有 10 分钟，这 10 分钟内，喷泉的形状变化无穷，奇异壮观。有时四周出现，有时某角出现，有时纵横出现，有时又中间突起。那喷泉直插云霄，如雪峰、如冰凌、如白色铠甲的方阵；那声音如洪涛拍岸、如雪山崩裂、如千军喊杀万马奔腾。喷泉结束了，人们依然在护栏外翘首遥望，流连忘返。

　　3 月 31 日，我们观看了明长城，1355 年朱元璋出军南下，攻破集庆（后改为应天府，即今南京），采纳了朱升的建议"高筑墙、广积粮、缓称王"，命令军队自己动手生产，兴修水利，减轻农民负担，很快就兵强粮足。之后调整战略部署，向西采取攻势，攻占了洛阳、西安等重要城市，并在西安修筑了城墙和护城河。1368 年朱元璋在南京称帝，国号大明，史称"明太祖"，统一全国。我靠近西安城墙，轻轻地触摸着城墙上又长又厚的砖块，仿佛看到建筑者们那汗流浃背的身影，看到一队队官兵、一群群商贾往来穿梭的场面，似曾听到城墙内外千军万马的呐喊与嘶鸣。而后我们去了汉城湖景区。汉城湖湖水清澈，鱼儿在湖边的小石间嬉戏，四周的杨柳垂着青青的枝条。接着我们在回民街的尽头游览了钟鼓楼。时近黄昏，我们看了西安世博园。虽然时间短暂，浮光掠影，但宋城演艺王国的西安千古情和其后面碧波荡漾的湖水也给了我们永远难忘的印象。最后我们来到了华清宫，这时已经是万家灯火，我们只能在华清宫门前的大屏幕上看到华清宫内的万千景象，它给我们留下了无限想象的空间。

　　4 月 1 日，小雨淅淅沥沥地下个不停。我不禁想起唐代韩愈描写长安的诗句来："天街小雨润如酥，草色遥看近却无，最是一年春好处，绝胜烟柳满皇都。"我们兴高采烈地沐浴着润如酥的春雨，走进西安最主要的，也是游人们凡来必看的景点——秦始皇兵马俑，1号坑长230米，宽62米，面积达14260平方米，坑内分四个单元，分别站立着方阵整齐的官兵与战马，有的坑内只有残片，未能对接成俑。据说秦始皇统一六国后建立秦朝之初就开始建造秦始皇陵了，秦始皇死后，秦二世胡亥又接着建造。兵马俑只是秦始皇的陪葬品，但它再现了秦始皇的凛然威武与统一六国时的强大阵容。可惜的是秦朝只是一个短命的朝代，它只存在了15年。由于秦朝的横征暴敛，民不聊生，先是陈胜吴广起义，后刘邦、项羽争夺江山，最终刘邦率军攻破咸阳，建立汉朝，秦朝随之土崩瓦解。驻足于兵马俑前，它不能不给人许许多多的思考，其中最主要的一条就是"水能载舟，亦能覆舟"。

在这两天游西安古城的时间内，我们到过六处购物点。虽然我们没有买多少东西，但听着一个个老板对自家的产品眉飞色舞、滔滔不绝的宣讲，绞尽脑汁、像煞有介事的表演，以及机关算尽、黔驴技穷的套路与招数，也程度不同地给了我们一些欢乐与惬意。

4月2日6时18分，我们从西安返回，不仅一路高歌，还在中牟服务区广场上举行了跳舞活动呢。

西安是十三朝古都，曾在唐朝李隆基时代举办过万国交流大会，是古丝绸之路的发源地，拥有7000多年的文明史、3100多年的建城史、1100多年的建都史，是中国四大古都之一……一句话，西安的历史和文化厚重辉煌。我们的这次西安之行岂止是一次观光旅游，最主要的是使我们对西安乃至中华民族的历史与文化有了更加深刻的了解。我们景仰古城，我们崇拜先人，我们也因此增进了弘扬优秀古代文化、促进民族复兴的责任与担当。

我相信：在党中央的英明领导下，将来的西安会更加美丽与辉煌。若有机会，我还会再游西安的！

2021年4月15日

河南三日

2002年5月2日至5月4日，我们45位教师连同教师家属和司机在内一行51人，包了两个专车，先后去了河南的洛阳、嵩山少林寺和开封三处，游览了那里的自然风光，了解了那里的历史文化，感受了那里的时代气息。回来以后，总想把自己颇多的所见、所闻、所思拙述于后，这或许是为了忘却的纪念，抑或是未尽激情的驱使吧。

5月2日早晨4点10分，我按照自我规定的时间醒来了、起床了。走进院子，满目漆黑，夜间的大雨转成了如丝的细雨，一阵惆怅与犹豫之后，我拉亮了电灯，刷牙、洗脸，打点了必备的用品，这时已是4点40分。天慢慢地亮了，我骑摩托车去了坐公共汽车的地方。尽管矸子石路高低不平，积水很多，但毕竟大雨冲刷了路上的尘埃，满眼遍野扬花的麦穗散发着扑鼻的清香，我的心里有了些许的快意。8点35分，我们经百善、铁佛，到了永城，在永城东头公路旁卖小吃的地方停车吃了早饭。9点15分，太阳终于艰难地驱除了阴霾，露了笑脸，空气清新了，小鸟歌唱了，同伴们欢乐了，我的心也随之亮了起来。

从永城到洛阳，我们行驶在连霍公路上。我们看到了大海般的麦田，看到了花园、菜园、果园和茂密的山林，看到了陡峭的连绵起伏的山峦，看到了山的夹缝中那远处辽阔、恢宏、昏黄的母亲河，看到了依山打造的遗存着的窑洞和尚在使用的打造一新的窑洞院落以及依山而建错落有致的山民搬迁新住的楼房……同伴们不时发出这样的感慨:"多么美丽的风光啊!""我们的祖国太伟大了!"更值得一提的是:从登封到新密,我们几次穿过隧道,那里的幽暗、深邃、灰黄与壮阔,每每给了我无限的惬意;虽然它称不上"险远",但我确实记起了王安石在《游褒禅山记》中的慨叹:"夫夷以近,则游者众;险以远,则至者少。而世之奇伟、瑰怪、非常之观,常在于险远,而人之所罕至焉。"

下午 3 点 55 分,我们到达了洛阳的龙门石窟。龙门石窟位于洛阳之南 13 公里。东香山河与西龙门山两山对峙,伊河北流,形如一座天然的门阙,所以古称"伊阙",隋唐以后又叫龙门。著名的龙门石窟宛如蜂房一般密布于伊河两岸南北长达 1 公里的崖壁上,为美丽的龙门山景平添了一片永不凋谢的艺术春天。2000 年 11 月 30 日,联合国教科文组织世界遗产委员会宣布把龙门石窟列入《世界遗产名录》。龙门石窟开凿于北魏孝文帝自大同迁都洛阳之际,历经东魏、西魏、北齐、隋唐和北宋诸朝,营造时间长达 400 余年。这些窟龛大多分布在西山,东山主要是唐武则天时期的造像。我们看完了"龙门"壁上的龙门石窟简介之后,入"龙门"自北向南,拾级而上,先后游赏了潜溪寺、宾阳三洞、敬善寺洞、摩崖三佛龛、万佛洞、惠简洞、莲花洞、弥勒佛龛、奉先寺、药方洞……最让人记忆犹新的是奉先寺。主佛卢舍那大佛至高之尊居中而坐,通高 17.14 米,头高 4 米,耳长 1.9 米,在龙门石窟造像中最为高大。唐代的艺术家以他们的社会审美情趣、美学理想和对生活的理解,成功地塑造了一个庄严典雅、温和亲切、睿智而又慈祥的艺术典型,通过卢舍那的面容和微笑,向人间芸芸众生传递着慈祥与和悦,使宗教的理念、艺术的创造,达到了完美的和谐与统一。在卢舍那大佛两侧,迦叶肃穆持重,阿难温顺虔诚,菩萨华贵矜持,天王威武雄壮,力士刚强暴躁，形态各异，神态各异，向人们传达的思想、理念与悟性各不相同。游至西山石窟尽头之后，我们便从山下的石板路上往回走，有不少的人仍然指着山上的石窟，凭着记忆说这里是什么，那里是什么，游兴未尽。我和几位同伴走至珍珠泉边，捧着那池中水，真的感到那水软软的、柔柔的、绵绵的、温温的；用那水洗手揉面之后，顿觉疲劳尽去，精神抖擞，祛灾临福了。许许多多的游人都对这龙门石窟赞叹不已。是的，它不仅是佛教文化的艺术表现，同时还折射出当时的社会、政治、经济，以及文化时尚，是涵盖许多学科的"石史"，是中国古代人民高度智慧和创造才能的充分体现，是中华民族优秀历史文化的一颗璀璨明珠。

6点半开始，我们辞别了龙门石窟，向嵩山少林寺进发。我们行驶在盘山公路上。我们开窗看着视力所及的一切。我们看到了陡峭的山峰，看到了白飘带般的河流，看到了点点风帆，看到了万家灯火。及至9点10分，我们到达了少林寺，便在少林寺武术学校里住宿了下来。

次日上午，我们先坐索道观看了嵩山全景：我们看到了远处山顶的云、山周的雾、山间的烟、山下的河；看到了近处的山峰、树林、庙宇、河流、田园；看到了对面的少林寺和四周的建筑、游人。坐索道虽然单调了一点，但的确感到自己已经是人在索道中，身处云雾里，心驰嵩山外，神飞天地间了。接着，我们去了百鸟林。百鸟林占地十余亩，上面用铁丝网罩着。林内有树木、栅栏、房舍、水池、假山、小桥、小铁丝网……这些把各种鸟类隔开，让它们有各自独特的空间。林内有鸟类120余种，鸟万余只，鸡、鸭、鹅、鸳鸯、雕、雀、鹏、燕、鹦鹉……这里我想特别说一下孔雀开屏，因为在别的公园里，这种景象连一次也没有看到，徒留一次次的失望与遗憾。而这次在少林寺百鸟林内三个地方，我竟然三次看到了这种景观——孔雀咕咕地叫着，慢慢地走动，在地上觅食；而后挺着颈，昂着头，雄赳赳地走着，很精神地看着游人；再后是那翅扑闪闪地展开来、抖动、慢慢地竖起，尾处平展，其上形成半圆，那美丽的、独特的花纹反射出耀眼的光彩，那五彩斑斓的屏便展示在游人面前，它很悠闲地踱着碎步，慢慢地一圈一圈地转着，很骄傲、很神奇、很有使命感地注视着每一位游人，它不会让哪位游人疏忽它的美丽，每位游人也绝对不会疏忽它的美丽；就这个样子，大约两分钟，那屏又慢慢地松弛、下落、平展、收拢，最后孔雀重又拖起那条长长的、美丽的、五彩斑斓的、让人羡慕不已的裙；它的使命完成了，重又咕咕地叫着，在地上觅食，平平常常地走着，好像根本不记得它刚才的开屏。在它看来，那仅仅是它生活的一部分，它无须让人称羡，更不是为了让人称羡，因此也根本不注意你称羡与否。游人呢，观赏之后，很快乐、很满足、很惬意地走了，它与他们无关，他也与它们无关了。我们又去了少林寺碑林。我不懂得建筑，更没有对少林寺碑林进行哪怕是点滴的研究，因此，我只能凭着为时 30 分钟的游览谈点直观感受。碑林在少林寺西侧，一片好大的院落，林中有碑塔 200 余座。这些碑塔的建造时间上至北魏、下至民国。建碑塔之人，上至王公贵族，下至黎民百姓。其意义，有的是纪念某位有德有道的方丈或主持，有的是纪念某位高僧，有的是为某人祈福免灾的，有的是因为受了恩泽免了灾情而还愿的……200 余座碑塔，高高低低、大大小小，形态各异。内行明眼的人能够从建筑的式样、形状、层数等判断出建筑的年代或朝代，因此它也向人们传达着潜在的各种信息，让人们感受着历史、感受着理念、感受着文化。最后，我们又去了少林寺寺院。寺院深而阔，大门上方横额"少林寺"三个字夺人眼目，金光闪闪。进入大门，自前而后，拾级而上，大概是五排殿堂。殿堂内神龛上供奉着菩萨，僧人在念经，一些拜佛的人朝着神像磕头、烧香，唇动着、腮鼓着，在虔诚地祈祷。两侧为厢房，有商店、练功房或练功场，僧人们在表演着少林功夫。看着他们的表演，我的眼前仿佛浮现着大清早万余名少林寺学生操练的情景。

正午12点10分，我们去了古都开封。途中，我们绕道郑州花园口，有意在黄河大桥上驶个来回：河面宽阔，波浪起伏，浩浩荡荡，河水浑浊灰黄，两边河坡延伸得很远，河床上残留着大大小小的湖泊，犹如银河系旁眨眼的星星，为防止河水泛滥，北坡上筑起了三道堤坝。汽车经过河中心地段时，好像有大风猛吹，顿觉十分凉爽。夜幕降临后，汽车驶进了开封古城。本来疲惫不堪，昏昏欲睡的我们都被古城那五颜六色的灯光和流星雨般的光柱惊醒了，振作了、欢快了起来。眼前身后都是一片灿烂、一片辉煌、一片奇妙、一片瑰丽。据说，中国文化艺术节活动将在开封举行，开封人民又把这古城装扮得这般壮观、这般漂亮。

5月4日上午，我们先游览了大相国寺。寺里的千手佛像是我所见的最大的一个，据导游小姐介绍，千手佛的确堪称中原之最。另一处有一弥勒佛，两边对联云："大腹能容容天下能容之事，开口常笑笑天下可笑之人。"多么通俗朴实的话语，多么深刻的人生哲理，多么丰富深博的内涵！接着我们去了"清明上河园"。啊！这里所有的艺人、服务人员全部身着宋代汉服，真让人耳目一新，我们也真的像置身于那开明安定祥和的大宋朝了。这里呈现给人们的有宋朝的建筑、船只、商业，以及各种文化艺术。据说，清明上河园是根据《清明上河图》建造的，那实在应该感谢古代的大画家张择端先生和创造这一景点的现代人民。您踮着脚尖，从那攒动的人头缝里尽情地看吧：走高跷者足蹬半米有余的高跷正在进行着各种高难度的表演，技术精湛极了；那边有王员外家的小姐抛绣球，接到绣球的人就可与那小姐成婚了，抢绣球的场面好不热闹；这边的马路上，正在表演梁山英雄义劫法场，再现逼真；那边唢呐声声，又有人坐花轿了，坐轿的人、抬轿的人、吹喇叭的人、观看的游人们，整个儿融为一体，欢声笑语不绝于耳；这边那边，骑驴的、骑骆驼的、赶马车的、说唱的、卖小吃的、表演杂技的……大小环境，角角落落都呈现着安定祥和欢乐的气氛。时间有限哪，我们不得不依依不舍地走出清明上河园，经过天波杨府，最后到了包公祠，那里是对青少年学生、对国人进行思想道德教育的好去处：包青天坚持真理、刚正不阿、祛邪扶正、为民申冤的每个故事每幅画面准会让你感动不已。

古都开封的景点数十处，我们这次只去了这三处，但我们已经很满足了。开封，好美的开封、令人陶醉的开封哟！下午六时许，我们踏上了归程。

河南的三日是不虚此行的三日，它给了我精神、给了我知识、给了我新的理念与悟性。由此让我深刻地体会到，我们伟大的祖国有许许多多令人神往的名山大川，有数不胜数、美不胜收、让人流连忘返的自然风光，有沉淀着祖国灿烂辉煌、悠久博深的历史文化，有数以万计、令人钦佩、令人赞叹、流芳千古的历史英雄……让我们以实地游览或以阅读书籍的方式去领略它、感受它、描绘它吧！

成稿于 2002 年 10 月 19 日晚

游云台山

早就听说云台山是国家级著名景区，这次终于有机会与同事一起前往观光游览，真是喜出望外，高兴至极。

2005 年 11 月 2 日清晨至午后，我们在淮北谢导游和云台山刘艳玲导游的带领下，乘车来到云台山旅游广场。凝目远望——云台山山山相连，岭岭相接，奇峰耸立，巍峨壮观；山上云雾缭绕，与天相融，灰蒙神秘。而后，我们改乘云台山的旅游专车，转过近百道弯，到达云台山小寨沟与龙潭沟的交汇处停车场。

约 14 点 20 分，我们先游了小寨沟。小寨沟大致呈东南—西北走向，全程 4 公里。沿途有渡仙潭、情人瀑、试剑石、寿字石、逍遥石……最后是龙凤壁、蝴蝶石。云台山人民根据大自然的三分形状，再加上自己七分的想象，把这些本来静止的山或流动的水，都赋予了有血有肉的生命，编撰了神奇美妙的故事，演绎了耐人寻味的哲理。

应该提及的是那"不老泉"。刘艳玲介绍说，这不老泉的水，你喝一口会长命百岁，喝两口会长生不老，喝三口会老而不死。游人觉得十分有趣，便纷纷用杯子去接那不老泉。喝着那不老泉，从嘴唇到喉间及至肠胃，都感到清凉而不失温暖，清淡而不失醇郁，清轻而不失厚重。小寨沟的总特点是：三步一泉、五步一瀑、十步一潭。你正欣赏着依偎在山石上轻轻的、柔柔的、情人低语般的泉水，却又迎来了飞流直下、奔腾不息、壮男呐喊般的瀑布，与此几乎同时，你若俯视脚下，那静静的、绿绿的、新婚男女相拥相融般深浅不等的潭又会映入你的眼帘。身处此境的你，一定会达到忘我的境界，一定会为这巧夺天工的自然美而拍手叫绝。

16点10分，我们回到了小寨沟与龙潭沟的交汇处，向南去走进了龙潭沟。龙潭沟亦大致呈东南—西北走向，全程6公里。迎面走进你视线的第一景观是：右侧峡中，水面石板上有一男青年正一招一式地练着太极拳。不觉间，我们到了龙潭沟的中间地段——泉瀑峡。泉瀑峡较为开阔，山崖上处处悬挂着泉水与瀑布，令你目不暇接。石壁上点缀着厚薄不均的青苔，让人们联想到千百年来自然生命的沉淀与滋长。人们的脚下，则是那幽静轻柔、清澈见底、绿浓可掬、少女玉臂般的圣水。人们称泉瀑峡为"缩小了的山水世界，放大了的盆景峡谷"，实在是恰到好处。最后，我们到达终点——云台天瀑。云台天瀑像是从高空上倾泻下来，落差314米，堪称亚洲第一，华夏之最。如果当年李白身处此境，断然不会把"飞流直下三千尺，疑是银河落九天"的诗句赐给庐山瀑布。如果近前，你会看到它上有六个台阶。下有六个台阶，瀑布泻在这台阶上，给人以浪涛汹涌，翡翠飞天的感觉，最后砸在它那脚下的石块上，形成团团白浪，块块水晶；瀑布飞入潭水，与那绿水相糅合，弹奏着刚柔并蓄、洁净纯正、男女交欢、缠绵温馨的爱情曲。我在想：自然尚如此，人生不是也应该摆脱庸俗，造就辉煌吗？云台天瀑的脚下，近前是潭水，潭水前是一块巨大的经人工雕琢但又不乏天然的大石碑，碑上镌刻着四个金色大字——云台天瀑。碑前有一座蜿蜒曲折、两边有石栏杆的木板桥，桥前又通向了那条弯弯曲曲、令人心旷神怡的峡。及至18点15分，时间老人有悖于游人的心情，已经徐徐扯下了黑色的天幕。几家灯火闪烁在深山，闪烁在空中，闪烁在云端。

次日早晨 5 点 30 分，外面下着小雨，我们却兴致勃勃地走进了红石峡的入口处。此时的云台山，细雨蒙蒙，雾气腾腾，更显得烟云笼罩，神秘莫测。我们在这里留影之后，便顺着台阶，来到了子房湖。传说张良因报灭韩之仇刺秦王不成而在此避难，又因张良字子房，子房湖故而得名。走在子房湖的石板桥上，只见两侧的湖水绿波荡漾，光滑的石子历历在目。到了南头，依山靠桥跟有一洞穴，涓涓细流涌出，听得潺潺流水声。但令人不能置信的是，南头左侧靠峡壁有一块呈条状面积不算太小的湖底却一片干涸。我沉思着——那或许正是为人臣子张良报效国家，报效明君而精疲力竭、肝胆相照、鞠躬尽瘁所留下的铮铮铁骨吧——上有苍天，下有厚土，四周有几近干涸的泪！走过子房湖，沿阶而下，来到离地面数百米处，那便是红石峡谷了。红石峡谷的岩石所以呈红色，是因为其中含有铁质的矿物发生了氧化。红石峡的长春湖中生长着如同大熊猫那样的世间珍稀动物，叫桃花水母，堪称一绝。在红石峡观赏美景，大多是走石阶，穿隧道，弯弯曲曲，上上下下，头顶总是石岩，有时要弓着身子，扶着栏杆，小心翼翼地走在光滑的石面上。有一处小石桥，宽约 1.5 米，桥下两孔，但却流成了五块瀑布，叫"五指水"。其中一侧的两块瀑布总是若隐若现、若即若离、相互依偎，缠缠绵绵，人们又称它们为"情人瀑"。在红石峡，无论你站在哪里，在你的脚边，在你的身旁，在你视线所及的任何地方，都处处是泉，处处是瀑，处处是岩。这里的山，有宏达粗放的气魄，有坚强峭拔的身躯；这里的瀑有热烈奔放的气势，有恢宏壮观的姿态；这里的泉有深邃悠远的气质，有缠绵悱恻的情怀，又有晶莹剔透、恬淡神奇、扑朔迷离的意境。无论是山、是瀑、是泉，它们都纯情本正、不事张扬、刚柔并蓄、形态各异、自然天成、气象万千。红石峡尽头的最后一个景观是"天女散花瀑"，此瀑是自然的产物，又有人工建造的成分，是云台山仅次于"云台天瀑"的第二大瀑布，落差 68 米，同样是气势磅礴、恢宏壮观。上午 11 时许，我们怀着难舍难分的心情，走出红石峡，就要向云台山告别了。蓦然回首，更让人驻足留恋：云台山——云腾山浮，灰蒙一片，如梦如幻，仙境一般。她是数亿年来大自然的鸿篇巨制，是华夏大地闪烁光辉的瑰宝，是中华民族的骄傲！

我们这次用两个半天的时间，只游览了小寨沟、龙潭沟与红石峡，还有茱萸峰、万善寺等许多景点尚未观赏，但这已经够了，因为我已经找到了美的享受——云台山的美，在山、在泉、在瀑，更在自然景观与人文景观的交相辉映，在静态与动态的相互和谐。它会给你知识，给你力量，给你忘却烦恼的欢乐，再造你崭新的灵性与悟性。我期望再游云台山。

2018 年 5 月 23 日修改

我的这盆康乃馨

本以为康乃馨熬不过寒冬，我就把它随便放在了墙角里。没想到我不经意地再去看它时，它却鲜活地生长着。我很喜悦，也很诧异，我因为它的鲜活生长而喜悦，也因为它居然熬过寒冬而诧异。

去年四月的一天，我去集市上买了几盆花，扶桑、吊兰、美人蕉、滴水观音、君子兰、康乃馨。卖花的那位先生告诉我，这盆康乃馨是今年正月才扦插的，现在已经开了那么多花，保管得好，一年四季开花，可以过冬的。我心想，哪有草本花过冬的，搞推销，口头广告而已。因为这盆康乃馨是放在用黑塑料纸制成的简易"花盆"里的，到了家，我把这层塑料纸剪掉，再把花放到粗糙的土制小花盆里。康乃馨没有因为居所的简陋而消沉气馁，它一天天蓬蓬勃勃地生长着。你端详它吧：盆里有八株，每株都茎干硬直，在茎干四周，上上下下伸展出许多的枝丫；枝上对生着线形狭长厚厚的叶子，呈蓝绿色，在茎上形成叶鞘；茎节膨大，无论是主干还是支干的梢头都有二至三朵成聚伞状的花序。这些花儿有打着骨朵的，有含苞欲放的，有正在开放着的，无不你挨着我、我挤着你，全昂扬向上，尽其所能地把自己全部的美展现给人们。花儿呈紫红色，骨朵是菱形卵状的，花儿是圆形波状的，花朵的中间有黄色的蕊，它们紧挨着、簇拥着，几乎没有缝隙，像黑夜中漫天的星斗那样璀璨闪亮，虽不耀眼却自然而纯朴，柔和而温馨；花香一股股、一阵阵，散发着、流淌着，像是荡漾在薄雾中秋水微波里的一叶小舟，虽无起伏却馥郁而清新，真的是沁人心脾；花味清清的、淡淡的，像是春天里生长在淮北大地上的槐花，不张扬也不拘泥地直接赐给你的那种清凉与甘甜。据说长期饮用康乃馨花茶，具有平肝、润肺、明目、养颜之功效。

　　我的这盆康乃馨，到腊月已经整整一年了。在这一年里，她经受了夏日阳光的炙烤，经受了深秋初冬寒霜的扑打，经受了暴风雨的袭击。她不计居所，甘于清贫；她不奢厚禄，乐于奉献；她不怨境遇，笑傲冬秋。直到农历十一月，我才把这几盆花挪到了一间空房子里去。因为康乃馨矮小，不占地方，又认为它未必能熬过严冬，我就很随便地把它放在墙角处的桌子底下。在这深冬里——美人蕉完完全全地倒下了，把本来挺直的身躯匍匐在大地上；木本的扶桑居然也叶子干了，花儿枯了，叶和花都萎缩在枝干上；至于吊兰、滴水观音、君子兰，它们早就佝偻着身子，耷拉在盆沿上。唯有这盆被我放在角落里，并不显眼的康乃馨却拼足了气力，茁壮地生长着，每个枝头依然高高地擎着花骨朵。这怎能不令人钦羡呢？在百花齐放、争奇斗艳的时候，它没有美人蕉的高傲，也没有扶桑的艳丽，没有吊兰的夸张，也没有月季的魁伟，但它清淡而厚重、纯朴而温馨，又不乏健康和芳醇。我不诧异了，我应该歌颂它。它像在平凡岗位上不计个人得失而默默无闻、踏踏实实、辛勤工作的人们，它像千百万为儿女殚精竭虑、操劳一生、无怨无悔的母亲。啊，康乃馨，母亲节的象征，我懂得了人们为什么总把康乃馨献给母亲了。

　　人啊，都应该像康乃馨那样，经受得住风雨，经受得住寒暑，并能豁达从容地在风雨寒暑中汲取养料，充实自己，丰富自己，把温馨与美丽奉献给人们。20 世纪 60 年代初，兰考县委书记焦裕禄同志患肝癌绝症却带领兰考人民顽强地治涝、治沙、治盐碱。在汶川地震中——有多少人身上压着石板却忍着疼痛为生命而挣扎；有多少人身有残疾却背着亲人或素不相识的受伤者逃离震中；又有多少人在震后极其艰难困苦的条件下满怀希望地投身到恢复生产、美化家园的伟大建设中……这些平凡的英雄们，都是不怕困难、不怕劳苦、不怕牺牲，经受了考验而勇于奉献的人。康乃馨渗润人心的美也许正在这里。

在欣喜、诧异与遐想之后，我又禁不住自责起来——那就是我对它的诸多不公。开始，我把它移植在闲置多年的土制花盆里；入冬，我又把它随便扔在房内的旮旯里；其间，我把它全忘了，竟然没有给它浇水，没有给它添肥，没有把它放在阳光里，即使在它花多花艳的时候，也没有把它放在显眼的地方，给它充足的养分，让它更加美丽，让人们享受它、观赏它，或者赞美它。但是，它呢，从不计较自己的得失，从不责怪主人的不公，总是悄无声息地把自己全部的美呈现给它的主人、它熟悉的人们、它周围的天地。这是它潜在的美。

康乃馨，你给了我温馨，给了我美丽，给了我许多的生活哲理。请你原谅我的过失吧，从今往后，我会好好地善待你。

我爱我的这盆康乃馨。

发表于 2013 年第 1 期《濉溪文艺》

写给尚在求学的孩子们

　　我没有壮举，没有让人看得见的惊人成功，但我有经过，我可以毫无愧色地说：我在青春年少时曾经是一个苦苦求学的人，而且这种求索的习惯延至今日，会直到永远。无论生活怎样随意安排，也无论命运怎样刻意作弄，过程中的酸甜苦辣，过程中的喜怒哀乐，过程中的悲欢离合，过程中的升贬浮沉，都在促使我给尚在求学的孩子们说这样的一句话——你要成才（或成功）就必须立志、自信、惜时、苦学。

　　有道是，有志者事竟成。司马迁受到了腐刑，可谓奇耻大辱，但他立志写下了历史名著——从传说的黄帝起到汉武帝后期止三千年左右的历史——《史记》，它让历代统治者以史为鉴；陈胜、吴广所以能大泽乡揭竿而起，成为我国历史上第一次大规模的农民起义的领袖，那是因为他们有"燕雀焉知鸿鹄之志哉"的大志。一个人，如果没有志向，饱食终日，无所用心，小事且不做，又何谈成就大事？尚在求学的孩子们，你们从小就应该立志做搏击长空的雄鹰，不做绕梁呢喃的小燕。俗话说，自信是成功的开始。一个人有了自信，就能够视困难和挫折为考验、为财富，经受得住考验，并战胜困难，百折不回，勇往直前；一个人没有自信，就会视困难和挫折为大敌，为猛虎，在困难和挫折面前，胆战心惊、畏缩不前，甚至败阵投降。有自信，才会有毅力，而顽强的毅力可以征服世界上任何一座高峰。自信是远航中海轮上的风帆，是东方天空冉冉升腾的旭日，是战场上胜利进军的鼓点，是通向成功的大门。有自信，才会胜不骄、败不馁——你不会因一时的成功或荣誉而孤芳自赏，忘乎所以；也不会被暂时的困难和阻力所吓倒而灰心丧气、裹足不前。学问，就是学和问。经过苦思冥想之后你还是不会做那道难题吗？不要紧，你可以问老师、问同学、问书本，他们会给你指点迷津；你为找不到那个贴切的词语而绞尽脑汁、抓耳挠腮吗？不要紧，你可以暂时放一放，空下来，再观察、再思考、再体会。接下去，那道难题你做出来了，那个词语你找到了，于是，你的心中、你的脑海里，都会升腾着一种成功、一种喜悦、一种轻快，甚至一种幸福。就是在这一个个大大小小的成功、喜悦、轻快与幸福中，你会更增强你的自信。邓稼先有志气、有自信，他为我们中国研制了"两弹"，并发射成功；哥白尼有志气、很自信，他创立了太阳中心说，在他死后的若干年，他的理论终于得到了世界学者的公认。孩子们，自信吧！

古人云：一寸光阴一寸金，寸金难买寸光阴。鲁迅说：我是把别人喝咖啡的时间用来写作的；又说：浪费别人的时间就等于谋财害命。郭沫若讲：时间就是金钱，时间就是速度，时间就是生命，时间就是力量。时间老人对世间的每个人都是公平的，他既慷慨又吝啬，既平和又残酷，既是一条宽松的路，又是一堵挡路的墙。他能给你成功，也能给你失败；能给你欢乐，也能给你悲哀；能让你赢得尊重，也能使你留下悔恨。撕下了一页日历，就像凋零了一朵鲜花，它会给男孩子的脸上留下胡须，也会给女孩子的脸上刻上皱纹。孩子们，记住那"黑发不知勤学早，白首方悔读书迟"的诗句，珍惜你年少时的分秒吧！

立志是基础，自信是前提，惜时是关键，苦学才是保证。有理想，又有理想支配下的苦干精神，才能使你步入成功的大门。

理想的实现就在那不懈的奋斗中！不学习的人，就像那不长谷物的荒地。智能医愚，勤能补拙。天才来自勤奋。天才，那就是一分的灵感，再加上九十九分的汗水。苦学是通向成功大门的必由之路。心理学家告诉我们，每一个正常人的大脑皮层都有大约140亿个记忆细胞，谁都不能比谁聪明多少，关键是后天的努力。勤学苦学，能够使你获得一点又一点的知识，获得一次又一次的成功。这点点知识，这次次成功——是涓涓细流，必将汇聚在你奔腾不息的生命长河里；是点点音符，必将跳动在你生动优美的生命旋律中；是朵朵蓓蕾，必将绽放在你芳香四溢的事业花园内；是次次喜悦，必将喜悦在你更大成功让人钦羡的辉煌事业中！当然，这里说的勤学苦学，并不等于僵学死学，不是还有以逸待劳这类词语吗？不是还有"磨刀不误砍柴工"这样的经验之谈吗？不是还有乐学趣学这些当今时代的新理念吗？孩子们，为了你未来的成功，发奋学习吧！

有实力才有尊严！成功的大门在向你敞开，名牌的大学在向你微笑，辉煌的事业在向你招手，未来的尊严在向你走近——孩子们，立志、自信、惜时、苦学、成才吧！

草就于 2004 年 7 月 6 日晨

那位机敏的女孩

　　人在一生中，一定会接触到许许多多的人，做过或遇到过许许多多的事。在这些人或事中，有许多如过眼云烟、转瞬即逝，也有一些人或事总会让你常常想起，永远难忘。那位机敏的女孩就是让我永远难忘的一个，我总是想把那件事，那件她在其中充当主人公的事写出来，以慰藉我的遗憾并让读者们和我一道夸赞她、祝福她。

　　那是十年前初夏的一个上午。阳光挣脱乌云，送给人们些许温暖，风吹着，给人们送来阵阵凉爽，让人们感到一些惬意。我因有事，从海孜矿坐客车去濉溪。我坐在客车后门后边第一排靠近窗户的座位上，我的后边坐着一位十三四岁的小女孩。她穿着白色的褂子，浓密的黑发上扎着一个小刷把，眼睛忽闪着，像是会说话似的。我坐定了之后，打开了一点窗户。而后侧身转向小女孩，问："我咳嗽，打开了一点窗户，你不会嫌冷吧?"她抬眼看了我一下，冲着我微笑着，柔声细语地说："只要你方便，没关系的。"薄薄的嘴唇里露出一排洁白的牙齿，一副很温和善良的神态。我在位子上坐正，凉风从窗口吹过来，吹走了我昨晚整夜写作的些许疲惫。或许因为舒适吧，我反倒感觉很困倦，慢慢地，我便在不知不觉中睡着了。

　　车到了百善集的时候，我在朦胧中听到车门打开的声音。我眯着眼，似睁非睁地，好像看到三个年轻男子上车了。他们挨个儿地站在我们前后两排的走道上，并没有到后面坐空位的意思。他们有的用手抓着上面的横杆，有的用手扶着椅背，有两人还戴着墨镜，一个个都是很懒散、很无聊的样子。我下意识地瞟了他们一眼，没有半点警觉或防备，便又慢慢地睡去了。忽然我感觉得到我的臀部像是被什么挠着，紧跟着又像被谁踢了一脚。于是，我本能地用右手往后边摸了一下，没有碰到什么，心想也不会有什么东西蹭我。我拽了拽上衣，困意又袭了上来，我又慢慢地睡了。刚睡了不一会儿，我感觉我的臀部又被后面的人踢了一下。我不由自主地转向后面，看了看那位小女孩，小女孩像是瞪了我一眼，同时嘴角向里扭了扭，我并不在意她的这副神情，只是认为这小女孩只有十三四岁，好动而已。之后，我转过脸来，习惯地眯着眼睛又慢慢地睡着了。就在我刚想睡着的时候，我朦胧地感觉到我的后腔又被谁挠着，痒痒的，但由于睡意正浓，我没有理会这些。就在我又想眯眼睡觉的时候，我听到后面的那位小女孩厉声蹦出三个字："你干吗?"靠在我跟前的那位呈懒散状的男人，从牙缝里挤出一句话："你管什么闲事?"这声音里分明地显示出了他的恼怒与愤恨。那女孩站了起来，义正词严："他是我爷爷!"这时的我有了几分明白，便摸了摸后面的裤袋，发觉三百元钱已经露出了一半。我恍然大悟了，也站了起来："你们想偷我的钱，是不是?"就在这时，汽车已到了徐楼集，门打开了，那三个扒手气急败坏地逃窜下车。车又启动了，乘客们面面相觑，很多人跷起了大拇指，有的说："这女孩真勇敢，不怕事!"有的说："这女孩真灵动，如果她不这么说，会惹麻烦的!"还有的说："这小孩，敢作敢为，又有智谋，将来有出息。"……当时我就在想，如果我们的每一位少年儿童都能像这位小女孩这样，该多好啊! 有了这批少年人，我们的社会会更加和谐，民族会更快振兴，国家会更加兴旺! 在乘客的赞扬声中，那位小女孩微笑着，脸红红的，低着头，什么也不说。我转向她，连声地说："谢谢你，谢谢你。"那女孩终于抬起头来，说："你咋困那么狠，我踢了你两次，你都又睡着了?"我笑着说："我一坐上车就犯困，马上就能睡着。"我又接着说："真的谢谢你啊，要不是你，我这三百元就没有了。最重要的是你胸怀正义，又勇敢机敏，你将来会很有出息的!"那女孩抿了抿嘴唇，说："我可没想那么多，情况紧急，我就随口说了那么一句。"不知不觉，车到了濉溪二堤口，停了下来。那女孩赶忙起身下车，我也连忙站了起来，紧跟她也下了车。我喊着："孩子，我还不知道你姓名呢。"那女孩回转头，摆了摆手，说："别问了，爷爷，再见!"我急忙说："别慌走，我给你买点水果带回去。"那女孩还是摆着手，说："我什么也不要。再见，爷爷!"说罢，一溜烟地往西边跑去了。阳光洒满了大地，我们都沐浴在金色的阳光里。

望着她那远去的背影，我真的认为她很高大。他们这一代人一定能够担当起建设祖国的重任。

遗憾的是我不知道她的姓名，不知道她在读的学校，更为遗憾的是从那以后我再也没有见到过她。

十年过去了，那位正直、善良而又机敏勇敢的小女孩，你现在在哪里?你的这位"爷爷"很想念你!你该大学毕业了吧?你该有自己的事业了吧?你该嫁夫生子了吧?"人有好心，天有好报"，你一定会是一个事业有成、婚姻美满、生活幸福的女孩!

我多么想再次见到你，给你几声祝福呀，我亲爱的孩子!

2018 年 10 月 29 日晨

中国好人——李华松

李华松，男，1948 年 4 月出生，韩村镇淮海村村民，担任村干部 30 年，与儿子、儿媳和孙子生活，全家四口人父慈子孝，尊老爱幼，邻里团结，家庭和睦。李华松同志发扬优良传统，团结和带领村民发展经济劳动致富，在全村众口皆碑，享有盛誉。2015 年 11 月，他被国家文明委评为"中国好人"，2022 年 6 月又被评为"全国第四届最美文物安全保护人"。

一、发扬优良传统，争取多做贡献

李华松的祖父李志本在 20 世纪 30 年代就与徐风笑在宿县以西从事中国共产党的地下工作。李华松的伯父李光林于 1940 年 3 月在西北王六子战役中牺牲。父亲李光者在淮海战役中用一牛一马拉从临涣转移到小李家的总前委的吉普车，挪出房子用作总前委的指挥部，而且多次用太平车往双堆前线送粮草物资，多次从双堆抬担架，抢救伤病员。中华人民共和国成立后，李光者率先参加互助组合作社，又率先承包责任田。这个家庭是一个为人民的解放事业做出过重大贡献的家庭，是一个为了社会主义建设事业率先垂范的家庭，是一个有着光荣历史和优良传统的家庭。

1980 年 5 月淮海战役总前委指挥部旧址（主要是李华松的房屋），被安徽省批准为省级重点文物保护单位。作为看管指挥部旧址的第三代的李华松同志，从那时起，比以往更加细心地看管好这里的每一间房屋和屋内陈设。他义务打扫旧址，清除杂草，接待数以万计的各级党政领导和来自全国各地的参观学习的师生及旅游的客人。他向他们讲解淮海战役期间军民团结、英勇作战的故事。2007年5月11日至2007年12月24日，上级对总前委旧址实施第一期总体工程的修复工作，李华松同志在旧址全程看护管理，整整224天，直到现在他仍以看管旧址为己任，从不间断。他以实际行动，发扬了老一辈的优良传统，他以此表达了对老一辈革命家及英雄人民的崇拜与敬仰。

二、家庭处处和睦，邻里事事团结

李华松同志向来关心和爱护他的儿孙们。儿子、儿媳和孙子哪怕仅仅是一次感冒，他也常常惦记在心，问寒问暖，问身体情况。他常常语重心长地告诫他的儿女和孙辈们："无论什么时候都要爱国爱民，国家好了，邻里好了，咱们自己才能好。""无论什么时候，都要关心和帮助那些有困难的人。""无论什么时候都要勤劳勤俭，要尽可能地让孩子们上好学。""忠厚传家远，诗书继世长嘛。"他的儿孙们也非常孝顺李华松。李华松生了病，他们都前去看望，他们都陪他去医院检查。二女儿离李华松很近，她常常为李华松做饭洗衣。李华松的妻子在2004年4月去世，儿女们对父亲李华松更是关怀备至，并且平常时常去看望，逢年过节，都给父亲买日用品、买衣服。去年春节，在外地工作的儿子与儿媳、孙子一起回家看望老人，给老人买了鞋袜，买了新衣，买了日常用品。

李华松同志乐于帮助别人。2009年夏天，因线路失火，李华明多处烧伤，李华松赶紧组织人拉李华明到祁集街便民医院抢救，还为李华明垫付了押金。李华松是村红白理事会的主要成员。他常常为处理邻居纠纷而尽心尽力，更主要的是他总是给群众讲清邻里团结的道理，常常是李华松的一席话，劝悦争吵不休的几家人。

三、努力村务工作，发展地方经济

李华松同志 1985 年 4 月至 2011 年 9 月任村文书，直到现在他仍然常常帮助村干部做好村务工作。他三十多年如一日，总是把工作放在第一位，个人利益服从集体利益。他任劳任怨，奉献无私，总能够出色完成上级和本村交给他的各项任务。他负责便民服务全程代理工作以来，总是认真处理人民群众要求办的每一件事，被县镇评为先进单位和先进个人。他的家人非常理解和支持他的工作，尽可能地不让李华松为家事分心，因为在李华松的工作时间表上没有节假日，没有休息时间。

李华松作为一名中共党员，一名村干部，能够团结和带领群众一道前进，发展经济，劳动致富。是他首先从传统的蔬菜种植过渡到大棚菜种植、节能温室种植。1996 年，他种了 3 亩多大棚菜，甜椒、西红柿、芹菜、豆角、黄瓜等，亩产收入近万元。而后，他指导本庄的马恒德、马学胜、李志全和纪圩的纪永成等人，为他们引进种子，全程指导种植技术，也让他们富裕起来。2002 年后，外出打工挣钱多，富余劳力都能够到外地打工，他又帮群众联系厂家，宣传和介绍厂家的劳动项目、技术和工资待遇，还向群众宣传法律常识。主要劳力打工去了，李华松同志常常走访留守群众，关心帮助他们解决在生产、生活和儿童读书等各方面存在的困难和问题。当地群众对李华松同志感激不尽。

李华松同志所做的一切，闪烁着社会公德和社会主义核心价值观的熠熠光辉。因此，他被评为"中国好人"和"最美文物安全保护人"当之无愧！

2022 年 6 月 29 日

感恩母校

蚌埠教育学院是我读中文大专函授时的母校。母校和母校的老师给了我知识，给了我力量，给了我追逐梦想的勇气和信心。我对母校和母校的老师永远地心存感恩。

我出生于 1956 年，1964 年开始读小学。随着年龄的增长和知识的加深，我慢慢知道了将来还要读初中、高中，还有可能读大学。上大学成了我少年时期的梦想。1972 年年底，我考取了高中。读高中期间，学校每次的专刊、墙报、黑板报总会有我的文章。接近毕业的时候，我的小戏曲《公私分明》在《安徽工农兵演唱》上发表。毕业时，我的一位同学送给我一幅画，下面写了一行字"愿你：语不惊人誓不休，革命文坛做中流"。1974 年年底，我高中毕业回乡务农。作为一名社员，我挖沟、挖河，还给生产队喂过猪。喂猪期间，因烧猪食不慎失火，烧了两间牛屋。因此，靠劳动表现好、三年后推荐上大学的希望破灭了。我只得在劳动了一天累得筋疲力尽的晚上，读书、背书、写文章。那时，力图从文学上打开缺口，闯出自己的一片天地，换句话说，当作家的梦想更加清晰了。我常常通宵达旦，常常和衣而眠，常常用大针扎我的小腿。为了与命运抗争，在那个非常的时期里，我做出了难以想象的挣扎与奋斗。1977 年恢复了高考制度，我两次参加高考却名落孙山。后来我改考师范。师范毕业后，我回家乡当了一名初中语文教师。但是大学梦与作家梦一直盘绕在我的脑海中，我一天也没有放弃过对这两个梦想的奋斗。1987 年暑期，通过考试，我被蚌埠教育学院录取为一名中文专科函授生。我的大学梦总算实现了——这个来之不易的追逐啊！

　　蚌教院在濉溪县设了函授点，函授的班级设在县教育局综合楼的二楼上。蚌教院按照函授计划在规定的时间里派教师来给我们上课。在这函授的三年当中，给我们上课的老师有八九位，他们有三个共同特点，一是知识渊博，二是教学认真，三是"文道统一"。他们上课的时候——总是根据教材的几个知识点，生发出去，引经据典，声情并茂，引人入胜；对学生提出的问题，随问随答，不迟疑、不牵强，恰到好处；实行启发式教学、高难度教学、适时拓展，总能让我们快乐地跳一跳"摘到桃子"。例如，讲现代文学的胡奠帮教授和讲古代文学的郑佩德教授，他们讲课，总是轻松洒脱、悠然自得、不枝不蔓、水到渠成。讲当代文学的高建国老师，讲《犯人李铜钟的故事》《人到中年》《人生》《高山下的花环》，讲刘心武，王蒙，"三大散文家"杨朔、秦牧、刘白羽……总是信手拈来，"恰似一江春水向东流"……说他们"教学认真"，也表现在好几个方面。一是课前准备做得细致、周到、充实。他们都是"有备而来"，有教案、有讲义、有作业、有复习题。二是在课堂上，紧扣教材的重点与难点，设计有关问题，多是自问自答，有时也让学生回答。整节课，课堂结构完整，时间分配合理。有时叫我们做笔记，有时给我们讲故事，有张有弛，张弛相宜，我们都学得开心，津津有味。三是给我们布置作业，有复习题，也有预习题，体现了"温故而知新"和"带着问题学"。例如：讲古代文学的蔡竹轩教授，当时已年过半百，出版了一部自编教材，但他并不是照本宣科，而是根据教材内容，讲文章的主题思想，写作特点，对名句分析，有时还让我们做笔记。他的课如春夜喜雨，如小桥流水，顺藤摸瓜，娓娓道来，每堂课都布置作业，每次面授都留有复习题，勾画重点，让我们当记则记，当背则背。实在是"好雨知时节……润物细无声"。给我们讲教育学、心理学的赵淑仁老师，温文尔雅，端庄贤淑，柔声细语，循序渐进，分章分节，章章节节依据教材实际设计不同题型，有填空、名词解释、判断题、简答题、论述题等，而后发复习要点和综合试卷。她的课真的如同"明月松间照，清泉石上流"。讲外国文学、普通逻辑和写作与作文评改的徐岩老师，每一学科都让我们做笔记，都给我们发复习资料，每一节课都会讲若干个小故事，让我们快快乐乐、轻轻松松地学到知识。讲古代汉语的王宇军老师，以本（教材）为本，以学生的发展为本，着重讲重点和难点，让我们能够融会贯通、学以致用。每一位老师的课堂教学都做到了"文道统一"，尤其是讲古代文学、现代文学、当代文学和外国文学的老师，在分析具体诗、文或人物形象时，重点讲其积极意义，也讲其局限性，教导我们剔除糟粕、吸取精华，做爱国爱家之人，做正直德善之人，教导我们作为教师要"教书育人，为人师表"，用我们的言行去影响社会，教导我们要和学生一起去歌颂我们今天这个美好的时代。每当老师在给我们做这样的教导的时候，我的内心总是澎湃着一种激情：请老师放心，我一定会像你们那样，做一个合格的教师，做一个合格的人！

1990 年 7 月，我们濉溪函授点的 48 位同学选了 16 位到蚌教院进行毕业论文答辩。那天——1990 年 7 月 6 日，我们 16 位同学在函授点两位主任的组织领导下，于上午 8 时准时到达蚌教院。当我们下了车看到学校大门和大门上方那"安徽省蚌埠教育学院"九个金光闪闪的大字的时候，我真的好开心，好激动呀！我在心里说："我来了，我亲爱的母校！"我看到校内一排排楼房高耸入云、气势磅礴，一个个花园各种花儿竞相开放、姹紫嫣红，一座座小桥新颖别致、流水潺潺，一片片竹林青翠欲滴、沙沙作响，又看到一位位教师和学生气宇轩昂、神采奕奕，还看到学校背后的涂山高高低低、连绵不断、层峦叠嶂、云腾雾绕……我在心底里狂喊：啊，母校，好壮观！啊，涂山，好巍峨！再看那学校被涂山怀抱着，山像一位慈祥的老人，校像一个傲然的儿子。山有校的灵动，校有山的仙韵。我在想，我若是一位全日制学生能在母校学习三年，天天都能赏学校之美景，听教师之教诲，谈人生之曲直，慨世道之冷暖，那该多好啊！论文答辩的时间到了，我们按抽签顺序依次进行。负责答辩的教师有三位，中间的主辩是胡奠帮教授，两边的副辩一位是王宇军老师，另一位我们不认识。轮到我答辩时，胡奠帮教授根据我的题为《谈谈中学语文教学中的导语》的论文内容，向我提出三个问题，我没有到隔壁房间准备 30 分钟，而是要求随问随答。老师们很愕然，我又说："就让我试试吧。"我很流畅地回答了那三个问题之后，他们都点头称赞。王宇军老师说："现在就可以断定你已经是本届 476 位函授生的第一名了。"并且他要帮我发表那篇论文。后来，那篇论文果真在 1991 年 4 月 15 日蚌埠教育学院院报的第一版上发表了。我并不想炫耀我的什么能耐，我只是想说我虽然是函授生，但我学到了老师所赐的真知，才写出了那篇论文。论文答辩结束后已到中午，午饭后我们便要乘车回去了。将要上车的那一刻，我回望着母校，那种依依不舍的激动与酸楚，实在是难以表达的，不觉间，泪从眼眶里溢到了腮边。我在心里说："别了，我亲爱的母校；别了，我敬爱的老师们！我还会再来看望你们的！"然而，此后由于日日忙碌，再来看望母校的愿望却未能实现，后来听说母校搬迁到别处去了，这便成了我终生的遗憾。

我大专函授毕业距今已经 30 年了。三十年来，母校的容貌，老师的教诲和课堂艺术都在引领着我、鼓励着我，让我在知识的海洋中遨游，在教学的实践中成长。1993年，我参加成人教育专升本考试，考取了淮北煤炭师范学院中文本科函授，我以我专科的功底取得了本科学历。在课堂教学上，我于1988年12月，被评为"濉溪县中学语文优质课教师"，两次在全县上公开课。我已发表或出版的教学论文、文史资料、小说及其他文学作品近800万字。2017年11月，我的散文《小李家，这片红色的土地》在"大美濉溪"全国诗歌、散文征文比赛中获二等奖。2018年12月，我成为安徽省作家协会会员。可以自豪地说，我的大学梦和作家梦都实现了。我能取得今天的这些成就，在很大程度上应该归功于给了我文化知识与文学功底的蚌教院的老师们。我现已退休，但是仍然坚持着读与写。

蚌教院是给了我真知与灵气的母校，蚌教院的教师是我最崇拜最难忘的老师。我永远地感恩母校和母校的老师们！

2019年5月14日晚草成

迟到的报春燕

四月，可谓是暮春了。可我就在这四月下旬的一天早晨，居然是有生以来第一次见到你——绿色的报春燕。你从天而降，带着吉祥，带着祝福，带着润泽，那么轻盈、那么敏捷、那么美丽。看到你，我的心着实跳了一阵。我在心底里狂呼：你这迟到的绿色报春燕！

当我提起拙笔要为你而作的时候，我依旧是激动得发抖，心情又回到了见到你时的当初：那是初恋男女陶醉企盼的心情，那是高考生接到录取通知书时的喜悦，那是化险为夷惊讶之后的狂欢，那是年轻母亲阵阵腹痛后初听娃啼的骄傲，那又是沉沉黑夜出现在东方地平线上的一缕晨曦……

春天，实在是令人心旷神怡。天空清明，大地纯净，阳光灿烂，春风和暖，花香阵阵，松翠欲滴，鸟唱枝头，鱼翔浅底，秃山还青，顽石显泽……多少诗人歌颂夏的明丽，秋的成熟和冬的凝重，更多的诗人则讴歌春的温馨。于是，我想起这自然界的四季和人的等号关系了——少年有春的欢快，青年有夏的瑰丽，中年有秋的持重，老年有冬的谨慎。春天是美的，而绿燕子的到来又为这美的春天增色十分。我记起一个神话故事：一对情人因相约地点含糊虽双双赴约却未能相见。正值夜幕降临，又大雨倾盆。男儿沐风栉雨雇马而遭劫，宿庙而挨冻；在城市的女孩则跑遍大街小巷，最后失望地站在街心受着雨淋。次日早上，风停雨住，旭日东升，一只绿燕子却伴着男儿找到了自己的恋人。想到这个故事，自然又想到《麦琪的礼物》中的麦琪。

现实与传说加深了我对你——绿燕子的美好印记。迟到的报春燕，尽管你报春迟到了，但我对你犹如对世间一切美好的迟到，人们偏偏因为迟到而更加珍惜回味。

绿色的燕子，你是纯洁万千景物的春雨，你是陶醉美好性灵的女神，你是报春的使者，你是梦幻情人的梦呓……你永远地住在我的房舍里吧，我愿看你的形体，听你的歌唱，享受你的情爱，拥有你的一切。你驻在我的心间了，你刻在我的脑海了，你溶在我的血里了，你已经是我生命的一部分，与我之生命同在了！

啊，报春燕——我爱你——你这迟到的绿色报春燕！

1993 年 4 月 26 日夜

微　笑

　　人生的几十年，那是历史长河的短暂一瞬，也是你风雨行程的漫漫长路。你要在人情冷暖中历练，你要在世态炎凉中前行。因此，面对人生，必须微笑。

　　得意时要微笑，挫折时也要微笑；升职时要微笑，受贬时也要微笑；快乐时要微笑，痛苦时也要微笑；顺利时要微笑，困难时也要微笑；顺境时要微笑，逆境中也要微笑；对家人要微笑，对他人也要微笑；对领导要微笑，对百姓也要微笑；对朋友要微笑，对异己也要微笑……微笑能够克难胜险，微笑能够促进和谐，微笑能够减少麻烦，微笑能够帮助身心健康，微笑能够令你走向成功，微笑能够使你从没有了自我到最终走向自我。

　　微笑着面对人生——这是智者在生活中的最佳选择！

1996 年 6 月 26 日

路

　　"这令人讨厌的路，这故意与行人作对的坏天气！"——扛着自行车在泥泞道路上艰难前行的我，已感到肩膀的疼痛、风刺雨淋面部的苦衷。然而，我又自嘲自讽地想："这是大自然之本来，何必怨天尤人呢！"道路本来就不尽是平坦、笔直的嘛，当然包括伴随风雨的路、泥泞的路、曲折的路！

　　说实在的，我走如同今天这样的路已不知道有多少次了。那是我读初中时的一天，脚因生疮刚做过手术，脚面肿得发亮，偏偏那几天又大雨滂沱，我依然忍着疼痛，一手把拐杖挟在腋下挂着，一手打着伞，一步一瘸地去上学。那是我读高中的一天，那天同样是大雨如注，我打着伞、背着面口袋，步行整整三十里泥路到达学校。其间遇到一个畦田沟，我想用力跃过去，结果试了三次，最后还是跃进了沟里，面口袋已成泥口袋了。过一条大沟时，一只水鸟"扑棱棱"从沟底飞起，使我毛骨悚然……还有那高中毕业回乡务农的日日夜夜，我走过了多少里风雨交加的泥泞路，度过了多少个风雨俱袭的漆黑夜！

　　柏油路展现在我的眼前，八里泥泞路我好不容易走过来了。我骑着自行车，觉得身上轻松了许多。但此时，雨下得更大了，风刮得更猛了。风卷着雨柱刺在脸上犹如人赤身滚在荆棘丛里。但我却怡然自得地欣赏着风雨中的秋色：公路两旁的青松浓绿旺盛，生机盎然，针叶上滚动着晶莹的雨珠，随风摆动，好像在向人们点头致意；麦苗在自由自在地生长，随风起伏，宛如一片绿色的海洋；街头花园里的秋菊，不畏风霜，竞相开放。在我的前面走着两个人，看他们的举止和穿着，听他们饶有兴致的言谈和笑声，我知道他们是年轻的一对儿。前面又走来两个人，女的抱着婴儿，男的打着雨伞，向街头的医院走去，我知道他们的胸中有一个希望，尽快治愈孩子的疾病。一辆汽车擦身而过，我随着车窗玻璃看到了那一张张面带笑容的脸。我还看到好几个站在路旁或站在大桥上刻苦攻关的同学。我赶上一个骑着自行车的同志，通过对话，我了解到他是去集上买机器零件的。噢，我明白了：他们——风雨中的行人，原来希望之火都在各自胸中燃烧着！

我又何尝不是这样呢？我固然知道坐在生着火炉房间里的温暖，我也知道在炉边翻动书页的悠闲与舒适，我更能体会到父母、妻子、儿女欢聚一堂的幸福。但我更不会忘记的倒是：夏季蚊虫的叮咬，风雪交加的严寒之夜，雄鸡报晓而不曾入梦的一年又一年……我在读书，我在寻找人生之路，我要用自己的毅力、自己的智慧去战胜冷酷的自然、无情的现实，并以此去解救自己，让放暗箭、瞧不起自己的人发抖！现在想来，那时的我或许有些幼稚。我的性格被人誉为"温柔"，其实那是偏见。1976 年春，舅舅给我找了工，工厂来了一封信，催我报到上班。接到这突然的信，我感觉这是嘲弄，是打击，是说我无能！我把信撕了，撕得粉碎，靠走后门、拉关系寻得出路是可耻，是无能的表白，这不是自己的路！终于我考取了师范。这固然微不足道，甚至在有见识的人看来会发笑。但我却十分珍惜它——功夫没有白费，这是血汗换来的成果！

夜幕徐徐地降临大地，雨仍然不停，衣服早被淋透。但我在想，不管有多艰难，路是怎样难走，目标已定，总是会走到的！

人生的道路就是这样，伴随着风雨、泥泞，曲折又坎坷不平。我要而且能够不断地用知识充实自己，走正自己的人生之路。我可以直言不讳地呐喊：我要在风雨中走艰辛、曲折之路！我要迎接那风雨之后的灿烂阳光！我要欣赏那风雨之后美轮美奂的彩虹！

1981 年 11 月 6 日

雪

　　早晨，当我起床打开房门的时候，我不由得惊叫了起来："啊，多美呀！"房子上的雪厚厚的，石榴树上的雪高高的，交叉蓬松的树枝被雪压得弯弯的，栖息在树上的鸡都白了，肥了……我情不自禁地走出院子，院外又是一番情景：院前的大路通向两方，白白的、平平的、直直的；那高大的树木披着雪衣，越发显得挺拔、显得苍劲；百米外池塘里的水，更加沉静、更加清澈；这家那家房檐下的雪冰长长地坠着。这时，我又在想：在那旷野，尤其是到那雪山上俯瞰旷野，那情景又该怎样呢？

　　早饭后，我推着自行车到十多里外的中学去上课，于是这条平坦的大道上留下了一道轨迹、一串脚印。回首这道轨迹、这串脚印，我的心中生出无限感慨。多少年来，我不就是像今天这样独个儿地、一步一个脚印地走着的吗？忽然，我的一只脚陷进坑里去了，我的感慨也随之收敛了。我知道，这时的我一定是皱着眉头、眯着眼睛的——因为光线太强了。我戴上了墨镜——肉眼所及的雪景更加清晰了：高山、平原、沟河、树木、房屋……一切的一切，都被雪覆盖着。雪主宰了世界，世界完全被雪占有了！极目远眺，天是白的，地是白的，天地一体、天地一色。那蜿蜒游动着的，是古老而又年轻的雁鸣沟，而挺立在沟垄上的树木多么像披着盔甲的哨兵。近处，我又有了新的发现：树枝上固然堆着厚厚的雪，而树干上呢，那迎风的一面也结着厚厚的雪，背风的一面则结着白而透亮的薄冰。路旁的白色喷灌机房，往日是那样清秀、典雅、俊丽，而今呢，却显得是那样威严、庄重、稳健。露出雪面的麦苗像是在雪的怀抱中跳跃、欢呼、歌唱。哦，前面来了三个人，中间的那个穿蓝衣服的，挑着担儿，一头是红的鲤鱼，一头是盖着绿布的笆斗。两边是两位姑娘：一个上红下蓝，一个上蓝下红。近了，我看得清楚了，他们的脸上都荡漾着幸福的喜悦，他们都是那么美呀！而今天自然的美偏又使他们生出无限的美来！他们干什么去呢？我的脑海中蹦出几句不成为诗的诗来："北风迎面似剪刀，大雪压地三米高。不是心中希望在，谁人深足数程标？"显然，我已经被这春天的雪景陶醉了。

在这陶醉之中，我思想的骏马奔腾了——我在想雪的胸怀、雪的精神、雪的情操。雪能够占有世界，主宰世界，容纳尽高山、平原、大江、小沟，参天大树、出土幼苗；男女老少又都可以踏在它的背上，踩在它的肩上，这难道不是宽阔博大的胸怀吗？它将它的丝丝片片，飘向大地，飘向人间，默默无声；而后又用它的乳汁、它的血液，浸润着大地，使万物生长、使禾苗苗壮，不留一滴、不留一点；人们把它堆在路旁也好，撒向麦田也罢，甚至装进土坛里，它都毫无怨言。这难道不是慷慨无私的奉献精神吗？它能使红的愈红，黑的愈黑。浪涛企图以冬日的温柔掩盖夏日的疯狂，但它却偏偏要更加清晰地将其暴露在人们的眼前；它以自己的身躯温暖着青山，以自己的血液浸润着青山，使青山更青、更美，让更多的人去赞美青山、歌颂青山。这难道不是一种正直磊落的高尚情操吗？

我记起来了，我明白作家们为什么总是在他们的作品里出现诸如"雪白的脸""雪亮的眼睛""雪一样地纯净、洁白"之类词语的道理了。是的，雪是白的、亮的、纯洁的！

人啊，难道能只陶醉在自己的小院子中，而不到更为广阔的境界中去吗？难道能够不为到达理想的境界而做出坚韧的努力吗？难道不应该具有雪那样宽阔博大的胸怀、慷慨无私的奉献精神、正直磊落的高尚情操吗？假如你能这样，人们不也会像赞美雪那样给你以赞美吗？

原稿草于 1990 年正月十六日晚 11 点 30 分
修改于 1996 年正月初三下午 4 点 35 分

啊，人生

《现代汉语词典》里把"人生"解释为"人的生存和生活"。古往今来，不知有多少人从不同角度去阐释它、描述它，但终究是众说纷纭，莫衷一是。而我要说，人生是一种关系，一种相互联系又相互制约的关系。

每一个人都生活在生活之中，而生活就是一张网，而网正是这样那样、纵横交错的关系。外界的人、事、物是关系，自身的各个方面诸如性别、年龄、学历、职业、职务、能力、水平、爱好、兴趣、性格等也都是关系。因此，谁没有关系？谁曾摆脱过关系？只是关系的范围和范围的关系不同罢了。

世间的万事万物都是相互联系、相互制约的，存在于人们生活中的各种关系更是这样。因此，无论是外界的人、事、物，还是自身的各个方面，其关系都是极不容易改变的，尤其是外界的人、事、物，它因为被更大的关系而关系着，所以就更不容易改变。但关系总归是可以改变的——唯物辩证法告诉我们：事物是运动、变化、发展的，因此，关系也在不断地变化、发展着。如果没有关系的变化，单就人来说，就没有感情的发展、职业的变动、职务的升降等等。但是，关系的变化又是有条件的。外界的人、事、物，无不因一定的条件（国家的、社会的、单位的）而不断变化着，自身关系的变化，如学历、水平、能力的提高，甚至性格、情感的变化等，其条件是苦干与拼搏，是意志与毅力！当然，有些关系在一般情况下也是无法改变的，如自身的性别、年龄等。那么我们就要抓住关系的可变性，以拼搏为条件去努力改变它，以弥补不变之不足！

人生中的重要内容是寻找自己的坐标。坐标是什么？是各种关系相互作用的结果，是各种力的组合。每一个人都希望生活得好一些，有的人苦苦奋斗，水平高，能力强，但结果他在生活的各个方面（生命、事业、婚姻等）都不尽如愿或事与愿违，落得古人所说的"怀才不遇"的下场。另有一些人游戏社会，不学无术，水平低，能力差，却能够出人意料，平步青云。为什么？这是关系的作用啊！这里用得着被广为流传的相声里的那句话了："说你行，你就行，不行也行；说不行，就不行，行也不行。不服不行。"我们应该承认这些个别现象，但我们更应该承认这样的事实：社会在发展，人类在进步，国家正在惩治各种腐败现象，为人尽其才创造了和创造着更多的条件和环境！作为年轻朋友，首要的任务是让知识去等待机会，绝不要机会来了再去寻找知识。机会的大门总是向有准备的人敞开。同时，不在位上看关系，在了位上看能力，知识会是有用的！一切成功都在那等待的奋斗中！我们要正视关系，正视自我。既不要悲观失望，妄自菲薄；也不要目空一切，夜郎自大。

因为关系，你可能满腹经纶，终不得志，也可能不学无术，平步青云；因为关系，你可能奋发进取，实现理想，也可能步入陷阱，走向沉沦；因为关系，你可能健康向上，生活美满，婚姻幸福，也可能忧郁多疾，生活困窘，婚姻不幸；因为关系，你可能郁郁寡欢，死不瞑目，也可能得意忘形，含笑九泉……我们仅仅认识这种关系是不够的，重要的是朝着可能的人生目标力争改变关系——去奋斗，去拼搏，去牺牲！

　　啊，人生！这多变难测的人生啊！这需要付出诸多代价的人生啊！

1996 年 2 月 21 日（农历正月初三）

上午 11 点 32 分草就

雪落桂花树

2018年1月4日的清晨，当我打开房门的时候，我被眼前的情景惊呆了：各家各户的房顶上、门前的大道上都堆着厚厚的雪；此时的天空白皑皑的。雪还在纷纷扬扬地斜舞着，一片片雪花摇摇摆摆地飘向大地、飘向万物，通天彻地一片白色、一望无际，雪主宰了这个粉妆玉砌的世界。我转身走回院子，我看到花园台上的雪有半米厚，十几只鸡都蜷曲着身子，缩着头，蹲在圈檐的下面，一动也不动，一副无精打采的样子。只有那棵两米多高的桂花树依然立在花园的雪地上，层层叠叠、密密麻麻的叶片上落着厚厚的雪，在叶片的缝隙里，依然能够看得到那油光发亮的深绿。我情不自禁地跑出家门，跑到海孜矿工人村中有着飞檐亭榭的大花园里，我再一次看到了那一排排、一株株的桂花树，都如同我家院子里的那棵桂花树那样，立于天地之间，立于落雪之中，既无所畏惧，又无怨无悔，它在用它那点点深绿向人们点头致意。置身于此情此景的我，思想的骏马像挣脱了缰绳一样在驰骋着。

桂花树为常绿树木。叶对生，椭圆形，边缘有钢锯齿，革质，深绿色。黄白色的一个个小花儿簇拥于叶片与丫枝之间，呈聚伞花序。农历八月，桂花次第开放的时候，芳香四溢。桂花树性喜温暖，喜湿润，耐高温也较耐严寒。可以半熟枝带踵插，也可以单芽插，极易成活。桂花树可以修剪成球形或独干式。工人师傅在选留的树干达到预期高度后便摘去顶芽，使其生发3—5个分枝，形成树冠。桂花树可以在室内养，也可以在室外、在花园里栽种。有些品种的桂花树要培养十多年才能开花，只要它们生长正常，总会有花朵盛开的那一天。

桂花树四季常青，但不同的季节又有不同的特点。春天来了，桂花树经过整个冬天能量的积攒与储存，再经过温暖阳光的照射与春水的浸润，树干与树枝都在慢慢地呈现青绿色，原来的枝条上有些地方鼓起包来，生出新的枝丫或叶片，叶片开始呈鹅黄色，嫩嫩的、尖尖的，而后不断地生长，呈椭圆形、浅绿色。夏天到了，新生的枝条继续地蹿生，对生的叶片慢慢地变得厚实，呈深绿色，整个儿的树冠更加充实、更加丰满、更加坚壮；那新生的叶片与原来的叶片结合起来，不断地攀升，枝与枝紧紧靠拢，叶与叶集聚交融，呈现给人们的是一幅既婀娜多姿又雍容华贵的景象。秋天向我们走来了，那伟岸的白杨、高耸的杉树、显摆的梧桐等许许多多曾盛极一时的树木，叶子慢慢变黄、枯萎、悲悲凄凄地落到地面上，不久就只剩下了树干与枝条，光秃秃地立在那儿，好一片肃杀凄凉的景象；而此时普普通通的桂花树却因秋的到来而愈加昂扬蓬勃地生长着，片片叶子好像滴得出油来。碧油深绿的冠盖上弥漫着无数的金星，流动着一阵阵沁人心脾的幽香，诗句"叶密千层秀，花开万点黄"的描述实在是形象逼真、恰到好处。植于庭院小隅、假山之旁、花园之中的桂花树，每当金桂飘香的时候，四周都会沉浸在它香甜的氛围里，走近它的人们吮吸着它那清新浓郁的香味，则神清目爽，心情舒畅。假如在这之前有一点抑郁烦怨的情怀，你闻到了这透彻心扉的花香，这烦怨定然会淡然消失，被抛在脑后了。好一片茁壮蓬勃、昂扬向上的景象！

风雪中，我静静地站在桂花树旁，我倾听着它们——桂花树的树干、枝叶、枯花，对天、地、雨雪充满感恩的激情对话。树干说："我们吸收着新鲜空气、我们生长在大地的沃土之中，我们又浸润在雨雪的水分里，我们要感恩它们。"枝叶说："是的，没有它们，我们就无法生存与生活。我们这些枝叶也感恩着你，因为你支撑着我们，托举着我们！"树干又说："我也感恩你们呀，风雨霜雪中，是你们保卫着我，护佑着我，我才能够与你们一起活着。"干枯了的依偎在枝叶间的桂花，用尽自己全身的力气，断断续续地说："树干和枝叶，你们给了我们的生命，直到现在，我们……我们还紧贴在……紧贴在你们的怀抱里。到了夏秋，我们要……要把我们的生命化作……化作泥土，浸润在……浸润在你们的……根系里。"

在常人看来，雪落桂花树，那是雨雪对桂花树的侵袭与伤害，但桂花树的干、枝、叶、花非但没有抱怨雨雪，没有抱怨风雪带来的寒冷，反倒感恩雨雪、感恩雨雪带给它们的水分与养分。正是因为桂花树具有真诚的感恩的心态与精神，它才在风霜雨雪之中活得那么潇洒、那么从容、那么坚强。正如对待玫瑰有两种截然不同的态度那样：爱玫瑰的人总是歌颂她的花艳花香；而烦玫瑰的人却总是挑剔她的刺多、枝乱。其实，从主题上看，我们应该公正地歌颂玫瑰的鲜艳美丽才对呀！对世间的一切，你若总是挑剔、总是责怪，那只能是时时处处郁闷与忧愤；你若总是褒扬、总是感恩，那定将会时时处处欢乐与愉悦。我们为什么不能化郁闷为欢乐呢？更何况对待人或事物，我们原本可以而且能够、应当化郁闷为欢乐的呀！若人人都能褒扬他人、感恩他人，那么，人也开心，你也开心，大家都开心，结果是大家共同进步，在欢乐中成就他人与自己。大而言之，还能够推动社会的和谐与进步。

生活在苍穹之下、大地之上的人们呀，上苍给了你阳光、雨露、霜雪，给了你江河、高山、树木、花卉，给了你谷物与果蔬，给了你如此之多生命、生存的基础与依存，难道你不应该感恩大自然吗？你在生活中，有了亲情、友情、爱情，难道你不应该感恩那些给了你诸多情愫的人们吗？你生活在今天这样一个和谐幸福的时代，难道你不应该感恩党和政府吗？在生活中，磕磕绊绊、愁愁怨怨的事总会时有发生，矛盾无处不在、无时不有，如若你能像桂花树那样，怀着一颗感恩的心，怨将恩报，你还会有那么多的愁怨与烦恼吗？

风雪落在桂花树上，桂花树感恩落在身上的飞雪。人，不该生活在愁怨中；人，只应生活在感恩中！生活在感恩中，人与社会都将会一片光明！

2018 年 1 月 5 日夜

希　望

《现代汉语词典》里说，希望是"心里想着达到某种目的或出现某种情况"。每一个活着的人都有希望，换句话说，希望支撑着每一个人活着。因此，对于尚且活着的每个人来说，希望的意义又都特别重大。

不同的人有不同的希望。每一个人都生活在生活中，生活在社会中，生活在具体的环境中。因人的年龄各异，职业有别，学识分高低，抱负有大小，一个人与另一个人相比，都会有不同的希望。当农民的人不会想着怎样制造原子弹，当教师的人不会想着操着手术刀为病人手术，一个不识字的人也不会想着怎样当教师……即使年龄、职业、学历等许多方面都相同，由于性格、爱好、兴趣、婚姻、家庭等个体差异，不同的人还会有不同的希望。李逵不会像林冲那样退避隐忍，林冲也不会像李逵那样冲动。

同一个人在不同的时期会有不同的希望。辩证唯物主义告诉我们，事物都是运动、变化、发展的，而不是孤立、静止、一成不变的。同一个人随着年龄的增长、阅历的加深、工作的变动、职务的升贬、家庭的变化等具体情况，希望会随具体情况的变化而不断地变化着。一个人在儿童、青少年、中年、老年等各个时期都会有不同的希望。

同一个人在同一时期因不同的境遇也会有不同的希望。例如，一位工作人员受到警告以上的处分，按规定你须三年以后才能正常晋级、升职、涨工资等。你在这一时期内的希望一定是尽快地结束这三年，和其他人一样享受本该有的酬劳。再如，作为监护人，孩子走丢了，这一时刻，你一定急切地盼望着尽快地找到孩子。又比如，你在别人的屋檐下避雨，这时你一定盼望着雨尽快停下来。

人为什么会有希望？因为每一个活着的、头脑清醒的人在那时那地自然而然会为活着或为实现某种目的而生成一种愿望，这种愿望就是希望。人为什么要有希望？因为有希望才会有为之奋斗的目标；有了目标才会有为之奋斗的动力、信心和勇气；才有可能在顺境中跃马扬鞭，乘势而上，在逆境中百折不挠，勇往直前，不达目标决不罢休。

有的老人说："我老了，不中用了，现在什么希望都没有，只是想健健康康、开开心心、带带孙子、养养花儿。"你看看，他的话的后半句就全是希望——健康、开心、带孙子、养花儿。有的妇女说："女人生了孩子就什么希望也没有了，我现在就是成天买买菜、做做饭、带带孩子。"你听听，她的话的后半句也尽是希望——买菜、做饭、带孩子。有的病人说："我现在病了，什么希望也没有了，只是想病好了，看着孩子慢慢长大。"你想想，他的后半句又全是希望——希望病好了，希望孩子长大成人。难道一定要将来工作出色、成就卓越才算是希望吗？只要是有想法、有期盼就是希望。俗语说：十年的干活看不着，十年的孩子能干活。你带孩子、想看着儿孙慢慢成人成才不正是最大的希望吗？

人的希望有阶段性的规律，这是人的共性问题。人在孩提时代，接触的人或者事很少，即使接触了一些，也不会深入地想。知识面狭窄，即使上了一、二年级，父母教导的"要好好学习，将来上大学"之类，对他们来说，也只是个很朦胧的问题；他们所想的大多是和小伙伴们下沟游泳、沟边挖泥鳅、捉螃蟹，或者几个小伙伴一起分角色演儿童戏、捉迷藏、猜谜语，或者向大人们要点好吃的、买点好玩的，或者与大人们一起，到姥姥家、姑姑家、姨姨家去玩……绝不会想结婚、生孩子、找份好工作之类的大问题。玩是儿童的天性，儿童就是在玩中快乐地成长着，玩发展着思维、发展了个性。青少年时代是一个人学习知识、了解社会、认识事物、思维活跃、发展个性、不断成长的黄金时期。这一时期的青少年，对知识的掌握程度、对事物和社会的了解与认识程度都较深入了一些，同时，个性、性格、兴趣、爱好等的形成也会直接地影响着青少年当时和今后甚至一生的生活质量。在学生时代不思学习、贪图享受的青少年，尽管在文化知识方面单薄、浅显了一些，但他们同样有着自己的个性、性格、兴趣和爱好。无论知识丰富与否，只要他不违法，他就有可能在某方面做出成就，铸造自己的一生幸福。就希望来说，少年时期，很多人都是希望自己能够次次考出好成绩，德智体美全面发展。随着年龄的增长，身体发育的不断成熟，有了对异性的追求和朦胧的爱情。到了高二、高三，分了文科班和理科班，又力求扬长避短，追求文科或理科中的每一科全面发展，争取考高分，考上自己希望的好大学。作为群体的人，到了这一时期就慢慢分化，各人都在朝着自己希望的目标去奋斗，去追逐梦想。不知不觉，有的人大学毕业了，有的人学了某方面的专长，有的人虽没有进入大学的门槛，但已经在社会上摸爬滚打了好几年，对自己、对事物、对社会、对各种窗口都有了比较深入的认识，就都开始进入找工作、寻爱情、组织家庭的阶段了，这找工作、寻爱情、建家庭就是那一时期人们的希望了。工作找到了，爱情觅得了，家庭组建了之后，人们又希望工作出色一些，尽快地晋级、提升、增资，希望生儿育女，希望家庭幸福。而后进入中年时期，要抚育儿女，要赡养父母。这一时期的人们都希望儿女快快长大，健健康康，平平安安；希望父母身体健康，能为自己照顾好儿女。到了五十岁左右又希望儿女考上好的学校，找份好的工作，找个好对象，组建个好家庭；也希望父母能够健康平安、自己能够照顾好自己。接下去又希望能早一天地抱孙子、外孙。七八十岁以后，自己老了，父母或许已经去世了——只希望自己和老伴能够很好地活着，能够照顾自己，不拖累儿女；另一方面又希望重孙辈们天真活泼，四世同堂，开心每一天。直到有一天，或瓜熟蒂落，或病魔缠身，在弥留之际，看着满堂的儿孙，慢慢地闭上了双眼，走完了自己的人生之路。从这一刻开始人们才真是什么也不用想的了，真的是再没有任何希望了。但，作为人，一息尚存，希望永在！

那么，怎样为希望而奋斗呢？首先，我们的心中要永远地燃烧着希望之火，要坚信我们希望的目标一定能够达到！要有决心、有信心、有恒心。其次，我们要为实现希望而尽可能充分地储备必要的能量。"书山有路勤为径，学海无涯苦作舟。""黑发不知勤学早，白首方悔读书迟。"你在青少年时期就应该有明确的奋斗目标，亦即有明确的希望。你要刻苦学习各门功课，增长自己的知识与才干，以图能够实现自己的希望，甚至在实现自己的希望之后，你仍能够在自己希望的事业上做出更高成绩，让人刮目相看，让人钦羡与仰慕。要修身养性，积德积善，好好做人。人品好，有才干，又积极肯干，才能创造辉煌。要懂得和深信：希望的大门永远向着有准备的人敞开着！再次，要像打仗那样，胜不骄，败不馁。在顺境中，天时地利人和，各个方面，都有利于你的发展，你要保持清醒的头脑，谦虚谨慎，戒骄戒躁，合作交流，在工作中成长，在团队中成长。假如自命清高，孤芳自赏，鄙视他人，一意孤行，就会碰壁，就会栽跟头，就会毁掉本该有的前程。在逆境中，不要意志消沉，萎靡不振。在困难和挫折面前，仍然要时刻保持坚强的意志，饱满的热情，旺盛的精力，昂扬的斗志，去迎接命运的挑战！"命自我作，福自我求"，希望的成功"三分靠命运，七分靠打拼"。只要你坚忍不拔、百折不挠，就一定能够到达理想的彼岸！比如，篮球场上，运动员总是左躲右闪，忽进忽退，最后终于排除了种种干扰，投进了那一球。再次，要讲究规律，分解希望。当你朝着既定目标努力奋斗，你要长规划、短安排，把大的希望分解成为之服务的一个个小的希望，然后再脚踏实地地付诸实施。一个个小的希望实现了，大的希望也就自然而然地实现了。同时，旧的希望实现了，又会产生新的希望。人的一生就是在为一个个希望而不断地努力奋斗的过程。

　　让我们的心中时时刻刻都燃烧着希望之火，让我们坚持不懈地为之奋斗吧！一切成功都在那坚持不懈的奋斗中！

2017 年 10 月 9 日草就

四十岁

　　四十岁，富足与衰竭共有，奋发与消沉同在，奉献与获得并存——不能不说，这是一个可赞可叹又可怕的年龄。

　　四十岁，历经沧桑，遍尝了生活的酸甜苦辣。不论职位高低、能力大小，职业如何，只要你已经四十岁，你就一定走过了一段不平坦的人生之路，对有些人来说，甚至是很曲折、艰难的。你一定面对过表扬与批评，拥护与反对，捧场与诽谤；你一定有过成功的喜悦，也有过失败的痛苦；你或许曾在人生重要方面（例如职业婚姻等）的十字路口上徘徊过，在犹豫之后你做出了痛苦的抉择。原来，这就是生活呀！世态炎凉，人情冷暖，使你有了人生的感悟——使你在四十岁以后对人、对事、对物已经洗刷了童年时的稚嫩，摆脱了青年时的莽撞——你日渐成熟、日渐老练、日渐稳重。少年时，你可能横冲直撞，没有方向，没有目标，自以为什么都能学，什么都能干；青年时，知识丰富了，理想确立了，你可能野心勃勃，在你确立的那个方面大有"当今之世，舍我其谁也"之势；步入中年时，阅历加深了，认识全面了，开始冷静了，拼搏精神或许更强了。进入四十岁，世界观已经形成，水平能力已成定势，尽管理想之火间或在胸中燃烧，但已经不是烈火熊熊了。回首往事，青少年时期打上的烙印会使你的信心、意志和毅力开始衰竭——有了阿Q式的自我安慰："知足常乐"。这时的你，假如理想尚未实现，差不多该会认输了。

四十年的生活阅历，四十年的顽强拼搏，给了你宝贵的财富——提高了水平、积累了经验、感悟了人生、认识了社会、评判了自我。

四十岁，精力充沛，经验丰富，干练果敢，办事谨严持重，效率较高。你因有这些特点，具有同样能力非四十岁年龄的人会对你羡慕不已，并因之望尘莫及。这正是你建树事业的最好时机。但是四十岁的人——除了工作，还有生活；除了生活，还要处理各种关系。就生活来说，有个人的，更有家庭其他成员的，父母、妻子儿女、柴米油盐，太多太多的事都要计划好、处理好。但更难处理的是各种关系，上上下下，前前后后，左左右右，外界的、自身的……有人说"现在是三分工作，七分关系"，这种说法未免带有一种消极厌倦而又无能为力的色彩，但深究起来，也多少有点道理。我在《啊，人生》一文中写道："人生是一种关系，一种相互联系、相互作用又相互制约的关系。"各种关系相互作用的结果，就能够成为至少是一段时间的坐标，你不能不注意啊！因此，工作、生活、关系，这三大重担同时压在了你四十岁人的肩上，使得你喘不过气来，你一定会深沉地感到这种超负荷的苦与累。假如你有某方面的特长（或许你在年轻时曾经为有这个特长而自豪过、骄傲过），这特长固然是你的资本，但更是你的包袱。

四十岁，人生的坐标已经确定，婚姻、家庭、事业、职务等已成定局。你因拼搏而有了工作，又因工作有了薪金、职称或职务，这就是简单意义上的获得！如上所说，四十岁的人承担着三副重担，在累了一天躺在床上的时候，会对大千世界，身边的人与事、现实生活再做一番认识，同时也会因自己的苦与累，生出几多惆怅。如果你还有野心走向仕途，恐怕距离四十五岁的时间已是屈指可数了，时间不饶人啊！

四十岁，这是一个容易消沉，但又绝对不能消沉的年龄。你还要工作二十年——消沉了，你就会前功尽弃；消沉了，你就会枉活后半生；消沉了，二十年后就更不能振作起来了。同时，"大器晚成"者古今中外太多太多，何必要吊死在一棵树上呢？四十年的酸甜苦辣，给了你知识、经验与能力，这财富要珍惜啊！要会在现实生活中不断地充实自己，调整自己，以乐观主义态度去迎接人生的挑战！

　　四十岁之前没有成功，那么成功定将在四十岁之后不懈的奋斗中！

1996 年 11 月 13 日夜

五福临门

每逢过大年的时候，人们常常把"五福临门"作为对联贴在大门上。它是对家庭和家庭成员的良好祝愿与美好祝福。那么，"五福"指的是什么？"五福"各有着怎样的意义？怎样才能实现"五福临门"？笔者想就这些问题谈谈自己的粗浅认识。

"五福"即富贵、康宁、长寿、好德、善终。

"富贵"即富足和高贵。从"富贵"汉字的构造中你可以看出："富"指的是有房子住、有饭吃、有地种（或有工作干）。"贵"字由"中""一""贝"三字组成。"中"即中间、一般状态，有房住、有饭吃、有地种就足够了；"一"字平平的、淡淡的，不必在生活上有太多的奢求；"贝"在古代是钱财的意思。"贵"就是要把能够维持基本生活外的钱物乐于施舍给别人，给那些不如自己的贫困人家。"富贵"总的意思是能够过上基本的生活，并乐于帮助别人。若能这样，你就是富贵之人了。"康宁"，即健康与安宁，意思是人们要健健康康、平平安安、宁宁静静。这里强调的是人们在生命与生活历程中身体健康安宁和有固定居所的重要性。健康平安是人生活与工作的本钱，固定居所是人生命与生活的物质基础。一个人只有健康平安又居所稳定，才能使生命、生活与工作富有活力、充满光彩。"长寿"即寿命长、长命百岁的意思。"好德"，即对人要乐施行善、要善解人意，能够及时地帮助别人，"不以恶小而为之，不以善小而不为。"一个人如果只顾自己，不顾别人，对别人的困难视若无睹或置若罔闻，那就无异于行尸走肉；面对别人的困难，不光不予以帮助，反倒幸灾乐祸，乘人之危，那就禽兽不如了。因此，天地之中的每一个人都应该存善心、说善话、行善事、做善人，所谓"积善成德，圣心备焉""积善之家，必有余庆"。最后一福是"善终"。"善终"有三个方面的意义。一是瓜熟蒂落，死前无病无灾，且不连累家人。二是死得了无牵挂，对于自己的事、儿女们的事、工作的事都做得井井有条，不留遗憾；或者是虽有尚未做完的事，但在临终前都有妥善的嘱咐，可以瞑目黄泉。三是死在家里，死在自己的床上，死的时候有儿女在身旁。这"五福"总的意义又在于：一个人有基本的生活条件，有健康的身体和稳定的居所，又乐于帮助别人，做积德行善之人，你就能够长命百岁，寿终正寝了，也就是"五福临门"了。

从上面的分析我们不难看出："五福"当中"富贵"是讲生活、讲施舍的；"好德"是讲德操，要求人们以善心做善事的；"康宁""长寿"和"善终"是讲人们要保持健康的身体与心理的。那么，怎样才能"五福临门"呢？首先，我们要不断地学习与修养。学习中国博大精深的传统文化，先从《三字经》《弟子规》学起做起。国以人为本、人以德为本、德以孝为本，本立而道生。我们要孝亲爱国。乐于助人。我们要学习与时俱进的毛泽东思想，做到全心全意地为人民服务。我们要学习和践行社会主义核心价值观，还要学习习近平新时代中国特色社会主义思想，学公德、讲公德、做公德。在社会做个好公民、在家庭做个好成员、在单位做个好职工。其次，要乐施好善。别人有困难时，要乐于帮助；别人有纠纷时，要乐于劝解与化解；别人有需要时，要善解人意，乐于奉献。再次，要不断地创造。要用自己勤劳的双手去创造足以维持生存、生活的基本物质条件和稳定平静的居家、家居条件，"淡泊明志，宁静致远。"再次，要不断地锻炼身体并养成良好的饮食习惯。要锻炼自己的身体与心理，使身体强壮、心理健康、心态平和，将它们投入到生活与工作中去。毛泽东主席关于养生有四句话，很有借鉴意义——"少荤多素，经常走路，劳逸适度，遇事不怒。"

　　劝君用善心指导自己乐施好善，用平常的心态过平静的生活，用运动的方式磨炼自己的意志与身心。果能如此，"五福"必将"临门"。

2015 年 5 月 16 日成稿于濉溪县医院

五十知天命

我已从"不惑"而入"知天命"，因此对孔老夫子的"五十知天命"之言，有颇多认识、颇多感慨。

"五十"，自不必说，它是指人之五十岁或五十这个年龄段；"知"则为知道、了解、懂得；"天"是指宇宙、自然、万物、各人之自身；"命"即命运，是指日月经天、江河行地、万物生亡，或人自身的生命、事业、婚姻、生活得其所。一句话，即是指人到了五十岁这个年龄之后就已经懂得了万事万物，包括人自身生亡盛衰经历的道理。

"五十知天命"，尽管职业有别，经历不同，但每一个有思想的人，都会随着年龄的增长而知道得很多。大而言之，我知道世界充满着清正与光明，但有些现象也显露着污浊与黑暗。小而言之，我知道求学难，成事难，做人难上难。半生求索，半生登攀。难啊，难！总而言之，世界最终走向光明与进步，好人终究吉祥平安，这是对立统一规律使然。犹如大厦筑就，其间或许有几个贪污小丑；又如百丈之松，何惧几只蚀肌蛀虫。好人终究为好，正所谓"得道多助，失道寡助"，更何况"知足而常乐"？

岁数不饶人，节令不饶天。青少年时，大有"可上九天揽月"之浩气，读书追索，夜以继日，希冀将来怎样怎样；工作之后直到前不久，正是血气方刚、蓬勃向上的壮年时期，早出晚归，披星戴月，没有节假，不敢懈怠，为自己，为他人，为儿女，为父母，为工作，为事业，筋疲力尽，盔歪甲斜，享受过宠戴，也愤郁过屈辱，然壮年不壮，几近倒下，油将尽、灯将灭、志未酬。"知吾命"之期，期而至之。不求青壮辉煌，但求儿女成事成婚，孙群膝下，安享天伦。即使是过年，同样因为年龄不同而心情不一。童年少年时代，对这过年总有一种期待、一种向往，如海边观日出，雨后看彩虹；青壮年时期，每当过年总会生出几多亢奋、几多震颤，犹站在低楼看高楼，运动员赛场上看赛事，表彰会上看领奖人；"知天命"之后的近几年，每逢过年总会有些许叹息、些许惶恐，像送别家的孩子上大学，在别家的楼房里话今昔。

人生务须微笑，何必那般沉重？

微笑吧，人生！人生呀，微笑！让我以不久前的拙笔《五十岁生日抒怀》作结吧："花开花落五十番，求索图存鬓霜染。小舟一叶泊人海，微笑酸辣共苦甜。遥望当年慕鸿鹄，可叹今日戏雀燕。蜡梅傲雪经风雨，夕阳耀目照青山。"

2006 年 11 月 19 日

竹

竹——清柔高雅、素淡秀丽，为历代文人墨客所爱所颂；但究其实，它所表现出的本质特点却是人们必须唾弃的。

阳光沐浴着它，水肥浸润着它，按说它应该茁壮成长，实实在在，但是它却腹中空空，没有力量，没有硬质，因而也就派不上多大的用场。尽管如此，它却从未忘记自我炫耀、自我表现。你看，每当微风吹来的时候，它就摇头晃脑，颤动着身躯，唱着招人青睐的曲子。再看它那躯体上，夏季每隔一段时间，它就努出个骨节，用来显示它的成熟与老练。即使把它放进大海中，它也没有忘记炫耀自己——总是浮在水的上面。它只求表面华丽，绝无实在之质。看上去，它光滑、柔韧、外表美丽，但它弱不禁风，怕冷怕冻，易折易弯。人们根据它的这一特点，将其做成了竹椅、竹床……更令人气愤的是，外表美丽的它居然有着卑躬屈膝的奴才性格。每当风吹，小吹小倒，大吹大倒，狂吹断倒，绝无松树那种百折不回、宁死不屈的气节。

竹光滑柔韧、淡雅清丽的外表固然可爱可颂，但它那腹中空空、自我炫耀、爱慕虚荣、弱不禁风、卑躬屈膝的本质绝对是我们应该鞭挞和摒弃的。

1996 年 2 月 21 日（农历正月初三）

晚上 7 点 50 分草就

浴　池

　　浴池，人们洗澡的池子。

　　它朴实无华，无怨无悔。无论是由砖还是由石头砌成的，无论是大的小的，方的圆的，无论是公共的还是一家一户的，它都是那样，兢兢业业，任劳任怨。

　　它不分性别，不计长幼，不论职务高低，只要你走进它的怀抱，它就会认认真真地用它那温暖的身心去揩拂掉你身上的污浊，甚至脓与血。

　　它日复一日，年复一年，总是夜以继日、不知疲倦地工作着，不叫一声苦，不说一声累。

　　它奉献的是温和与清澈，得到的是肮脏与污浊。虽然没有欢笑，但也从不流泪。

　　人们啊，当你赤裸着肮脏的身体扑入它温暖宽阔的怀抱的时候，不知你是否想过它的那种无私奉献的精神，是否为它得到的仅仅是肮脏与污浊而感到不平与不幸？如果你不仅没有感到过这些，反倒责怪它温度的冷暖或性情的柔躁，那么——这是浴池的悲哀，也是你的自私与贪婪！

1996 年 11 月 26 日

过　年

我们中国最传统的节日——春节，就要到了。盛衰时代，穷富人家，忧喜悲欢，男女童叟，无论哪一年，无论是谁，都要过这春节，总要过这春节。不知怎的，在这辞旧迎新的时刻，我的心中突发出几多思绪、万千感慨。

记得童年、少年时代，对这过年，我总有一种期待。一种向往。童年与少年时期的我渴望过节，尤盼过年。因为过年或许能买块肉吃，过年才能吃几天白面馍馍和鸡鱼肉蛋之类。不仅如此，过年时通过走亲戚、给长辈们磕头，还有可能得到几块、十几块，甚至三五十块的压岁钱。再说了，1964 年开始上学，先读小学，再读初中、高中，总是有巴有盼的：这次考了个第二，下次想考个第一；这次考个第一，下次仍要保持第一；这次写了篇好作文，下次想投稿，还想将来当作家。至于温饱方面，好像很少想过，绝没有太多的奢望，这或许因为本来就不知道好生活是个什么样子的缘故吧。这个时期的我，如海边观日出，雨后看彩虹。

1974 年年底，我高中毕业了，那时我刚满 18 周岁，我开始步入青年时代。直到四十岁，每当过年，总会生出几多亢奋、几多震颤。这段时期，按先后可分五段时间：1975 年元月至 1978 年 8 月，回乡务农；1978 年 9 月至 1981 年 8 月，当民师在小学任教；1981 年 9 月至 1983 年 7 月在濉溪师范读书；1983 年 8 月至

1990 年 11 月在中学任教；1990 年 12 月至今在乡镇农校教委工作，作为教育行政人员，充当一般办事员。回乡务农的三年多，年复一年，吃苦耐劳，干重活、脏活、麻烦活，挖过沟河，喂过猪，当过大队农科所会计，面对世态炎凉，面对人情冷暖，面对关爱与诽谤，曾几何时，生发出一次次的愤慨。尽管如此，还是那样终日黄牛般地劳作着——因为那时心中有一种希望，三年劳动表现好，可被上级推荐上大学。这几年，总有一种压抑，有一种说不出的愤懑，但也总不服输，那种昂扬的斗志、想要成功的决心从未泯灭过。几年高考落榜之后，我以自己在本大队十几名考生中的最高分而当上了民师，这里的三年，有成功的喜悦（学生考出好成绩，大公社三次公开课），也有落榜的痛苦，最后改考师范学校，1981 年 9 月我考上了濉溪师范。师范读书的两年，我的文科成绩如同在初中、高中读书时一样，每每总是第一，1981 年 12 月在全淮北市中学生、师范生命题作文竞赛中，我得了个鼓励奖，而后又在华东六省一市作文竞赛中以我的《草寺庙春会》散文获纪念奖。在这段时间内，回忆起来，我总是无怨无悔，我除了课堂学习外，大多时间都是进图书室，读书笔记有足足三大本。那时，我的心中总升腾着一种希望，仍然立志要做一番事业，取得一项成功——做个好教师，搞业余创作，出几本书。1983 年 8 月回乡教书。其实师范毕业前，我原本可以留师范学校，或进县教育局的，但种种因素，总觉得还是回来的好，进县城以后还是有可能的。现在想来，这实在是一种"下策"。还真好，直到 1990 年底，我一直带初三语文或加政治，又兼班主任，我受到过学生和很多教师的"崇拜"，受到过县区教育部门领导的青睐，1988 年 1 月，我被评为县中学语文优质课教师，也发表了两三篇教学论文，可以说在临涣区（现属临涣镇）已是"小有名气"。这段时期，面对崇拜与辉煌，我在宽慰、喜悦之余，也难免有些许怅惘，些许渺茫。1990 年底，我当上了乡农校校长，撤区建镇后我先当了镇农校校长，1994 年 5 月始当教研员，总之是教育行政部门的最基层的一般办事员。这几年，喜怒哀乐，有种种体验，情绪不稳。我取得过成绩，受到过上级的奖励，得到过校干与教师的公正性的好评，我因此而欢喜；我发表了省、市、县级教学论文十余篇，被推荐、选举当上了市中语会理事，我因此而快乐；我感到超负荷的劳累，我感到自己并没有因为劳累奉献而得到，我感到在许多方面自己的心理很难平衡，但自己又不想爆发，我因此而愤怒；面对容颜苍老、些许白发，不能不产生出一种哀怨。这段时期的二十年，我看到的是在图书馆工作时的毛泽东，在童年时期的高尔基，负重爬山、登万里长城的人们，听到的是运动员起跑时的那声哨音，农村盖房子打地基时的夯声。四十岁以后的这个三年，容颜更加苍老，白发日益增多，生活负担加重，同时，还是那样劳累，那样郁郁寡欢，那样心事重重；再想想已经近乎穷途末路，想做的不能做，该办的不能办，青年时期的"雄心"已近泯灭，实在太沉重、太惭愧、太遗憾！这过年也自然感到有一种沉重，有一种惭愧。自己好像是站在高楼下看高楼，赛场上看赛事，表彰会上看领奖人。

哎，岁月蹉跎，蹉跎岁月，前进负重，负重前进！年年难过年年过，事事难成事事成！

1999 年 12 月 16 日夜

啊，黄牛

　　每当我看到头顶风沙、脚陷黄土、身负重压而又一往无前的老黄牛的时候，它的那种生默默劳作、死肉为人食的无私奉献精神就使我油然而生敬意。

　　老黄牛，无论春夏秋冬，无论重活难活，总是日复一日，年复一年地默默劳作。耕作季节，无论在高原上还是在平原上，无论在山坡处还是在洼地里，也无论它与马儿配合还是与驴儿搭配，它总是不顾环境、一步一个脚印地向前走。马儿踢它，它不理睬；驴儿抗它，它不反击。它总是踩着犁沟、踏着松土，向前走、向前走。烈日炎炎，它常常浑身是汗，依然喘着粗气、吐着白沫、拖着沉重的脚步往前走；天寒地冻，它常常浑身颤抖，依然紧拉耕套、竭尽全力，迈步向前。没有主人的命令，它从不歇脚、从不停留。拉重车上陡坡的时候，马儿昂着头，耸着肩，抖着毛，摆着腚，样子像用劲，实际耕套却松松的；老黄牛则不然，它低着头，伸着腰，拧着尾，蹬着蹄，没有做作，没有炫耀，耕绳绷得紧紧的。车陷淤泥中，任凭主人怎么吆喝，马儿要么干脆不拉，要么猛一蹬耕，竖起身子，前蹄趴空；老黄牛还是那样低头用力地拉着。若是把马儿卸下来，换上一头老黄牛，两头黄牛一起拉，车子再重，陷得再深，也照样拉得上去。

　　老黄牛在主人面前，既不表功求赏，也不献媚讨好。身后是刚刚犁起的沃土，是徐徐向前的重车，是松土中那深深的蹄印。

老黄牛仅仅认为它是大家中的一分子。

老黄牛没有任何奢望，住的是棚，吃的是草。吃草是为了活着，活着是为了奉献力量。

老黄牛的奉献最无私、最彻底。活着——奉献了自己的全部力量；死后——奉献了自己的全部身躯，皮、骨、血、肉。

我没有到过黄牛屠宰场，我不知道在宰杀它的那一刹那，它有没有掉下一滴泪！

啊，黄牛！

可赞可叹的黄牛啊！

1999 年 12 月 6 日夜

散文创作谈

散文创作应该把握以下三个方面：

一、散文必须做到有物有序有情。"有物"指的是内容充实，选材典型；故事完整，主题鲜明；环境衬托，正反对照。"有序"一是要认真组织材料，讲究写作顺序；二是要层次清楚，重点突出；三是要结构完整，过渡自然。"有情"则为血肉丰满，形象生动；语言流畅，感情真挚；修辞恰切，描写逼真；立意高远，耐人寻味。三者之间，"物"是基础，"序"是手段，"情"是目的。

二、散文必须体现"形散神聚"的特点。一篇散文可以上下几千年，纵横数万里，可以古今中外，各行各业，可以形形色色，酸甜苦辣。但这些都只是一个个的素材，都要经过作者的认真推敲、反复筛选，要为表达一个主题、一种精神，或一个潜在的力量、一种感情服务。散文必须做到形散而神不散，放得开又收得拢。

三、散文的语言格外讲究流畅、优美、真情与韵味。散文的语言是由这篇散文的感情基调决定的。有的散文如小桥流水，叮当作响，如老舍的《济南的冬天》；有的散文如决堤的洪水，大气磅礴，如茅盾的《白杨礼赞》；有的散文则显现起伏，时扬时抑，如范仲淹的《岳阳楼记》。

共产党人就是要执政为民

"共产党人就是要执政为民。"这是中国共产党向全体党员发出的伟大号召，是全国各族人民对共产党人的共同愿望和根本要求，是作为执政党的全体共产党员对全国人民的庄严承诺和根本实践！

党的好干部孔繁森同志进藏工作 15 年，他为当地人民做了无数的实事、好事。阿里地广人稀，平均海拔 4500 米，常年气温零度以下，最低温度常常零下 40 多度，每年 7 至 8 级大风占 140 天以上，许多人都望而却步；但孔繁森常常深入调查研究，求计问策，寻找带领群众脱贫致富的路子。不到两年的时间，他跑遍了全地区 106 个乡中的 98 个。在孔繁森的勤奋工作下，阿里经济有了较快的发展。1994 年，全地区国民生产总值超过 1.8 亿元，比上年增长了 37.5%；国民收入超过 1.1 亿元，比上年增长 6.7%。1994 年 11 月 29 日，他在去新疆塔城进行边贸考察返回阿里途中，不幸发生车祸以身殉职，时年 50 岁。孔繁森的一生是为党和人民的利益而鞠躬尽瘁、死而后已的一生。他的一生充分证明了：共产党人就是要吃苦耐劳、越是艰险越向前，就是要百折不回、无私奉献！

原云南省保山地委书记杨善洲同志，几十年里，不知为群众"散过多少钱财"，帮百姓解过多少忧困，自己一家却始终过着清苦的生活：妻儿户口留在农村，二三十年无力盖新房，家人从未因为自己是地委书记而沾过半点光。退休后，本可以安享晚年，却偏要白手起家，住窝棚、拿着 100 元的伙食补助，在荒凉的山营里造起几百亩林木，为林区修公路、为附近村寨通水、通电，并把价值数亿元的林场无偿交给了国家。临终了还忘不了叮嘱林场工作人员：“一定要继续种树，一定要管好林场，一定要把林场的利益按比例分配给群众，千万不要让群众吃亏呀！”杨善洲同志的一生，充分地说明了：共产党人就是要生命不息、战斗不止，就是要一生为民、一生清廉！

韩村镇和谐村有一位名叫刘安乐的老党员。20 世纪 70 年代时他担任大队会计。每次到生产队搞调查、查账目在群众家吃饭时，他总是不吃为他烙的包皮馍，而是抢吃黑窝头，他常常噙着泪说：“全大队人民不富裕，我有责任啊，哪里还有脸面去吃好面馍呢！”八九十年代他担任了村书记，他带领全村人民植树、种葡萄、种瓜套棉，改两元经济为三元经济。他经常访贫问苦，为群众排忧解难，为五包户挑水送柴。2001 年冬，在为学校建教学楼去临涣煤矿筹资回来的路上，不幸跌折了腿。他把群众看望他时送的礼品和钱全部退还给了群众。骨折后不到一个月，他就让妻子用板车拉着他到学校看场子，联系建楼事宜。学校师生和地方百姓无不感动得流泪。如今他离任退休了，他每天总是拉着平板车，带着铁锹、锄头，拾石子、拾砂疆，为群众铺路垫桥。每当人们劝他在家休息时，他总说：“我是个老党员，能为群众做多点事就做多点事！”他是位普通的共产党员，但他所做的事却平凡而伟大！他名微位卑，但他的思想品质却崇高而又令人敬仰！他的平凡有力地诠释了：共产党人就是要与群众同甘苦共患难，就是要扎根于群众之中，想群众之所想，做群众之所需，全心全意为人民群众谋福利！

在今年三、四月份小麦抗旱斗争中，韩村镇党委、政府、纪委号召全体党员带头抗旱并且帮助困难户下田抗旱。党委书记、镇长、纪委书记，每天早出晚归、披星戴月，奋战在田间，常常穿胶鞋、抱管子，为群众抗旱浇水，常常吃方便面、喝纯净水，常常打着手电筒为农户发补助费。他们既是指挥员，又是战斗员，终于取得了今年全镇的小麦大丰收！韩村镇党委、政府、纪委领导同志的工作实践也清楚地反映着：共产党人就是要身先士卒、带头苦干，就是要廉洁勤政、为普通百姓排忧解难！

中国共产党领导全国人民取得了新民主主义革命的基本胜利，取得了社会主义现代化建设的辉煌成就，靠的就是相信群众、依靠群众又服务群众！"为人民服务"是每个共产党员在党旗面前喊出的掷地有声的肺腑誓言！数以千万计的共产党员的平凡事迹和工作实践无不充分地证明了"共产党人就是要执政为民"！

2009 年 10 月 6 日

晚年幸福靠“五子”

在和平的年代里，人们要想在晚年过上幸福的生活，就必须同时具备“五子”，即有一个好身子，有房子和票子，有健康的那口子（老伴），至少还要有一个好孩子。

好身子是晚年幸福的基础。一个人，只有身体好和心理好，才能时刻保持进取的精神、昂扬的斗志、冲天的干劲和旺盛的精力，才能做到生活好、工作好，才能使自己的生命有朝气蓬勃的光彩。反之，如果身体和心理不好，即使后“四子”都很好，你的生命、生活与工作也会因之黯然失色，你很难成就本该成就的事业，同时你还可能产生对生命的厌倦和连累儿女的愧疚心理。房子和票子是人晚年幸福的物质基础。人到晚年，如果没有属于自己的房子，属于自己安定清静的居所，即使儿女们的房子再多、再好，你住在儿女家里也会有时产生寄人篱下之感。尤其是儿女多的朋友，更应该在年老之前建造属于自己的房屋，免得到了老年没有了精力与财力不能建造房屋，而儿女们却又为此各执己见而争论不休。除房子外，人到晚年也一定要有一笔能够足以养老的资金（票子），即使你有工资，那工资本也一定要掌握在自己手里，以便随时灵便地使用。正如俗话所说：“儿女有不如自己有。”那口子和好孩子是晚年幸福的感情基础。人常说：“少为夫妻老来伴。”人到晚年，如果没有了老伴，又没有一个好孩子，没有人陪你说话，没有人为你洗衣做饭，没有人在你生病住院时照料，没有人为你分享欢乐与化解忧愁，那将是怎样的孤独与凄惨！如果老伴健在，身边又有一位或几位好孩子，你的饮食起居有人细心地照顾，儿女们经常地在你身边逗着你玩，那该是怎样幸福的情景哟，你那个时候一定是心花怒放、笑逐颜开的吧！

要想使自己的晚年"五子"俱备，你在年轻时就应该努力于以下几个方面：一是要懂得"志不可满"的道理，凡事不必太苛求。人在年轻的时候，往往有理想，有目标，并为之奋斗。但目标的制定，一定要符合自己的实际，不能高不可攀；并且奋斗中要分解目标，要分时间段逐步完成。二是要合理安排自己的工作、休息与锻炼身体的时间。工作固然重要，但不能为了业绩而忽视生命。要注意锻炼身体和合理饮食，要时刻保持身体强壮、心理健康与心态平和，要为自己的晚年幸福奠定一个身心健康的好基础。三是要注意营造家庭和谐的良好氛围。在家庭生活中，要尊老爱幼、夫贵妻贤、父慈子孝。在你年轻的时候，一定要孝敬双亲，为你的儿女将来能够孝敬你做出榜样。"百善孝为先"，"孝"字当头，其他问题都能迎刃而解。四是要努力创造晚年幸福的物质基础。在自己有精力、有体力、有财力的中年时代，就应该为自己建房子、存票子。建房子将来有安乐窝；存票子，将来吃、穿、病、用不发愁。别等到年老了再去想房子、要票子。那个时候，你没有精力，没有体力，虽有财力却又无力支配，麻烦大啦！

朋友们，晚年幸福靠"五子"，切记哟！

2015 年 5 月 16 日于濉溪县医院
发表于 2021 年 10 月 14 日《淮北日报》

从《人生》看路遥的小说风格

路遥，陕西省清涧县人，1949 年 12 月出生于陕北山区一个农民家庭里。此后，他一直生活在农村和农村与城市的交叉地带。他熟悉那里的风土人情、熟悉那里的各种人物，有丰富深厚的生活经历和情感体验。"文革"结束后，他的创作犹如火山爆发一样喷涌而猛烈，许多感人肺腑、扣人心弦的好作品相继问世。《风雪腊梅》和《姐姐》等获短篇小说奖，《惊心动魄的一幕》《在困难的日子里》和《人生》等获全国优秀中篇小说奖，长篇小说《平凡的世界》获第三届茅盾文学奖。这许多许多的作品已经形成了路遥小说的独特风格。

《人生》发表于 1982 年，又被改编成电影搬上银幕，在其后的十多年间，引起社会广泛而深刻的讨论；时至今日，仍有不少评论家和文章发表着自己对路遥及其《人生》等作品感动或感慨性的文字。这因为《人生》是一部充满着革命现实主义精神的成功力作，是路遥的成名作。在这幅具有时代特色，触及了社会的、道德的、心理的各种矛盾的图画上——作家既深入地开掘了生活中所饱含的富于诗意的美好内容，也尖锐地、毫不隐蔽地袒露了生活中的丑恶与庸俗；既盼望社会要重视、关爱、培养青年一代健康成长，为他们搭建施展才华的平台，使他们能够为国家、为社会多做贡献，又警醒、告诫、教诲青年一代，"在社会不能全都满足他们的生活要求时，他们应该正确地对待生活和对待人生"，一个青年人完全不必以碰壁的方式去吊死在一棵树上。正因为作品的立意深刻，又加上作家丰富的生活经历和情感体验以及深厚的文学功底，才使作品中对当时社会背景的反映，对众多人物尤其是对高加林、刘巧珍的形象塑造，对小说整体框架的构建及伏笔，对特定环境下的各种描写与插叙，都给人一种朴实、真诚、厚重、深沉的感觉。这朴实、真诚、厚重、深沉，我以为正是作家路遥的小说风格，这种风格在路遥的小说中均有表现，而在《人生》中表现得最为淋漓尽致、挥洒自如。如果简略为四字的话，当为朴实、深沉。

一、《人生》对社会背景的反映

20世纪80年代初期，国家刚刚走上以经济建设为中心，对外开放，对内搞活的经济发展道路，正直与邪恶、真理与谬误、美与丑，还在展开着激烈的斗争。在这些斗争中，在具体的人与事中，一些丑恶与邪恶虽然暴露无遗却又为人们所熟视无睹。村书记高明楼与公社文教干事马占胜利用职权，害人利己，密谋策划下了高加林已任教三年的民办教师，让高明楼刚刚高中毕业、不学无术的儿子高三星顶替当了民师，而高加林不得不回乡种地；时任县劳动局副局长的马屁精马占胜因高加林的叔父高玉智从部队转业回地区当了劳动局长，是他的顶头上司，他又想方设法为高加林安排城市户口，使高加林当了县委通讯干事；自私尖刻典型小市民张克南的母亲出于报复心理，告发了高加林走后门，结果高加林又回乡当了农民。故事跌宕起伏，互为因果，既合情入理，又符合逻辑关系。但是，每一位读者读到这些情节的时候，一定会发出出自良心和同情心的责问与感慨：社会对高加林公平吗？社会对高加林的人生悲剧就没有责任吗？在学校读高中的时候，高加林在德智体等各个方面出类拔萃，远远胜于黄亚萍和张克南，那么，为什么高加林在县城就没有一席之地呢？而黄亚萍、张克南就能凭借城镇户口和父亲是国家干部的关系而平步青云，享受荣华富贵？高加林在当民办教师的三年中，"一直当五年级的班主任，这个年级的算术和语文课也都由他代。他并且还给全校各年级上音乐和图画课——他在那里曾是一个很受尊重的角色。"就是这样一个"很受尊重的角色"，为什么要被一个不学无术、刚刚毕业的高中生，村支书高明楼的儿子给顶替了？公理何在？王法何在？为什么就没有人出来制止呢？高加林当了县委通讯干事后的第一个任务就是到发生洪灾的南马河公社现场采访报道，他连夜冒雨小跑而去，渴了喝坑水，脚碰破了他顾不得疼痛而勇往直前，他比县委副书记率领的救灾队伍提前了五个小时到达目的地。到了现场后，他一边与干群一起抗洪救灾，一边挤时间熬夜写通讯稿，他的行动感人至深，受到了百姓和领导的一致赞扬。在随后的几个月内，他又在省报上发了报道、综合报道，并且发了多篇散文。应该说，他在这个位置上，敬业爱岗，尽职尽责，朝气蓬勃、年轻有为，是一位很出色的好青年。我们且不论他个人怀着怎样的动机与目的，他毕竟有辛劳勤奋的过程，有成就卓著的结果，为什么就不能"唯才是举""简贤任能"呢？他要比黄亚萍、张克南他们，才华出众得多，贡献大得多。一旦社会重用了他，他会给社会带来多大的财富啊！四化建设、经济发展理应地尽其利、人尽其才，高加林——人才难得啊！怎么能仅仅凭他是农村户口、他是农民就把他赶出城市呢？作家除通过上述故事情节而反映社会背景外，还以高家村人对待城市的心态与对城市的向往着力反映了城乡差别。"他们都穿上了崭新的'见人'的衣裳，不是涤卡，就是的确良，看起来时兴得很。粗糙的庄稼人的赤脚片上，庄重地穿上了尼龙袜和塑料凉鞋。脸洗得干干净净，头梳得光光溜溜，兴高采烈地去县城露面；去逛商店，看看戏，去买时兴货，去交朋友，去和对象见面……"庄稼人对城市充满了传奇式的想象和梦幻般的憧憬。作家这样写了高加林："高加林进县城以后，情绪好几天都不能平静下来，一切都好像是做梦一样。他高兴得如狂似醉。""他认识到，这次进了县城，再不是一个匆匆的过客了；他已经成了县城的一员。""他悠然自得地出去散步——先到他的母校县立中学。""他在他经常去的几个地方分别按当年的姿势坐了坐，或躺一躺，忍不住热泪盈眶了。""从学校里出来，他又去了县体育场。""他从体育场转出来，从街道上走了过去，像巡礼似的，把城里主要的地方都转悠了一遍，最后才爬上东岗。""当星星点点的灯火在城里亮起来的时候，高加林才站起来。下了东岗。一路上，他忍不住狂热地张开双臂，面对灯火闪闪的县城嘴里喃喃地说：'我再也不能离开你了……'"所有这些文字，都是对高加林进县城后"如狂似醉"的具体描写，在他看来（当时的他，也应该那样认为），他的理想实现了，他的梦成了现实。作家对乡村和城市的景物描写也反映了城乡差别。写农村——"天蓝得像水洗过一般。雪白的云朵静静地飘浮在空中。大川道里，连片的玉米绿毡似的一直铺到西面的老牛山，川道两边的大山挡住了视线，更远的天边弥漫着一层淡蓝色的雾霭。向阳的山坡大部分是麦田。有的已经翻过，是深棕色的；有的没有翻过，被太阳晒得白花花的，像刚熟过的羊皮。"写城市——"西边的太阳正在下沉，落日的红晖抹在一片瓦蓝色的建筑物上，城市在这一刻给人一种异常辉煌的景色。城外黄土高原无边无际的山岭，像起伏不平的浪涛，涌向了遥远的地平线……"乡村与城市的风景迥然不同：乡村视野狭窄——"大山挡住了视线"，城市视野开阔——无边无际的山岭，像起伏不平的浪涛；乡村只是蓝天、云朵、玉米、麦田，而城市则夕阳、红晖、建筑物、山岭，景色辉煌。

作家对故事情节的展开，娓娓道来，不露声色，对人物活动的叙述客观真实，浑厚凝重，对城乡风光的描写轻松自如，深沉有力。它让读者深刻感受到和领悟到当时的社会生活、社会背景，及作家的思想感情。作家那种朴实、真诚、厚重、深沉的艺术风格跃然纸上。

二、《人生》对人物形象的塑造

《人生》中塑造了众多个性鲜明的艺术形象。高明楼老谋深算，刘立本自私能干，德顺爷爷善良温厚，高玉德老人憨正淳朴，黄亚萍开朗活泼、任性专横，张克南之母尖酸刻薄、自私霸道，马占胜拍马奉迎，见风使舵，张克南温顺善良，正直厚道。更为难得的是，作家对小说中的两位主人公——高加林和刘巧珍的描述浓墨重彩、倾尽情思，充分体现了他对这两个人物把握得准，对他们的生活体会得深，对他们的言行描写得真，其人物形象就更加鲜明，朴实、真诚、厚重、深沉的艺术风格就更加显现。高加林是《人生》这部小说中的一号人物，他是一个在人生道路上的艰苦跋涉者，而不是一个已经走完人生道路的单纯的胜利者或失败者。在他这一段的人生道路上，有顺境也有逆境，有成功也有挫折，有欢乐也有痛苦，有得到也有失去，有奋斗也有愤怒。他生长在农村与城市的交叉地带，生活在传统文化与现代文化相互冲击且又除旧布新的社会背景中，于是生成了他具有二重性的复杂性格。一方面，高加林具有使他走向成功的优点——挑战命运、拼搏进取、正直朴实、自信坚毅，这些性格是现代青年必须具有的优良品质，闪烁着时代的光辉。正是因为这些性格的存在，他才曾受人尊重、引人注目。在县立中学上高中的时候，对黄亚萍来说："加林的性格、眼界、聪敏和精神追求都是她很喜欢的"；当民办教师的三年，高加林带五年级的算术、语文和全校各年级的音乐课和图画课，每年都向城关公社中学输送一批初中学生；进县城当通讯干事时，他冒雨采访被洪水围困的公社，喝坑水，忍伤痛，连夜写稿，此后的几个月，在省报上发报道、发通讯、发散文，又加入县机关篮球队参加球赛，经常出入在县委召开的会场上。作家为了突出高加林敢于向命运挑战的性格，不惜笔墨，认认真真、实实在在、不枝不蔓地用很长的篇幅，写了大段的文字：高加林民师被下、赶集卖馍、被刘巧珍爱情温暖后的第二天出山劳动了。"像和什么人赌气似的，他穿了一身最破烂的衣服，还给腰里束了一根草绳。""他的劳动立刻震惊了庄稼人。第一天上地畔，他就把上身脱了个精光，也不和其他人说话，没命地挖起了地畔。没有一顿饭的工夫，两只手便打满了泡。他也不管这些，仍然拼命挖。泡拧破了，手上很快出了血，把镢把都染红了，但他还是那般疯狂地干着……"德顺爷爷用黄土帮他止血，他们之间有一段对话，其中加林说："……我现在思想上麻乱得很，劳动苦一点，皮肉疼一点，我就把这些不痛快事都忘了，手烂叫它烂吧！"而后，"他抬起乱蓬蓬的头，牙咬着嘴唇，显出一副对自己残酷的表情。"高加林与刘巧珍一起骑单车去县城，把爱情公开化，并且共同上演了"卫生革命"的风波，这是作家着力写他们向旧习俗、旧观念的挑战，他们是崇尚文明、坚持文明的年轻一代。另一方面，高加林也有使他酿成悲剧的致命弱点——好高骛远、脱离实际、利己主义、孤立奋斗、虚荣清高。高加林在民师被高明楼的儿子顶替之后，"一种强烈的心理上的报复情绪使他忍不住咬牙切齿。他突然产生了这样的思想：……要比高明楼他们强，非得离开高家村不行！这里很难比过他们！他决心要在精神上，要在社会的面前，和高明楼他们比个一高二低！"接下去是"自虐"式的劳动、"卫生革命"、和刘巧珍公开恋爱，一个偶然的机会使他进县城当了通讯干事，现场采访，忘乎所以地出入在大庭广众面前，而后时位移人，公开地和黄亚萍恋爱而抛弃了刘巧珍，走后门被告发后又回到自己本不愿回到的土地上。

高加林性格的二重性在很大程度上是他在事业和爱情上双双悲剧的重要原因。高加林的高中生活是在县城中度过的，他受过城市文明的熏陶，柏油马路、篮球场、图书馆、商场，县城里新奇而又独特的气息已经冲掉他身上的泥土味。高中毕业后，他又幸运地当上了民办教师，而且很快成为全公社最出色的教师，这虽然不是他理想的全部，但也是他理想的一部分，至少已经圆了他的一个梦："他十几年读书，就是为了不像他父亲一样，一辈子做土地的主人。"他希望将来转为正式国家教师后，"争取做他认为更好的工作"。然而，好景不长，三年后，他的民师职位被本村的支部书记高明楼以权谋私让其儿子顶替了。这无疑是给刚刚迈步的高加林当头一棒，一棒打得他焦头烂额，打得他不知所措。这使他的心中充满着失落和愤懑，同时也升腾着一种走出大马河川、与高明楼他们比个一高二低的报复火焰。后来，出现在人们面前的是"自虐"式的拼命劳动、鲜血染红了镢头的情景。（可笑的是，高加林恨高明楼以权谋私，让儿子顶替了自己的民师职位，但他又指望着叔父能够在外地给他找份工作的，后来，他也是靠走后门才进城工作的。）对于高加林个性中存在的好高骛远、不安现状的强烈欲望，我们应该理解为，它是潜伏在这个具有宏远抱负但怀才不遇的年轻人体内的一种对苦难绝不低头的勇于进取的精神，一种对生活突兀飞扬的激情。这种激情和精神，实际上是对因循守旧、苟安现状的所谓"正统"生活的一种挑战。高加林在成为农民后就一直在自卑和惶恐中挨着日子，去城里卖馍却又碰到老同学黄亚萍和张克南，在他们的对话中，高加林的自卑和压抑已溢于言表，去城里掏粪却又碰到尖酸刻薄的张克南的母亲，结果又受到了她的恶意嘲讽，直到发生冲突，再加上他原先的没有考上大学和民师被人顶替，这一连串的遭遇使高加林无论从精神上或是肉体上，都受到了难以承受的摧残，但是他志气不泯，自信不减，他想凭借叔父的关系到外地工作。后来机遇真的来了，那就是他叔父的出现和马占胜的见风使舵，使他堂堂正正地成为县城的一员。然而，谁能料到，这也正是高加林悲剧的开始。高加林进城工作后，他的工作能力和工作成绩、他的才气和豪气使他在生活中备受瞩目，他们也不得不折服于这个青年人的非凡进取精神和他身上凝聚着的一种冒险的英雄主义精神。而后，他又感到这小小的县城不能满足他发展的需要，他要再飞出去，飞得更高些，飞到更大的城市去。实际上，这种不安现状的心理，是在利己主义熏染下永无止境地谋求所谓个人的发展。但后来，他又跌了个跟头。高加林的两次爱情都染上了这种色彩。他和刘巧珍的爱情一开始就具有对农村旧习俗、旧道德观念的挑战姿态，一个是大马河川一带"数一数二的大户人家"，一个是"满窑没一件值钱东西的穷户"。这不仅引起刘立本的恼火，也引起高加林父亲的惶恐不安，但这些都不能阻挠他们的发展，反而愈演愈烈，竟致闹出在众目睽睽之下骑单车逛县城和"卫生革命"的风波。进县城工作后的高加林与黄亚萍旧情萌发，在利己主义的驱使下，为了使自己能够凭借黄亚萍和黄亚萍父母的关系而到更大的城市去发展，在经过了一番痛苦的思想斗争之后，在远大前程和爱情面前，他还是选择了前程，并且他用"为了远大的前程，必须要做出一点牺牲"这样一个很残酷的理由来解脱自己。后来，东窗事发，高加林因为张克南母亲的告发而又重新回到了大马河川。其结果，高加林落了个鸡飞蛋打——刘巧珍已经嫁给了马栓，而黄亚萍只能跟张克南在一起。高加林从城里走回来，高原依旧是静默的高原，但在村口迎接他的人不是刘巧珍，而是孩子们寓意深刻的信天游和"热血沸腾的老诗人"德顺爷爷。在德顺爷爷人生哲学的启迪下，他"一下子扑倒在德顺爷爷的脚下，两只手紧紧抓着两把黄土，沉痛地呻吟着，喊叫了一声：'我的亲人啊……'"这句话，似悲歌在高原上久久回荡。这"亲人"指什么？指乡亲、指巧珍、指父母……这喊声意味着什么？意味着痛惜、意味着悲哀、意味着忏悔！这个时候的高加林，不仅失去了他朝思暮盼并为之奋斗的工作，也失去了刘巧珍和黄亚萍两个人的爱情。生活啊，原本就是残酷的；人生啊，每个人究竟该怎样才能走对？！

刘巧珍是《人生》这部小说中作家着力颂扬的一位农村新女性。路遥一直在用平缓、平实、平和的笔调，真诚地道出一段朴实而又凄美的爱情悲剧，而这悲剧之所以凄美，正是因为有刘巧珍的存在。刘巧珍和高加林是同村，而且住所相距很近。她虽然是一位农村姑娘，但一点也不土气，"漂亮得像鲜花一样"。她虽然不识字，但在精神方面的追求很不平常，又有一颗"金子般的心"，就形成了她"极为丰富的内心世界"，她的身上凝聚着中国农村女性的传统美德：纯真、善良、热情、谦让。她身上既没有乡村姑娘的庸俗，也没有城里姑娘的虚荣，对待爱情，她执着挚诚，有坚定的立场和原则，虽然求婚者络绎不绝，她却不为所动，因为她已经深深地暗恋上了她的加林哥。刘巧珍对高加林的爱已经超越了传统的畸形婚姻观念的限制，已经冲破了陈旧而世俗的婚姻樊篱，在经济和门第上来说，刘巧珍和高加林可以说门不当户不对，她是刘立本——全公社第二大能人的女儿，物质丰裕，地位显赫，但这些并没有给她带来满足和优越感，特别是在高加林面前，她显得自卑而又谦让，在她眼里，高加林身上闪烁着独特的光芒——他是文化人，言行举止都有文化人的气质，洒脱不羁，桀骜清高，这些在刘巧珍心里显得神秘可敬。她总认为自己与高加林之间有很大的差距，而这些差距是她和他爱情上不可逾越的鸿沟。可见，刘巧珍虽然生长在高原，精神也扎根在传统的道德观念上，但是她却有崇拜文明的高尚心理，她对高加林的爱，深沉而又纯洁，在传统的爱情道德上折射出对具有文明象征的新生活的追求。在高加林落魄无助的时候，刘巧珍唱着信天游出现在他的面前，那信天游的歌声、那走过去的回头一眸，当时的高加林是无心理解的，但是刘巧珍那是有意的传情或禁不住的坦情啊。高加林卖馍的那天，暗地里跟了他一天的刘巧珍，等候在大马河桥上，替高加林进城卖馍回来，终于勇敢而无畏地吐露了她对高加林的炽爱："加林哥！如果不嫌我，咱们俩一搭里过！你在家盛着，我给咱上山劳动！不会叫你受苦的……"这感人肺腑的真情流露没有任何矫揉的成分，这是痴情的刘巧珍真诚直率的内心独白。在高加林面前，刘巧珍没有矜持、没有羞怯，甚至也没有自我。高加林叫她穿什么样的衣裳，她就穿什么样的衣裳，高加林叫她刷牙，她就每天早上坚持刷牙。当她和高加林谈恋爱的事为村人知晓后，谣言以及父亲的责骂排山倒海般向她袭来的时候，这个美丽柔弱的姑娘，一如既往地在老槐树下等候高加林，甚至和高加林旁若无人地一起骑单车去逛县城，而且联手搞"卫生革命"。只要高加林幸福，她愿意放弃一切，只要高加林快乐，她愿意给予一切，甚至愿意为他亡命天涯。她虽然离不开高加林，却又不忍心看到他受苦受累的样子，鼓励他出去工作，即使高加林去城里当了通讯干事，她依然痴心不改、炽热不减，她给他送钱，替他照顾父母，这种对爱情的无私执着的奉献精神正是刘巧珍心灵美的折射，心灵的美丽与形体的美丽就构成了一个可爱又可钦的刘巧珍。但是，我们也能隐隐发现潜伏在她滚烫心灵上的美丽的瑕疵，这也是所有中国女性的通病——对男性的依赖和顺从。刘巧珍对高加林的感情投入就仿佛是一个信徒对神的崇拜和仰慕，以至她缺少一种自我意识，一种对自我价值的认同，显得被动、自轻、盲目。她不是想通过高加林来证明自己的价值，而是希望通过高加林来实现自己的价值。可以说，在精神上，她是富有而贫乏的，她的纯真、善良的外表内也隐藏着些简单和愚昧的东西。她的谦让和自卑实际上也是自我价值的否定。她生活的全部内容就是一个"爱"字，即使高加林婉言抛弃了她，她仍然认为："悲剧不是命运造成的，而是她和亲爱的加林哥差别太大了。"因此，刘巧珍的性格，还没有摆脱小生产者思想和传统文化的束缚，既有高尚开阔的一面，又有守旧狭隘的一面，既有刚强的一面，也有软弱的一面。但是，瑕不掩瑜，毕竟刘巧珍对高加林的爱太真诚了——当已为人妇的她得知她的母亲和姐姐巧英要在高加林回乡的路上奚落他的时候，她情不自禁地跑去说服了母亲，又跑到川道上，跪倒在姐姐的脚下，抵在姐姐的怀里，哽咽着说："我给你跪下了！姐姐！我央告你！你不要这样对待加林！不管怎样，我心疼他！你要是这样整治加林，就等于拿刀捅我的心哩……"不仅如此，她还央求姐姐，要姐姐和她一起找高明楼，求高明楼让加林再去教书。每一位读者，当你读到这里的时候，难道你不为她的爱而感动得潸然泪下吗？

路遥在小说中为我们塑造了这两个让人感动不已的不朽形象——高加林和刘巧珍。对于他们的长处，作者大加赞扬，让人们感到崇高而伟大，对于他们的不足，作者则流露出兄长般的关爱，让人们同情而叹息。那语调、那笔触、那铺排、那描述都是朴素而又真诚、厚重而又深沉的。用他自己的话说："我抱着一种兄长般的感情来写这个人物。因为我比高加林大几岁，我都想完整地描写出来。我希望这样的人物在我们这个社会里最终能够成为一个优秀的青年。"关于刘巧珍，路遥是这样说的："我本身就是农民的儿子，我在农村里长大，所以我对农民，像刘巧珍、德顺爷爷这样的人有一种深切的感情。这两个人物，表现了我们这个国家、这个民族的一种传统的美德，一种在生活中的牺牲精神。"

三、《人生》中故事情节的插叙、铺垫与伏笔

一部作品的故事情节、基本框架，故事情节的开端、发展、高潮和结局，作品中的人物设计、人物关系，作品所反映的主题等，都应该是作者在动笔之前胸有成竹的，至少要做到心中有数。著名作家的成功之作，在构思方面更当是慎之又慎，路遥写《人生》也不例外。他在《关于〈人生〉的对话》中说："……这部作品的雏形在我内心酝酿的时间比较长，大概是一九七九年就想到写这个题材。但总是觉得准备不充分，还有很多问题没有想通，几次动笔都搁了下来。然而不写出来，总觉得那些人物冲击着我，一九八一年，下了狠心把它写出来，我只想到把这段生活尽可能地表现出来。"由此可见，作家的写作态度是非常认真的。《人生》中故事情节的发展、人物的设计及人物间的关系和相互作用，都谨严周密，无懈可击，其间，朴实巧妙的铺垫、伏笔，及插叙起到了很大的作用，其作用就在于使故事情节之间、人物关系之间联系紧密、过渡自然、因果照应、浑然一体。笔者认为，《人生》中的故事情节的铺垫与伏笔有五处，插叙有三处。

《人生》作为中篇小说，故事情节不是太复杂，人物也不是太多，因此，作者没有也不必用到花开两朵各表一枝的写法。他是截取生活的一个横断面，写高加林等人在不到半年的时间内所发生的关系，用以推动故事情节的发展，这就用到了铺垫、伏笔，及插叙。先说插叙。第一次插叙是在高加林民师被顶替之后，一天接近中午出来刷牙，他又看到了"他曾工作和生活了三年的学校"，接下去用了一段文字叙述了这所学校的基本情况和高加林的出色成绩。就是这样"一个很受尊重的角色"，居然被有权势者的儿子顶替了，这叫高加林及读者怎能不愤慨?! 第二次插叙也是在高加林民师被顶替之后，他"准备到前川菜园下面的那个水潭里洗个澡"，他翻出了他叔父从新疆部队给他寄回的那件黄色的军用上衣，接着叙述了他叔父在部队的情况及其与家庭的联系。这段文字很重要，既是插叙，也是伏笔与铺垫，只有写到他叔父在新疆部队当副师长，才有可能有后面他叔父给家里来信、他叔父回地区当劳动局长、马占胜见风使舵为高加林找了工作等一系列情节。第三次插叙是高加林进城卖馍时突然遇到了两个高中同学——黄亚萍和张克南。接着作家用很长篇幅介绍了黄亚萍、张克南、高加林三者之间的关系，甚至是微妙的难以言表的感情关系，介绍了黄亚萍、张克南他们各自的工作情况及他们父母的一些有关情况。这里的插叙，也是伏笔与铺垫，奠定了他们之间再相遇、感情再发展的基础。另外还有两处独立的铺垫与伏笔。一处是：在高加林要到县城把写好的信寄给叔父时，他的父亲让他到县城去卖馍。根据高加林的性格和当时的处境、心情，单单是为了卖馍，他是不会去县城的，而高加林也正好要给叔父寄信，这样两个目的、一个途径，才有后面高加林去县城卖馍的情节，那么前面的一些情节、文字当为铺垫了。第二处是有关马栓第一次向刘巧珍求婚回来巧遇高加林的情节，这一小情节里介绍了马栓的身份及人品——队长、学校管委会成员，又朴实、能干、心眼活，同时也介绍了刘巧珍"心高"未见他。这一铺垫不仅衬托了刘巧珍对高加林的暗恋，点明了她已经有了心上人，也为刘巧珍与高加林轰轰烈烈的爱情打下基础，还为在高加林抛弃了刘巧珍之后，马栓再次向刘巧珍求婚并最终取得同意打下了基础。第三处是对刘立本三个女儿的介绍："刘立本的三个女儿都长得像花朵一样好看，人也都精精明明的，可惜有两个是文盲"，"巧玲高中快毕业了"，同时，她们都"品行端正""尊大爱小"，"村里人都喜欢她们"。这些铺垫与伏笔，为后文巧玲理解刘巧珍并为巧珍分忧解愁打下基础，更重要的是为最后刘巧珍劝阻刘巧英不要奚落高加林打下基础。

正是由于有了上述巧妙的铺垫、伏笔、插叙，才构建了人物之间的关系，构建了故事情节发展的因果关系，才使各个人物形象能够站立起来，才使故事情节的发展能够合情合理起来，才能给人以一种自自然然、朴朴实实、不枝不蔓、水到渠成的感觉。

路遥的笔下没有轰轰烈烈的人生，没有叱咤风云的壮举，也没有惊天动地的伟业，他的笔端所触及的都是一些苦难但不乏坚韧的人群，所演绎的都是一些平凡而又不乏苍凉的奋斗精神，他始终磨砺与探索的是"朴"与"真"的艺术，用他深切而又深邃的目光去关注那些平凡人的命运。《在困难的日子里》书写在那样一种困难的时刻，在那样一个年轻人（指马健强）身上，一种坚毅不屈、冰清玉洁的性格力量，和周围严峻的生活矛盾，相互冲撞，回响着悲壮的基调。获得了茅盾文学奖的长篇巨著《平凡的世界》，"三部，六卷，一百万字。作品的时间跨度从一九七五年初到一九八五年初，全景式反映中国近十年间城乡社会生活的巨大历史性变迁。"全书涉及人物百人左右，"人物运动的河流主要有三条，即分别以孙少安、孙少平为中心的两条'近景'上的主流和以田福军为中心的一条'远景'上的主流。"即使是路遥的短篇小说，诸如《黄叶在秋风中飘落》《姐姐》《风雪腊梅》《卖猪》《一生中最高兴的一天》，它们都无一例外地体现着作家的小说风格：朴实、真诚、厚重、深沉。而《人生》，正如阎纲在给路遥的信中所说的："你不以教育者自居，只管让你的主人公在人生的道路上如实地表现自己——奋斗又奋斗，碰壁又碰壁，挣扎又挣扎，最后，觉醒又觉醒，终于，在人生的高度上领略人生的真谛。"我还是要重复前文所说的那句话——路遥的小说风格——朴实、真诚、厚重、深沉，在《人生》中表现得最为淋漓尽致，最为典型集中。

写于 2007 年 8 月

发表于 2018 年 11 月《濉溪文艺》

第二辑

我爱我的家乡

小李家，这片红色的土地

　　小李家，一个普通地图上难得见到的地名，因淮海战役总前委的进驻而名扬中外。小李家这块古老土地上的神奇，刘陈邓坐镇小李家，摆兵布阵、决战淮海时与小李家人民结下的深厚情谊，小李家人民不忘初心、努力奋斗所创造的新的辉煌，都在久久地激荡着我的心灵，激励着我提起这拙笨的笔。我要抒写和讴歌这块红色的土地以及这块土地上的英雄人民。

　　据说，千余年前，几家姓李的人从山西省的大桦村迁移到浍河之北、青庙沟以西的这块土地上，他们繁衍生息，将这块地取名为小李家。到了1948年，小李家的自然环境优越而又隐蔽。村庄的最东头是占地约4亩的松树林，往西是占地约5亩的柿树林。庄中间路南有一古井，井沿上有棵大柳树，村子里还有大槐树、杏树、桃树、石榴树、泡桐树等，整个村庄都在稠密树木的掩映之中。村庄内的西南角有两间土地庙，常年香火不断。庄的南边是一条宽约50米、长约300米的东西大坑，大坑两边都有临时掩体洞。后边有东西围沟。庄东头又有一南北沟。东西沟与南北沟相接。这样，整个村庄三面环沟（坑），这些沟成了保卫家园的自然屏障。庄北距小李家庄有二百米远的地方，有一条宽约50米、深约10米的老窝沟。老窝沟的形成有一段美丽而又神秘的传说：古时候的某一天，一条黄龙游出大海，游经叶柳湖、小赵家、骑路王家和小李家，当它猛抬头看到小李家庄后松树林遮天蔽日的时候，立即掉头朝东，绕过树林，又直往南去，游到了青庙沟，从青庙沟游进了浍河。当时小李家的北地有一棵百年大槐树，槐树上有两个老鸹窝，人们就把这条由黄龙拱出来的沟叫作老窝沟。

1948 年 11 月，中共淮海战役总前委进驻小李家。

军民团结、鱼水深情的故事太多了，总也说不完。尽管岁月流逝，兵凶战危的年代已经渐行渐远，说起与总前委朝夕相处的 38 个日日夜夜和那些难以忘怀的情景，小李家人民依然是那么惊心动魄、记忆犹新、激动不已。红色记忆，在心与心、情与情的交融中，在历史与现实的对视中复苏、升华、释放……暖暖的，有感动的泪，有浓浓的情，历史在交融中碰撞出华彩，在讲述中闪烁着光辉。

小李家，承载着历史的厚重，也承载着小李家人民的光荣、自豪与梦想。69 年来，小李家人民没有忘记那场举世闻名的战役，没有忘记为了革命战争而牺牲的先烈们，是他们用鲜血染红了这片土地。69 年来，小李家人民热爱这片红色的土地，为她耕耘、为她拼搏、为她收获。改革开放以来，小李家这片红色的土地如春潮涌动，散发着勃勃生机。1984 年 5 月，纪永亮同志从部队转业回乡任淮海村党支部书记。此后，他和村两委一班人带领全村群众在祁集乡率先使用了照明用电，率先铺成了村村通的矸子石晴雨路，率先搞起了大棚蔬菜和节能温室，人们的生活水平逐渐提高。

今日的小李家，已经今非昔比，在这片红色的土地上，处处洋溢着青春的律动和耀眼的绚丽。1980 年 5 月淮海战役总前委旧址所在地小李家被安徽省人民政府批准为省级重点文物保护单位，先后被国家、省、市公布为红色旅游经典景区，爱国主义教育基地，等等。为防止旧址倒塌，纪永亮同志联系市、县等有关单位，筹资 20 余万元，于 2007 年 5 月至 12 月，对指挥部旧址进行恢复性抢救，2008 年 5 月又对 22 间草房进行内外粉墙。2008 年 8 月 25 日中央电视台来此摄影拍照，并进行报道。近年来，韩村镇结合美丽乡村建设，对淮海战役总前委旧址的指挥部、通讯处、作战处、小食堂、后勤处、机要室等进行了系统的整体性恢复抢救，各个历史遗存逐步呈现在游客面前。红色博物馆、游客接待中心、小李家农民大舞台等已于 2015 年落成投入使用。通过美丽乡村建设规划，发挥小李家特有的文化底蕴和历史遗存，坚持美丽乡村建设与旅游开发、宣传红色文化相结合，使小李家基础设施配套完善，公共服务设施齐全，村庄特色鲜明，交通便捷通畅。2016 年 5 月 13 日至 15 日，濉溪县韩村镇首届红色旅游季商品博览会在淮海战役总前委旧址小李家举办，让更多的人了解和认识了小李家。为期三天的博览会，共吸引了 2 万余人参观，现场交易额达 500 余万元。同时还举办了总前委旧址参观展、群众文化娱乐、文明礼仪承诺签名、义诊等多项公益活动。淮北缘来有缘文化传媒公司还为当地群众献上 10 余场精彩的文艺演出。本期博览会不仅增强了爱国主义教育效果，而且带动发展了红色旅游，也为小李家的经济社会发展注入了新的生机活力。今年农历的三月初三至三月初八，淮北市又在小李家举办了为期六天的博览会并且规定每年农历三月初三至三月初八小李家均定期举办红色旅游商品博览会。

小李家，作为全国红色旅游经典景区，其主要景点有十余处，这里撷取几处奉献读者：入口处——在通往景区的省道淮六路路口，安置了一块钢塑标志牌，上书"运筹小李家，决战大淮海"，往西去到了景区的重要路口，设置了具有景区特色风格的导引标志，融合了淮海战役时期的战争元素——步枪、红旗、支前大车、冲锋号等，亦不乏本地农村特有的乡土风情，跨路长亭上覆盖着茵草，能给过往的游客及行人强烈的视觉提示，吸引游客参观游览，生起一探究竟的好奇和情趣。长寿果园——常年树木繁茂，青翠欲滴，鲜花竞放，姹紫嫣红；春夏秋杏、桃、梨、苹果、葡萄等鲜活耀目，压弯树枝。长寿果园总占地 180 余亩，老窝沟以南除常见果树外，还有松树林、柿树林、将军碑林、小平散步道，及景观亭等；老窝沟以北，主要种植玫瑰、牡丹、芍药、梅花、红栌、连翘等花卉及绿化树种，依据花期，各色花卉分块种植，在四周绿树成荫的景观带衬托下，为游客提供一处处风景宜人、宛若仙境的如意之所，让人流连忘返。村民大舞台为坡屋顶，框架结构，建筑面积 989 平方米。它与村民服务中心一路之隔，肩负着村民文化娱乐、党员群众教育培训的使命，也可以进行乡村民俗展览，让游客体会本地乡土风情。红色博物馆——小李家红色博物馆在小李家的庄东头。馆内以大量翔实的图片、表格和文字说明，再现了淮海战役三个阶段国共两党的战略战术、武器装备、群众支前，以及战争结果等有关情况，同时，还展览了一些作战时的具体实物。总前委旧址——淮海战役总前委旧址的指挥部、通讯处、作战处、后勤处、小伙房、机要室等修缮一新，基本还原了历史面貌，它们是景区中最主要的景点。旧址内根据当时的情况，放置了地图、方桌、板凳、木床、柜子、盆架、电话机、马提灯、太平车、纺车、石磨、织布机等等。文化主题广场——小李家文化广场位于庄中间大坑的南边，面积 1900 平方米。广场的正中间有总前委刘伯承、陈毅、邓小平、粟裕、谭震林五人的雕塑，又有反映淮海战役大决战真实场景的两幅铁艺画，表现了人民解放军各级指挥员多谋善断、镇定自若，和官兵一致、同仇敌忾，以及人民群众奋勇直前的动人形象。

党的十一届三中全会以来，尤其是 1984 年纪永亮同志任书记以来，小李家所在的淮海村发生了翻天覆地的变化。菜园、果园、基本农田的各种作物连年丰收；党支部、村委会、红白理事会、民事纠纷调解会各司其职，各负其责；党员干部和一般群众以各种培训为载体，综合素质大大提高；大道两旁，果树林、花木林、农作物示范区，繁茂旺盛，反映了领导们的独具匠心；各自然村铺筑了水泥路，安装了太阳能路灯，设立了文娱活动中心；村卫生室单门独院、宽敞明亮，文化教育争先创优，淮海小学的逸夫楼（教学楼）成为韩村镇北部的一颗耀眼明珠；村两委天天有人骑车巡逻，夜晚有人站岗放哨，保证了全体村民的生命财产安全，让外出打工的青壮年无后顾之忧……总之，淮海村集政治文明、经济文明、社会文明、生态文明于一体，揽交通便利、环境优美、商贸繁荣、文教卫先进于一身。该村1984年以来10余次被市县评为先进集体，又于2015年通过"美丽乡村建设"的省级验收。该村的先进典型人物也层出不穷。纪永亮同志20余次被市、县评为先进个人，他的事迹曾多次在省、市、县报刊或广播电视台上刊登或播送。村文书李华松同志是总前委指挥部房东李光者的长子，他数十年如一日，义务看管指挥部旧址，也为指挥部旧址的抢救性恢复做了大量的工作，同时白天黑夜地察民情、解民忧，骑车巡逻放哨，深得群众好评，于2016年1月被中央文明委评为"中国好人"。小李家村民李华军同志火线入党，1979年成为对越自卫反击战的英雄。

今日淮海村的小李家——家家户户都用上了自来水，家用电器应有尽有；家家户户都住进了崭新的楼房；水泥道路纵横交错，各条路上都安装了太阳能路灯；小学、初中、卫生室都办在自己的家门口；30%的农户购买了私家小轿车。2016年，小李家的人均收入达到7169元。一条条大道、一排排楼房、一盏盏路灯、一片片欢声笑语都在抒写着小李家人民的幸福生活。这片红色土地上的英雄人民用英烈们百折不挠、勇往直前的精神和自己勤劳的双手铸造了足以告慰英烈灵魂的新篇章！

小李家，这片红色的土地永远地载入了历久弥新的史册；今日的小李家，到处绽放着文明和谐、绚丽多彩的花朵；未来的小李家，定将更加美丽、更加辉煌！让我们放开歌喉去歌唱这个富强和谐的时代、歌唱日新月异的农村美景吧！

2017 年 11 月 16 日成稿
2021 年 5 月 16 日定稿
本文曾在"大美濉溪"全国散文征文大赛中获得二等奖

淮北的夏天

几场春雨之后，夏像摆着裙裾的少妇带着羞涩与腼腆，一步步、轻盈盈、洒脱脱地向我们走来了。

夏风首先浸入人们的胸怀。初夏的风，温柔而凉爽，像少女温柔纤弱细嫩的小手轻拂双颊，温润淡香而又清凉。她吹出了小草的一片片嫩叶，吹出了含苞的油菜花次第绽放，吹出了杨柳伸展的一条条新枝，吹出了一棵棵麦苗儿的争相拔节，吹出了菜园里各种蔬菜的蓬勃生长……仲夏的风，粗狂而又豪放，吹出了蔬果的成熟和麦田的金黄。夏末的风，猛烈而又疯狂，像北方强汉喧嚣、凛然、狂躁而又刚强。它往往是摧枯拉朽，势不可挡。它吹得大地干旱龟裂、禾苗枯萎焦黄，吹得沟河断水一片干涸，吹得人们大汗淋漓，无法走进直射的阳光。

初夏的雨，像筛子筛过一般，细细的、软软的、缠绵悱恻而又坦坦荡荡。仲夏的雨，时急时缓、时柔时躁、时小时大，像年轻的女人蜕去了闺秀时的温文尔雅与娇羞怯弱，历练出了为妻为母的从容豁达与挚情挥洒。夏末的雨，往往与风相互交加，它们像血气方刚的孪生兄弟，咆哮着、怒吼着向大地厮杀。快要下雨的时候，烈日火一样炙烤着大地，没有一丝儿风，世间的一切都像在蒸笼锅里。大地上的小草、庄稼，及其他植物，耷拉着叶子，整个身躯蜷曲着；大公鸡躲在阴凉处，呆呆地站着，嘴张着，眼睛时睁时闭，没精打采，像是刚刚被斗败了一样；小黄狗躺在屋檐下，头贴在两条前腿上，舌头伸在张大了的嘴的外面，舌头的下面挂着一串时断时续的口水；路上的行人很少，即使坐在房间内的电扇底下依然是汗流浃背。慢慢地，太阳被乌云遮住了，天空渐渐暗淡了下来，风刮起来了。忽然，一道闪电划破了黯然的天空，紧接着由远及近地传来轰隆隆的闷雷。狂风卷着草木灰黑压压地横空扑来，"咔嚓"一声雷鸣在人们的头顶炸响，豆大的雨滴砸在田间小路上，砸在水泥路面上。几秒钟之后，无论田间小路还是城乡的水泥路面，水滴连着水滴，路面打湿了，汇聚的雨水流淌着。雨滴落在一片汪洋的路面上，形成了一个个的小水泡，升腾着、摇曳着。而后，瓢泼似的大雨，从高空斜垂下来，形成了一匹匹巨大的白布，遮蔽了一切，几步开外什么也看不清。雨水抖落在农家房舍的瓦面上，雨水随风起舞，形成了上下两层，下面的雨帘奔跑着，上面的雨雾翻飞着，灰蒙蒙的，好不壮观。不一会儿，旱地里干裂的口子愈合了，矮秆的庄稼被淹没了，高秆的植物，例如玉米、棉花等则顺风而倒，倒在一片汪洋里。田地里的水，向附近的沟河流去，沟河填满了，迎来了阵阵蛙声。好长好长的一段时间，风停了，雨住了，太阳出来了，如桥的彩虹挂在空中，形成了一道无与伦比的风景。孩子们赤着双脚走出房屋，遥指彩虹踏水，泼水，嬉闹着。

淮北的夏夜是清凉的、舒适的、充满着迷蒙与神韵的。无论皓月当空，还是繁星满天，这夏夜总能给人们带来清新与欢欣。大雨过后的夏夜，你能听到虫儿的低吟与阵阵蛙声；夏末的夏夜，你能听到那蝉儿的鸣叫与风吹树叶的窸窣；漆黑的晴夜，你能看到那游弋的带着绿色的萤火虫的光亮。20 世纪的六七十年代，劳碌了一天的人们或坐在门前的小板凳上，或坐在用绳子襻成的软床上，摇着蒲扇，享受着这凉爽与惬意。不少的年轻男女或携带着苇席，或搬着软床，到生产队的打谷场上歇息。睡觉之前，他们谈天说地、扯东唠西，甚至疯乱打闹、追逐嬉戏，于是演绎出许多或喜或悲的故事。今日淮北的夏夜，人们三三两两，或在柏油路上漫步，或在橡胶跑道上跑步，或加入到跳广场舞的行列锻炼身体。城市与乡村的人们都陶醉在这寂寥与旷远的夏夜中去了。若是暴风雨过后的月夜，则更有一番意趣。那景象如同唐代诗人韩偓在《夏夜》中所描绘的那样："夜久雨休风又定，断云流月却斜明。"

淮北的夏季是生长的季节。在太阳的照射下，在雨水的浸润下——高山上，松青竹翠，草绿石泽；平原里，各种庄稼、各种蔬菜、各种果树，茎挺叶翠，一片葱茏；男人、女人穿着单薄亮丽新鲜时尚的夏衣，精神抖擞，熠熠生辉。而那大片大片的荷塘更是淮北大地上的一道道多彩多姿而又亮丽绚烂的风景。看吧，那硕大的深绿色的荷叶高出水面，你挨着我、我挤着你，在层层的叶子中间，一朵朵红的、粉红的、白色的荷花，兴高采烈地开着，婀娜多姿，争奇斗艳。那许多含苞欲放的花朵，像害羞的少女睡眼惺忪，红红的小嘴儿似张非张，令人欣悦而又怜爱。一阵微风吹来，在叶子微微颤动的一刹那，叶子下荡漾着的水波如同夜空上的星星在眨着眼睛。若是早上七八点钟，绿毯子般的荷叶上面满罩着一层薄薄的红纱，如同穿着红裙的少女集体起舞。月光下的荷塘就更加美丽了，朱自清先生的《荷塘月色》已经印在了千百万读者的脑海中，那迷人的梦幻般的景色远不是我这拙笔所能描绘的了。

淮北的夏季是收获的季节。在芒种之前，小麦成熟了，千里淮北一片金黄。淮北有句俗语"芒芒三两场"，说的就是在芒种之前的两三天，庄稼汉们就开始收割小麦、把麦拉到场上，用牲口打场了。今天的淮北人民，已经结束了人工收割小麦、牛拉小麦、牲口打场的历史，两三台联合收割机在一个村庄之内两三天就把收割上千亩小麦的任务完成了。麦田里套种的薄膜覆盖的春西瓜也在夏至前后慢慢成熟了，人们摘取几个，切开来，通红的或者橘黄的带着沙的瓤，让人看了就垂涎三尺，含在嘴里，清清的、凉凉的、香香的、甜甜的，凉爽惬意、沁人心脾。菜园里，四季青、小苋菜嫩绿地生长着，青辣椒、豆角子、嫩黄瓜、西红柿等坠弯丫枝，人们可以摘取它们做成美味佳肴了。果园里，麦黄杏、五月红桃等早被人们享用，苹果、酥梨、巨峰葡萄……也都光鲜耀眼，一片丰收景象。

淮北的夏季是储藏的季节。人们把小麦储藏起来，仓满囤溢，留作家用；又把剩余的小麦卖给个体户，由他们运到国家的粮仓。果农、菜农把蔬果拉到集市上卖，运到收购站保鲜、包装、储藏，而后由他们在适当的时机运到全国各地去出售。淮北地区的小麦与果蔬丰收实在是对人民生活与生存的杰出贡献。

淮北的夏季也是耕作、播种的季节。人们常说的"三夏大忙"，指的就是夏收、夏耕、夏种。在 20 世纪的六七十年代，人们在夏收之后，就忙着犁晒垡，即为夏耕，经过一夏的晾晒，土晒得松软了，像是上了一层土杂肥一样，在秋天经过翻耕，再种上小麦。现在没有犁晒垡的了，但确有用旋耕机犁麦茬地的，图的是上化肥均匀，土地松软，有利于播种。夏种大多种植玉米、黄豆、棉花、西瓜等。淮北俗语说"夏至耩黄豆，一天一夜扛榔头"，指的是在夏至前后播种黄豆，经过一天一夜的时间，黄豆就生根发芽了。现在种玉米、黄豆，用的都是播种机，既能播种，又能撒化肥，省工省时又均匀。它真的应验了毛泽东主席的那句话："农业的根本出路在于机械化。"噙着旱烟袋的老汉，站在地头，看到那新播种的平行的齿印，就像看到了玉米棒长出来了，玉米穗慢慢地变黄了，玉米粒像鹅卵石一样裸露在外，满地的玉米棒子都耷拉在玉米秆上；他们也看到了新播种的黄豆，长出片片新绿，长出个个豆角，豆角黄了，干壳了，可以收获了……他们的脸上呈现着丰收的喜悦和满意的笑容。这是农民们生活的希望，生命的依存！

淮北的夏天，风风雨雨，风雨宜人；淮北的夏天，生生长长，生长旺盛；淮北的夏季是收获的季节、储藏的季节、耕作的季节、播种的季节。与淮北的夏天相比，淮北的春、秋、冬都单美有余而兼美不足。只有淮北的夏天才是淮北春夏秋冬各种美的集大成者，作物繁茂，庄稼丰收，粮食满仓，又播种着新的希望。

我深爱着淮北的夏天。

2017 年 9 月 10 日夜于濉溪县医院

发表于 2019 年 4 月《相城》

淮北的秋

夏天过后，秋天蹒跚着向我们走来了。

我爱秋，真的！

秋是美的化身。天是高远的，云是淡淡的，水是清清的，枫叶红红的。真是"万山红遍，层林尽染""鹰击长空，鱼翔浅底"。最美的是中秋的月亮。她像明灯悬在空中，她是银盘，把银色洒满大地。当圆圆的月亮，少女般羞涩地爬上东屋顶的时候，天空更加辽阔，大地更加深邃，天地间的万事万物更显缥缈，更富神韵。唐代大诗人王维大概是感慨于此吧，于是留下了千古名句："空山新雨后，天气晚来秋。明月松间照，清泉石上流。"同时，秋天里依然有菊花、月季花、桂花等些许花木点缀着大地。

秋是情的代表，是力的象征。它有刚有柔，刚柔宜人。刚则凶猛狂暴，残酷无情，如猛虎，如北方强汉；柔则细纤和顺，情意缠绵，如少女，如微波荡漾。就说这秋风吧：初秋时柔柔的，暖暖的，如情人的手，轻轻的，颤颤的；又如秋池里的水清清的，亮亮的，使人精神愉快，力量无穷。孟浩然在《秋登万山寄张五》一诗中说"兴是清秋发"，便是这种体验。深秋的风大多都凶暴疯狂，摧枯拉朽，锐不可当。它——考验着万物，也考验着人们！春夏争奇斗艳的花草在它的面前发抖了，倒下了；只有不畏风霜严寒的梅花与松柏像是在欢迎着它的到来，挺立在大地上。

　　秋是收获的季节。看看那收获着的大地吧：遍地黄澄澄的大豆，叶子已经落尽，毛茸茸地立在那里，豆角堆挤着，挂在豆架上。已经收割了的大豆，或晾晒在水泥路上，或堆置在场上，金灿灿的，光泽耀眼，蹲在扫帚上的老汉，装好一窝子旱烟，瞅着那"金子山"，笑得眼睛眯成一条缝，合不拢嘴，下巴挂着一串时段时续的口水。玉米熟了，玉米棒子冲破外壳，赤裸着露出半截身子，米粒子一排挨着一排，一粒挤着一粒，像是在向农民们夸耀自己的贡献。那棒子一个个都耷拉着靠在秸秆上，个个都有尺把长。一片片的棉田散置在平原上，如果说棉棵子高大得像棵树，那树上雪白的棉团就是一堆堆碎银子。穿红着绿的姑娘们，小心翼翼地把篮子放在棉棵子间，兴高采烈捧下那"碎银子"放在篮子里，嘴里不时发出咯咯的笑声。最耀人眼目的要数那红高粱了。俗话说："入秋的高粱老来红。"高粱地上，一根根柱子举着一束束火把。那火把太重了，使一根根柱子也不规则地向四周倾斜着。远远望去，那高粱地块上立着的就像守卫家乡的红色卫士，那是淮北的脊梁。倘若你走近果园——一股股芳香定将会扑鼻而入，沁人心脾；一串串葡萄坠弯了枝丫，裸露枝叶外，圆润鲜活，油光闪亮，实在是一串串紫色的珍珠。苹果树上挂满了苹果，那么红，那么艳，那么逗人喜爱。拳头大的石榴藏在青枝绿叶之间时不时地探出头来，像是少女春心荡漾般地游戏着前来约会的青年小伙。散坐在地上绿坛子般的西瓜更让人垂涎三尺了，还是切开来品尝吧：含在嘴里，沙沙的、甜甜的、凉凉的、香香的……

　　秋是生命的延续。它送走春夏，又将迎来严冬；它奉献了富足，又将播下新的希望。听，机声隆隆，那是人们在忙着秋耕秋种；看，新耕的土地湿润润的，油亮亮的，黑黝黝的，新播的地块里刚刚划过的齿印就是那一道道平行的、缠绵的希望线。农民们站在地头，脸上堆着笑，好像看到了齿沟里的麦子发芽了、拔节了、生穗了，又是金黄一片。

　　啊，秋，你是美的化身，你是情与力的象征，你是收获的季节，你是生命的延续。那花枝招展的春天比得上你吗？它少了点丰厚与意蕴；那烈日炎炎的夏季比得上你吗？它多了点狂躁与炽热；那天寒地冻的冬天比得上你吗？它欠了点温情与富足。

　　我，深爱着秋。

2006 年 10 月 6 日夜

发表于 2017 年 11 月 2 日《淮北晨刊》

小李家的变迁

　　小李家——安徽省濉溪县韩村镇淮海村的小李家，是淮海战役时刘伯承、陈毅、邓小平等老一辈革命家居住过 38 个日日夜夜的小村庄。小李家这个本来普普通通的小村庄也因此而名扬中外。中华人民共和国成立后的小李家，在中国共产党的正确领导下，人民当家做主，安居乐业。在衣、食、住、行、文化、教育、卫生、娱乐等各个方面都发生了翻天覆地的变化。近几年，各级党政高度重视文化的传承，这个有淮海战役总前委指挥部旧址的小李家，已经被打造成国家 AAA 景区。我要为小李家的变迁而高歌一曲。

　　中华人民共和国成立初期，小李家人民对党和政府为农村所描绘的生活图景"种地不用牛，点灯不用油，楼上楼下，电灯电话"充满着无限的期望。20 世纪 60 年代，小李家人民已经初步解决了温饱问题。穿的衣服四季分明：冬天穿棉袄棉裤，或者棉袍子，头戴线帽，脚穿棉鞋，或者草窝子，木底窝；春秋天穿夹袄子、夹裤，男戴单帽，女系毛巾；夏天男女均着粗布裤褂，有的开始穿细洋布衣衫，脚穿单层布鞋。吃的饭食是高粱、谷子、红芋、绿豆、黄豆和少部分的小麦面，绝大多数的农户用不着吃野菜了。逢年过节或者走亲戚，已经能够吃得上肉和家常蔬菜了。过春节时，农民蒸的馍大多是玉米面馍、高粱面馍、杂面馍、杂面菜团子、菜角子，也有极少量的白面馒头。住房大多依

然是土墙草顶的矮房子，但已经有农户新盖房子加了五至七行
椽，很多农民拉起了土墙头院。出行时，已经有个别农民骑自行
车了。20 世纪 70 年代，小李家人民的生活水平又有了新的提高。
一年四季，大多数农民已经穿细布衣衫，到了 70 年代中后期，
已经有穿的确良衣服的了。男的大多着中山装，冬天戴火车头
帽，女的围方巾。大多数男女已经不再穿带大襟的褂子，而是穿
对襟的褂子，男线帽已经很少有人再戴了。饭食方面，一日三餐
大都离不开红芋，于是有了"红芋饭、红芋馍，离了红芋不能
活"的民谣。农民们会根据红芋的特性而变着花样地改善生活，
通常是红芋饭、红芋面馍，而有时又拉红芋渣、做红芋渣馍，打
红芋粉制成凉粉、娃娃鱼，制作红芋细粉用来下饭或者炒菜等。
那时，实行计划经济，政府给农户发布票、油票、粮票、肉票
等，各家能够根据家庭的实际情况而购物。通常的菜大多是掴的
臭豆子、腌制的咸菜，再就是砸蒜、椒子就馍。到了 70 年代的中
后期，中午炒菜的现象已经较为普遍。挖沟、挖河，以生产队为
单位起大伙，民工们一日三餐都有菜，中午有肉，馍是白面馒
头、卷子，或有萝卜、豆芽、细粉、瘦肉作馅的大包子。用水是
一个自然庄一口土井，各户都到土井去挑水，洗衣则是到大坑去
洗。农民们新盖的房屋绝大多数是七至九行椽，三行砖封檐，水
泥瓦顶。人们出行大多是骑自行车。绝大多数农户家里有收音
机、缝纫机。农民们利用自留地多数种植经济作物或者蔬菜，又
养猪、养羊、养鸡等，一是改善生活，二是挣钱贴补家用。就连
谈对象要彩礼也是"三转一响（即手表、自行车、缝纫机、收音
机）大瓦屋，猫猴子羊盖子猪，的确良、毛哔叽，灯芯绒、花围
巾，少说也得十几身"。20 世纪 80 年代，党的十一届三中全会如
春风化雨，农村实行家庭联产承包责任制，农民们的生产积极性
空前高涨，其生活水平大大改善。农民们无论男女穿的都是细布

衣衫，通常有涤卡布、涤纶布、呢子布；其式样也不拘一格，开始有拉链衫、喇叭裤、短大衣、长大衣，甚至也有穿西服的了。从1983年开始，农民们吃的全是一块面——馒头、包子、哈饼、面条，中午的一顿饭，大多数都能炒个蔬菜，一星期能吃一次肉。各家各户打轧水井，做饭、炒菜、洗衣全是用轧水井的水。新建的房屋，绝大多数是砖墙瓦顶，有的带走廊，大多都有砖砌墙头院。出行时，仍是自行车，极个别的农户已有摩托车。20世纪90年代，实行市场经济，物资极丰富。男男女女穿的衣服绝大多数为拉链衫、西服，少数人穿中山装。吃饭方面，依然是小麦面，一年四季各种蔬菜应有尽有，各种水果已经摆在农家的餐桌上。每天中午都要炒菜，一星期能吃上两三次肉，而且猪肉、羊肉、牛肉、鸡肉、鱼、卤菜成了农家的主导菜。用水依然是轧水井的水。新建房屋开始粉墙，讲究各室布置。使用的家用电器有电视机、电风扇、电磁炉、电饭锅、洗衣机等且相当普遍。通信工具开始使用大哥大、BP机、汉显机，而后使用手机。21世纪之初，男装、女装、童装、孕妇装、加肥加大的中老年服装，夏服、冬服、春秋服、睡衣等各式各样，花色齐全，流行膝盖装。吃饭之主食依然是小麦面，为了养生健体，不少农户吃杂面馍、烧红芋稀饭，中午几乎天天有肉吃。各种蔬菜，各种水果，一年四季要啥有啥。食用油大多为豆油、菜籽油等植物油，各户打深水井，用电动机抽水。做饭洗衣更方便、更卫生。新建住房除老年房外，中青年的住房全是楼房，另有偏房，有的还有过底。人们出行有摩托车、轻骑、电动三轮车。每家至少一部手机。近十年，穿衣讲新款，饮食重养生，住单门独院的二层或三层的楼房，出行除摩托车外，大多为电动三轮车，有40%的农户买了小轿车。2015年，小李家安装了太阳能路灯，家家用了空调、电冰箱和太阳能热水器。老年人使用老年手机，中青年人使用智能手机。早饭前或者晚饭后，很多人都以不同的方式锻炼身体。普遍地讲究好身子、好房子、挣票子、带孩子，生活质量的提高前所未有。

生产工具标志着生产力的发展水平。在 20 世纪的五六十年代，小李家的生产工具依然是牛耕人拉、上土杂肥，粮食亩产量低。到了 70 年代，公社派来一至两台拖拉机，一台一天能犁地上百亩，大大提高了劳动效率，减轻了劳动量。人们吃饭用的面粉，有的是人推磨，多是用生产队的牲口推磨。70 年代后期，开始使用少量的磷肥、氮肥。种棉花开始使用农药治害虫。80 年代中期，有的农户购买了手扶拖拉机、小四轮，用于犁地，打场。家家户户都有平板车。推磨的历史已经结束，人们吃的面是面机子碾的面。农户普遍使用氮肥、磷肥，粮食产量大大提高。小麦产量已由原来的两三百斤提高到七八百斤，甚至近千斤。90 年代，绝大多数的农户都有小四轮，铁制车斗子，用于犁地、打场、拉庄稼，农民的劳动量进一步减轻。世纪之交，开始使用小麦收割机。人们吃面普遍的是到超市买。21 世纪初期，犁耙地使用旋耕机，收小麦、玉米使用收割机，种庄稼使用播种机，近几年又出现了单撒化肥的机子，收割小麦之后余下的小麦秸，又有打捆机，方便了农户下茬种植玉米。近二十多年，出现了两元经济向三元经济的转变，现在不少农户或种粮大户小麦与西瓜套种，西瓜收获后再种玉米，小麦与玉米的亩产量都在千斤以上，有的甚至单产一千二百余斤，再加上西瓜丰收，一年三茬，亩产量的毛收入在五千元以上。富余劳动力打工挣钱。

2010 年开始，政府不仅不要农民交粮纳税，而且给农民按地亩数发放粮补；开始实行合作医疗。2011 年，政府对 60 周岁以上的老年人按政策发放补助，对有的农户实行低保。1984 年，淮海村新建了淮海小学和村卫生室，1986 年乡政府在小李家建小李庄初中。近几年，小李家庄内建两处文体娱乐场所和两处公共厕所。

小李家的淮海战役总前委指挥部旧址于 1985 年被省政府认定为文物保护单位并建立爱国主义教育基地。从 2014 年开始，22 间房屋的指挥部旧址、大小伙房、机要室、首长住宿房屋先后原址原貌修缮一新。围绕着小李家庄，开发了近千亩土地，新建了多处景观桥、总前委雕塑广场、小李家红色博物馆、小李家村民大舞台、毛主席像章陈列馆、淮海村党群活动中心，又建了五百余亩花园、果园、景观带。2017 年 11 月，小李家被国家文明委、文体旅游局等单位审定为国家 AAA 景区。

今日的小李家人民，生活在六十年前党和政府为农民所描绘的那种"种地不用牛，点灯不用油，楼上楼下，电灯电话"的美好图景中，生活在鲜奶润喉、轿车代步、养生健身、文明和谐的欢乐幸福中，生活在春有花、夏有荫、秋有果、冬有青的美丽景区中。事实上，小李家人民的生活幸福是全国农民生活幸福的缩影，小李家的变迁也是全国农村变迁的真实写照。中华人民共和国成立后，农民们生活水平的逐步提高，是党和政府英明领导的结果，是农民们努力奋斗的结果，是科学技术快速发展的结果。让我们放开歌喉歌唱党的领导和农民们的辛勤劳动吧！

2019 年 7 月 18 日晚草成

相山公园，我心底的最爱

　　我的家乡淮北有座相山公园——相山公园有奇特绮丽的自然风光，有源自淮北本土而又独具匠心的人文景观，有能给人以启迪教育的亭榭、馆园和雕塑，又有自然景观与人文景观交相辉映、俯仰皆是的景点。多年来她已经成为我心底里的最爱。

　　相山公园坐落在相山脚下，东西北三面环山，面积约 150 余公顷，是一个集自然风光、名胜古迹、人文景观为一体的大型综合性风景名胜公园。公园始建于 1975 年，2009 年 12 月被国家旅游局评定为国家 AAAA 级旅游景区。相山公园有三个大门，尤以东门最为宽阔敞亮。东门宽约 30 米，两端为顶楼，横梁上镶嵌着四个夺人眼目的金色大字——相山公园。从此门入园，首先映入眼帘的是主干道西边林荫下的红木条凳或横板。这些条凳、横板曲曲折折，依势而筑，大有"曲径通幽"之感。有的围成方块场地，有的则成了上山的台阶，有的构成台阶两旁的栏杆。这里是游人们休息闲谈的最佳场所。游人们或坐、或卧、或仰、或倚，形态各异。小两口手拉着手，依偎着；老两口肩靠着肩，紧挨着；孩童们则在大人们的四周头顶着头，嬉戏着……所有这些形成了一幅幅太平盛世里人们祥和、快乐、幸福的生活图景。大门的东南角是益趣园。益趣园内形成了三个单元。东边是牡丹园和月季园。月季花常年开花，鲜艳夺目。牡丹花则盛开在春夏之交，红、粉、黄、白、绿、紫、黛等，花色繁多，花大色艳，清香宜人。在这期间的每一天，前来观赏的游客们数以千计，或徜徉，或拍照，赞不绝口。西边靠角门的地方，是一棵伞冠状、干粗三围、高达十余米、覆盖面积达 50 平方米的针叶松。对此，不少游客叹为观止。南边则是一处比较开阔的健身场所，那里器械齐全，很多游客都会顺手玩上一番。

顺着通往显通寺的主干道往上走，不远处，东边是动物园，西边是相山天池。动物园内有动物 34 科 153 种 2738 头（只）。其中有国家一级猛兽东北虎、华南虎、非洲狮、金钱豹、狼、豺等；爬行类有鳄鱼、蟒蛇、龟类等；又有大象、斑马、长颈鹿、骆驼、猴子和各种鸟等。它是皖北占地面积最大、品种最为齐全的动物园。相山天池（人工湖）本是三面环山比较开阔的沟壑，后由市政府出资，依势开挖修筑，于 1979 年 11 月全面竣工，投入使用，填补了公园无水的空白，为游人增添了无限的乐趣。天池四周竹树环合，垂柳指岸；草坪涌绿叠翠，景色宜人。天池内碧波荡漾，鱼翔浅底，艇船游弋，游人们欢声笑语不绝于耳。东南角的崖壁上，有一龙头，口中流水不断，流淌在其下用鹅卵石砌成的簸箕状的水池中，取名曰"涌泉轻唱"。泉水滴答作响，水波中树影倒映，堪称一绝。

相山天池的西边自南向北依次是刘开渠纪念馆、寓言雕塑和儿童乐园。刘开渠（1904—1993）是杜集区刘窑村人，我国当代杰出的人民艺术家、雕塑艺术大师、著名的美术教育家，中国美术馆事业的开创者。叶落归根，魂归故里。刘开渠纪念馆坐北朝南，建筑在南低北高的山的环抱中。纪念馆占地 4977 平方米，是由三部分组成的长方形庭院。前面是纪念馆的懂得石门，中间是展览厅，后院为大师的陵园。青松翠柏环抱着刘开渠大师的墓石。古朴的半圆形墓碑石上，有赵朴初题就的"人民艺术家雕塑宗师刘开渠之墓"的金字。刘开渠纪念馆收藏陈列着大师大量的珍贵作品和信件，向人们展示着开渠先生的辉煌人生。纪念馆自1995 年 4 月 5 日正式对外开放以来，慕名而来参观的海内外人士络绎不绝。1995 年 5 月，安徽省委、省政府确定刘开渠纪念馆为爱国主义教育基地。寓言雕塑，以中国传统典故为主题，包括凿壁偷光、岳母刺字、黄香扇枕、东施效颦等。漫步在寓言雕塑林之中，感觉走进了艺术迷宫，处处散发着艺术的气息，有的让人深思，有的给人启迪，有的叫人捧腹，那一幅幅画面就是一个个生动的故事，无不给人留下深刻的印象。它们抓住了城市的灵魂，为城市的艺术文化做了最美的诠释，给人带来高层次美的享受和文化熏陶，不能不说是一道色彩斑斓的文化风景线。哪怕是一次短暂的逗留，也会感觉进行了一次艺术的洗礼。儿童乐园占地 5 公顷，始建于 1982 年，1991 年建儿童乐园南大门，门前有草坪广场，园内普通设施应有尽有，又有空中转椅、高空观缆车等大型游乐设施，每天来游玩的成人及儿童熙熙攘攘，摩肩接踵。相山天池东与历史长河毗邻。历史长河于 2003 年建成，林荫下是用鹅卵石铺成的一条宽近两米、长近百米、直中有曲的"小河"，河内平放 20 多块石板，镌刻着淮北历史上发生的桩桩大事，寓意为"历史长河"。沧海桑田，千年的岁月诉说着千年灿烂辉煌的古代文明；历史长河，抒写着淮北人民勤劳、坚韧、英勇和顽强史诗般的篇章。

沿主干道再往上走，东边是奏鸣台，西边是闻鸡起舞广场。"奏鸣台"为清代百姓使用古汉阙遗址构件建设而成，为三月十八日相山庙会奏乐戏台，也是当年迎接官绅上山朝拜祭祀奏乐的高台。闻鸡起舞广场东西两边都有一片开阔的地带，是人们健身演唱的好去处。人们组团或唱歌，或唱京戏豫剧，或跳广场舞，或打太极拳，到处洋溢着欢乐祥和的气氛。

再往上走就到了显通寺。它位于相山龙山、虎山两峰之峪，建于西晋太康五年（284），宋神宗亲赐"显通寺"匾额。它三面环山，周围林木葱茏，环境幽美。寺内千年古柏参天，落凤桐、银杏树高耸入云。相王殿、天王殿历史悠久，新建的地藏宝殿、大雄宝殿屹立在半山之上，金碧辉煌，雄伟壮观。每当冬雪初霁，峰谷间琼脂与松柏争辩青白；春葩盛绽，曲径中游女共嫣红并斗妖冶；夏雨过境，九峪里云封雾锁，碧树苍藤，尽情性流绿泻翠；风霜来袭，满园里漫山红遍，层林尽染，恣狂意溢日月叠丽。在显通寺东跨院正房内，悬挂着乾隆皇帝亲笔书写的"惠我南黎"匾额，这是园内的重点文物，更是镇寺之宝；相山庙东侧山腰上临涧背山的突出石崖，高晋书"渗水崖"碑刻，引人注目，增添了整个公园的雄威与人文气象。

与显通寺一涧之隔，在红柱琉璃瓦长廊西侧，有三处景点，即饮马池、将军碑林和将军亭。饮马池，相传是宋共公饮马之处。宋共公屯兵于此，正值盛暑，兵马饥渴难忍，忽然一声霹雳，击破巨石成一水池，兵马得以解渴。池水似镜，明澈清透，虽无源而终年不涸，虽不活而历久不腐。沿饮马池北侧拾级而上攀爬982个台阶便到了将军亭。将军亭位于相山公园西侧虎山山顶。1998年12月，为纪念淮海战役胜利50周年，市委、市政府斥资兴建将军亭。亭子呈五角形，亭高7.4米，占地面积215平方米，亭子上曾任军委副主席的迟浩田题就的"将军亭"三字赫然醒目。将军碑林位于相山公园秀峰东麓的松林翠柏之中，与山巅的将军亭遥相呼应。2009年元月，为纪念淮海战役胜利60周年，辟地建林，举碑刻石。占地2000平方米，分为主碑、前委碑林、将军碑林三部分。徜徉其间，犹如目睹硝烟弥漫之景，恍惚耳闻枪林弹雨之声，你会生发出无限感慨——革命先烈视死如归之精神，撼天动地之勇气，前仆后继之气概，理当永垂青史。

今年清明节前的一天，我第三次登上了将军亭。看着"将军亭"三个大字，华野代司令员粟裕和副参谋长张震登临相山、眺望陈官庄战场、谋划歼敌大计的情景仿佛浮现在我的眼前。而后向前去，扶着围栏，举目远眺，远远近近的层峦叠嶂、林海峡谷都好像在这浓密的云雾中起伏着、欢舞着；东北处的显通寺更加雄浑、更加神秘、更加富有灵性；俯瞰相山天池，它宛如一块天外碧玉，镶嵌在山涧林海之中，周边的游客及池中的艇船如同蚁群一样在悠闲地蠕动着。这时的我，全然忘却了繁忙的工作、琐碎的家务和烦扰的人事，心胸豁达到了极致。如果时间就定格在眺望公园全景的这一瞬间，我定将成为永恒的弥勒；如果我与张择端老先生同在，或许我会被描绘进《清明相山公园图》成为不朽。啊，这美妙绝伦的时空，这令人陶醉的图景，这忘我欢畅的心胸哟！

在游览观赏了相山公园的上述诸多景点之后，你是否感觉得到相山公园的美在融合、在柔润、在天赐予设计者的独具匠心？相山公园的美在融合，是因为相山公园有自然景观的美、有人文景观的美，又有健身休闲的美。相山天池、刘开渠纪念馆、显通寺、历史长河、寓言雕塑、饮马池、将军碑林、将军亭都把自然景观与人文景观统一起来、融合起来，水乳交融，难分难离。盎趣园、闻鸡起舞、历史长河等景点，都有自然的美和人文的美，又都有健身与休闲之美，它把这三者结合得天衣无缝，更是美轮美奂，无与伦比。相山公园的美在柔润，是因为相山公园一年四季都给人以温暖、柔和、润泽、清新之感。冬有梅花绽放，夏有万木争荣，秋之红满坡谷，春之牡丹盛开，百花争艳。相山公园的美更在于上天的赋予和设计者的独具匠心。显通寺选建在三面环山这把巨大的太师椅上，云腾雾绕，气象万千；相山天池同样是三面环山，松木花草点缀其间，又有"涌泉轻唱"，池泉一体，天水一色；将军亭下有饮马池和将军碑林，而饮马池是上天赐给宋共公的饮马之所，这是否寓意着淮海战役的胜利是上天的意旨，是全民的同仇敌忾呢？从更大范围上说，相山公园中园中园近十个，主要景点数十处，参差突兀，妙笔生花，既能让游客观赏和感受到自然的美、人文的美和自然与人文结合的美，又能让游客接受爱国主义教育，还能够让游客见仁见智，产生许许多多的联想和想象，回味无穷。我们不得不说，这都是设计者的匠心独具呀！从发展的历程上看，相山公园能有今天这样的美妙、神奇、壮观和辉煌，更是淮北市四十年来改革开放丰富人民文化生活的巨大成果！

　　我们淮北的相山公园，比不上避暑山庄的四季如春，比不上苏州留园的小桥流水，比不上颐和园的历史厚重，但我们的相山公园集古今中外林园文化于一体，揽人文古迹与游乐教育于一身，景点在脚下，景点在目中，景点在俯仰皆是的任何一个地方。因此，无论何时，只要你置身园内，你都会心旷神怡，流连忘返。我多么想骄傲而又自豪地向世人说：在我的心目中，相山公园的美是当今中外任何一个公园所无法替代的！

　　相山公园，只要我活着，我都会不厌其烦地观赏你美丽多姿的自然风光，领略你给人彻悟的人文景观，感受你日新月异的变化发展。每当我走进你或梦中再现了你，我都会陶醉其中，激动不已，我不能不大声地狂喊：我家乡的相山公园——你是我心底的最爱！

2018 年 4 月 29 日晨

草寺庙春会

今年农历二月十七日，沿袭至今的古老草寺庙春会又在草寺庙旧址——我的母校濉溪师范的门前举行了。

这一天，风和日丽，前来赶会的人们头面一新，脸上无不洋溢着那种难以言表的喜悦。我徜徉在这足有五里之长的春会中。这里虽没有高楼大厦，也没有铺上柏油的宽阔街道，但这春会却带着为淮北人所喜闻乐见的乡土特色。你不必远去，站在校门口，向东西望去，人流的尽头实在是肉眼难及。校门口两旁的坡坑里，村庄后面干涸了的苇塘里，树林里，打麦场上，都被赶会的人们占据了。他们中有不少是在两天前就"安营扎寨"了的。赶会的人们，操着不同口音，干着不同活计，挂着同一笑容。会上有各种木料、橱柜、桌椅，有饭摊、肉柜、布匹和日用工业品，真是琳琅满目。如果说往年的春会已经可以称之为"盛大"，那么今年的春会真是涌起了一个新的高潮了。

看着这热闹的春会，我不禁陷入了深沉的回忆之中。中华人民共和国成立前，草寺庙里有一尊泥菩萨，神龛上放着香炉、香烛等。每逢二月十七日，就有不少人来到这里烧香拜佛，向神仙祈求幸福，要上天保佑一年没有祸灾。或者人们在有病医治不好的情况下来到这里向菩萨磕头许愿，以求病体康复。这样，萧条冷落的庙会笼罩在一片神雾香火之中，更显得萧条凄凉。一日又一日，一年又一年，一个世纪又一个世纪……神没有对向他祈求的贫苦人民发慈悲，也没有因为许愿而恩赐幸福。人民——终年不得温饱的贫苦百姓，还是在苦难的深渊中挣扎着。

中华人民共和国成立了，人民走上了幸福的康庄大道。由于打碎了精神枷锁，人民每年来到春会，不再是向神祈求祷告，而是以主人公的身份在会上交流物资，买卖东西。十一届三中全会是春风化雨，滋润了人民的心田，人民又有了前进的方向。党的农村经济政策的落实，使农民的物质生活和文化生活逐步改善，农村出现了欣欣向荣的新景象，草寺庙会也一年比一年丰富、繁荣。

我还在遐想中，一个同学邀我到里面去。我们穿过拥挤的人流，一路欣赏着两旁的一切。我看到五颜六色的衣柜、五斗橱、北京橱；我看到雕刻着不同花纹或描绘着不同图案的盆架、木床、桌椅。那图案有的是怒放的红梅、荷花，有的是登上枝头在鸣叫着的喜鹊，有的是晨曦初现时高傲啼鸣的公鸡，有的是巍峨山峰间飞流直下的瀑布……我也看到那膘肥体壮的马、牛、驴、骡，还有那为春会增添春色的盆盆鲜花……我听到饭摊内刀剁肉的"笃笃"声、骡马撒欢的叫声和主人清脆响亮的叫卖声。在会场的一角，还有嗓音清亮的艺人演唱。

假如物资丰富、人民喜悦是你对草寺庙春会的第一个印象的话，那么，你还应该从购买的角度去发现人民空前的购买力。那用板车拉着桌椅橱柜等家具往回走的人们，那在闪光锃亮的自行车上挂着的满鼓鼓的黑提包，那高高举过头顶的盆花，那已累得满头大汗的售货员却还是对顾客应接不暇的场面，还有那远道而来的客人竟开着大汽车、小四轮来选购家具，看上去极普通的农民却在用心选购沙发的情景……这无不说明人民的购买力是空前的。

在盛会中牛行的一角，有这样一个场面：一个刚刚买到一匹马的老头，竟大张着他那掉了门牙的嘴，翻身上马，挥着鞭子，"嘚——"的一声，扬长而去。随后还听到从他嘴里唱出的不够标准的小调。按心理学来说，他这是激情还是心境呢？

就在我因盛会而陶醉的时候，背后传来饶有兴趣的开玩笑似的谈话声："小两口，不，还有你们的成果都来了，买些什么来着？"我转身一看，问话的是个中年妇女，抱着"成果"的小两口就在她的跟前，看上去那"成果"也只是个周岁的幼儿。"买什么？看——"男的指着妻子的提包。好家伙，那提包的拉链已经不顶事了，崭新的衣服露在外面。妻子略抬了一下提着篮子的另一只手，说："还要给孩子买点吃的。"那"成果"在父亲的怀抱里"咿，呀"两声，笑了，两腮上的小酒窝着实让人喜爱。刚才那位问话的中年妇女又说："兄弟，这下子不愁光棍一条，啥时能娶妻生子了吧！"话音刚落，回答她的是一阵清朗的笑声。

在这盛会中，你还常常会听到人们对明年的会一定会更大的预料和对未来生活向往的谈论。是的，农民们从中华人民共和国成立前那样饥寒交迫、精神麻醉的境遇中走上了幸福之路，从精神迷惘、不知去向的状态中走向劳动致富的康庄大道，他们怎能不激动、感慨、向往未来呢？今天，党的农村经济政策日益深入人心，农民们为四化而生产的积极性犹如冲破地壳的岩浆，力量无穷！

目睹这空前的盛会，耳闻赶会人的言谈，我的心里有一种如同被鹅毛撩拨似的感觉，于是拿起自己笨拙的笔，写下了这点文字。其实，我心中那万分的感慨又何止于此呢？啊，时代的春天使古老的草寺庙春会改变了内容，草寺庙春会又以它崭新的内容闪耀着时代的光彩！

1983 年 3 月 29 日

悼念奶奶

1993 年农历六月二十五日晚上 9 时 50 分这个风雨交加的时刻，我的奶奶——我的好奶奶，终于艰难地走完了她曲折的人生道路，留下了 83 年的沉重脚印，离开了人世，离开了她疼爱的儿女、孙子孙女、重孙重孙女。奶奶去了，永远地去了，但她那"宽厚仁慈有德有志，勤劳俭朴无畏无私"的一生，是她的晚辈们永远不会忘记的。

奶奶出生在徐楼镇李寨村李寨庄的一个农民家庭里。奶奶 18 岁那年的农历九月十三日，嫁给了爷爷，从此结束了她的闺秀生活，走上了她艰难的人生之路。当时，爷爷与他的父辈住在他的外爷爷家。爷爷是一个目不识丁、沉默寡言、靠终日劳作养家糊口的人。奶奶与爷爷婚后的第二年，老爷爷就与他们分了家。爷爷曾给地主做长工达十年之久，虽说生活很艰苦，但总算勉强过得下去。后来，爷爷病故，老天爷就这样不公平地把生活的重担全部压在了奶奶这个年仅 36 岁的青年妇女身上。她悲痛万分，她生活无依，但她没有垮下去，她横下心来，坚强地活下去，决心把儿女拉扯成人。这表现了奶奶怎样的斗争意志和生活勇气啊！

奶奶决心已定，娘六个自然相依为命。但是，在那暗无天日的旧社会，官兵的欺压，匪氓的霸道，地主的剥削，生活的贫困，儿女的幼小，这对一个失去丈夫的年轻妇女来说，该要付出怎样的艰辛与代价啊！奶奶——曾吆喝着牲口，扶犁耕作；曾悬着麻秸火，光下做鞋；曾月下纺线、织布，裁衣染色；曾踮着小脚，流泪推磨；曾几度让伯父离乡背井、外出讨饭；曾一度把叔父给了人家，后又要了回来。这在奶奶的心中都是多么惨痛悲哀和无可奈何的事情啊！几十年的风雨，几十年的艰辛，她度日如年，度年如过关。

1949 年，中华人民共和国成立了，奶奶同村民一道参加了斗地主分田地的伟大斗争，此后的生活渐渐有了好转。伯父、父亲先后成家生子后，奶奶多是带孙子、抱孙女。虽说很少下田劳作，但所付出的劳动量不知要比下田劳动者多出多少倍。1959 年春，叶落归根，奶奶带着后辈们回到了老家陈圩村。那时候，全家人的生活虽然并不富裕，但奶奶却一直周济和照顾着左邻右舍生活困难的人和比她更穷的亲戚。奶奶带孩子，向来是心口一致，言行无二。即使在后来人口多、晚辈们对她有许多冒犯、时有家庭争执的情况下，奶奶也从没有放弃过照顾孙辈们。她对孙辈们的关心细心周到，无微不至。她给孩子擦屎剐尿，她给孩子嚼馍喂饭，她给孩子缝破补烂，她给孩子收湿晒干，她给孩子治病就医，她给孩子嘘寒问暖。直到现在，她拍着孙辈们的身子、哼着催眠歌子哄孙辈们入睡的情景和声音，还常常浮现在我的眼前，回响在我的耳畔。

奶奶还有一个简朴的习惯。旧社会食不充饥、衣不蔽体是社会所致；中华人民共和国成立后，她依然非常简朴；即使实行责任制后，生活富裕了，她依旧丰年不忘荒年。她不准我们乱丢馍头，乱扔剩饭，她的衣服也总是补了又补。直到去世前，她还嘱咐儿女把已经补了许多处的裤子拾好，待她病好了再穿。

她对晚辈重身教，更重言传。她教我们怎样做人，怎样做事。在她的晚年，已有六个孙子结婚，四个孙女出嫁，她本该享受天伦之乐，但她常常询问我们这些已婚后生的工作、生产、生活、人际关系情况，为我们的幸福付出了许许多多的思想和行动。我多么想骄傲地对乡亲们说："奶奶，是世界上少有的好奶奶！"

奶奶是一个平凡的人，但她生命的意义又是千金难买、万语难叙的。

奶奶，我的好奶奶——您不是战略家，但您已经志在千里；您不是经济实业家，但您已经为晚辈们奠定了拥有万贯家业的基础；您不是思想家，但您的教导、您的品德、您的行为，将使我们刻骨铭心；您停止了呼吸，但您的生命在延续，延续给流淌着您的血液的后生们。

您勤劳简朴的习惯和宽厚仁慈的态度将永远鼓励我们做一个正直的人。您矢志不移的精神和不怕困难不畏邪恶的斗争意志，将永远激励我们无论在顺境或是在逆境中，都不向困难低头、不向恶势力弯腰，永远按照自己的蓝图和既定目标，披荆斩棘，勇往直前。

奶奶，有一件事是可以告慰您的，那就是按照您的嘱咐，我们把爷爷搬进了新房，与您合葬。也许，在您生前，我们有许多不孝，但请您相信：流淌着您的血液的数十条生命，定将以您为楷模，学习您的精神，不忘您的品质，牢记您的教诲，自力更生，艰苦奋斗，精诚团结，互助互让，使家道如日月灿烂，让家业像雨后春笋！

奶奶，我们——不会让您失望的！您就安息吧！

1993 年农历六月二十七日中午 1 时 30 分草就

1996 年农历正月初五晚上 9 时 6 分修改

发表于 2019 年 9 月《眺望》

母亲的弥留之际

母亲虽然去世三年多了，但她在弥留之际的情景却让我永远难忘。

那天傍晚，我收拾整理了一下母亲堂屋当门靠东墙的软床，又让儿子把他奶奶从里间抱到软床上用被子盖好。因为我知道母亲已经得病卧床四年之久，近阶段饭吃得很少，而近几天已经茶水不进，医生给吊白蛋白却很难找到血管。我想母亲的大去可能就在眼前了。我看到母亲的右手放在右侧，而左手伸到床边，还动了几下。我连忙把手伸过去，攥着母亲的手。我看到母亲眼睛闭着，面容憔悴，头发蓬乱，心里便涌起阵阵难过，泪也就流了出来。这时，我的大女儿来了，她走上前来，把奶奶的头发捋了捋。只见母亲睁了睁眼，看了看女儿，女儿说："是我，奶奶。"母亲点了点头，两眼又闭上了。

停了一会儿，母亲很努力地侧了一下身子，头歪向我，睁开眼看着我，发出很微弱的声音，问："孩……孩呢?"我明白母亲的心思，便问："您是问旭旭吗?"母亲"嗯"了一声。儿子对母亲说："已经放学了，该快来到了。"正说着，旭旭走到了老奶奶的床前，说："老奶，我来了。"母亲睁了睁眼，看了看她的大重孙子，嘴角留下一丝笑容，并且手动了动。我连忙说："旭旭，把手伸给老奶。"在这一刻，我、母亲、儿子和孙子四个人的手紧紧地攥在了一起——这是四代人的手，是四只血脉相通的手，是后继有人、生生不息、家兴业旺的手。女儿赶忙把这四只手用手机拍了下来，时间就永远地定格在了 2017 年农历二月初一傍晚的这一瞬间，永远见证了这个大家庭的团结和谐与生命的延续。

忽然，母亲攒着全身的力气，再次非常努力地侧向我，嘴张着断断续续地说："我 …… 我走了，你 …… 你 …… 领他们，好……好好地……过……"在兄妹七人中我是老大，我知道母亲的这句话是牵挂、是叮嘱，也是交给我的担当呀！这里的"他们"，不仅仅是我的这个十四口之家，一定指的是她所有的儿孙们。本来躬身站着的我，"扑通"一声，双膝跪倒在娘的床前，左手扶着床，右手依然攥着娘的手。我感觉得到，我的嘴唇抖动着，脸上的肌肉痉挛地抽搐着，泪水顺着两颊成串地向下滚落着，而后鼻涕也和着泪水像瀑布一样地挂在了下巴上。我哭着说着："娘，您别走，您不能走啊！您不走，我永远是您长不大的儿子；您走了，我就是没有娘的孩子了……""娘，您辛苦了一辈子，省吃俭用了一辈子。如今好了，咱吃的、穿的、住的，手底下使的啥都有，您和俺大也都住进了老年房。您的儿女们又都有了自己的儿孙，您可以享福了。全家几十口子人都等着孝敬您呢……"我哭着说着，眼前又浮现着母亲抚养儿女、辛苦劳作的情景来：我刚出生不久，母亲就背着我逃荒要饭，冬天的夜晚怕我冻着，她就蹲在人家屋门口，把我装进她的裤裆里；母亲生三弟时是 1968 年腊月初十的早上，正值大雪，她却勒紧腰带，扎紧脚脖，头上包着毛巾，给我们做饭；她上下午在生产队挣工分，常常在做好午饭后去桑林里拾柴，或在月光下铲麦茬；她怀孕了，依然坚持给生产队干活，挺着大肚子爬着拾红芋片子……我再也抑制不住内心的悲痛，我站起来，抱着娘，把头贴在了娘的胸口，又哭着说："娘，您不能走哇。您若走了，我来到这里，见不到您，该是多孤单、多伤心、多难过啊！娘，您千万……千万不能走啊!"就在这时，我感觉得到娘的右手乃至胳膊都在动，像是想抬起来，我连忙把她的右手放在我的脸上。又见娘的嘴角在动，我问："娘，你还想说什么?"我把耳朵贴在娘的嘴唇，屏住气，听到娘微弱的断断续续的声音："这个家就……就交给你了……领他们……好好地……过。"娘说的几乎还是刚才的那几句话。我明白了，娘是要我在她临走之时亲口答应才是。于是我哭着说："娘，您放心，我一定领他们好好地过。"这时的娘好像再无牵挂了，手从我的脸上展开来并滑到一边，她的两腮与额头也好像有淡淡的红晕，再现着她的慈善与安详。

主事的叔叔看到这一切，忙拉着我说："陈宏，别哭了，让你娘睡好，走好吧!"

我站了起来，却又跪在了娘的床前。我那年仅五岁的孙子连声哭唤："老奶，老奶……"我和所有在场的亲人们哭声更加悲伤、更加痛苦，甚至近乎惨烈了。我看了一下手机上的时间，母亲在 2017 年农历二月初二凌晨 3 点 34 分永远地离开了我们，走完了她 84 年的人生历程。

我的母亲是这世上千千万万母亲中的一员，只要还活着，哪怕是百岁老人，是多病缠身，她们都依然会担忧在外地工作的儿女，时刻关心儿孙的成长和生活。她们为儿女操劳了一生，在临走的时候，都会希望着子子孙孙能"好好地过"，这比天高、比海深的恩情有谁能比得上呢?"子欲养而亲不待"，父母健在的后生们应该在这有限的时间内，经常地陪陪他们，在生活的各个方面好好地孝敬他们才是啊!更何况我们也是或者将是有儿孙的人呀。

要记住：父母是家的根，根深才能叶茂啊!

2020 年农历十一月二十三日晚草成
2021 年农历七月二十日晚改就

我的父亲

　　我的父亲在85岁时的2018年农历四月十三日晚9时15分去世，距今已经4年了。4年里，我常常梦见父亲，常常回忆父亲在世时孝敬祖母、疼爱儿女、建设家庭、饱尝艰辛的一些事情。如果不把这些事情写出来，我总感觉心里不安。

　　我的父亲被奶奶赞誉为一个懂事、能干、孝顺的好孩子。靠给地主做长工而养家糊口的爷爷于1947年病逝，当时奶奶年仅36岁。养育五个儿女的生活重担就压在了奶奶的肩上。奶奶白天使牲口犁地，管理庄稼，晚上则纺线、织布、洗衣、缝补六口人的衣衫。为了省钱，奶奶常常在月光下做纺线、洗衣这些活计。那时伯父18岁，父亲14岁，小叔10岁，大姑6岁，小姑2岁。伯父性情毛躁，虽然也帮奶奶下田犁地，但常常与奶奶犟嘴。父亲很听奶奶的话，叫干啥就干啥，除带两个姑姑外，白天和月夜都去拾粪，地里积肥很多，庄稼长得很茂盛。他还常常洗衣做饭，成了奶奶在生活与下田劳动等方面的好帮手。有时做饭做点改样的或什么好吃的，他总是让奶奶吃，正因为这样，奶奶没有少夸奖父亲。

　　我的父亲是个生意人。1950年，年仅17岁的他便跟着一个姓杨的师傅当学徒，学扎柳，即扎笆斗子、扎簸箕。仅仅半年的时间，有关扎柳的各项活他就全学会了，比如扎笆斗子、扎簸箕、扎小升子、扎箩簸篮、张箩、刮牛皮、割经子、劈竹竿、破篾子等。刮牛皮——如果是鲜牛皮，可以直接刮，若是干牛皮要在水中泡湿了才能刮。刮牛皮的时候，两手平端捏刀，要用力均匀。在牛皮上刮掉的肉，可以洗净后炒了吃。在 20 世纪六七十年代，农民们非年非节，不招待客人是很少买肉吃的，所以能吃上刮牛肉也是一件很高兴的事。割经子——是把刮好的牛皮分割成若干块，俩人扯着牛皮的两端，一人拽经子，一人用钉了木塞子的专用刀一丝一丝地割下来，然后在相距十多米的两棵树之间成圈地缠绕晒干，再分成若干把收起来。破篾子——先要把竹竿截成大约两米长的竹竿段，而后劈成宽约两厘米的竹竿条，再将这些竹竿条劈成三层的竹竿片，最后将每一层的竹竿片再破成宽两厘米的条条。这样，这些细条条就可以用来扎笆斗、扎簸箕了。破篾子最是一件工细活，需要一定的技术，我的父亲是很内行的。扎笆斗等也是一件含技术量很高的工细活。先要把一叶子竹片细条条放在笆斗沿上，而第二三层用在笆斗沿的两边，而后用鸡舌刀在沿下穿孔，使牛皮绳子穿孔而过，每隔大约 5 厘米扎一道，一道一道地扎下去，一直到把笆斗沿扎满为止。扎好笆斗后，还要在笆斗的中部用牛皮绳子扎一圈，称之为打腰箍，底部也要打一圈箍，这样的笆斗结实耐用。方圆几十里的农户都喜欢把笆斗子、簸箕、箩簸篮等拿给我的父亲扎，因为他扎的既结实耐用，又美观好看，价钱也合适。随着时代的发展和科技的进步，现在的集市上已经没有买卖笆斗子和簸箕的了，民户也很少有人使用笆斗子、簸箕的，笆斗子、簸箕已经被铁皮桶塑料桶代替了。但我想：扎笆斗子、簸箕、箩簸篮等的技术，是否算得上一项非物质文化遗产呢？笆斗子、簸箕、箩面的箩子毕竟是很长一段时间的历史产物啊！

我的父亲就是靠扎柳而维持全家人的正常生活。那个时候，我们是十口之家，家中有奶奶、父母和我们兄妹七人，应该算得上一个比较大的家庭了。20 世纪六七十年代，父亲外出扎柳向生产队缴钱，生产队给我父亲记工分，父亲是带着生产队、大队出具的证明的，因此，即使在那个年代，我的父亲也照样外出扎柳。几十年来，我的父亲年年、月月、天天风餐露宿，饱尝艰辛。我的父亲每隔一段时间回家一趟，把挣来的钱都交给奶奶，奶奶会做人，会做事，会为人，会吃苦，会节俭，会理财，是世上难得的好奶奶，四代同堂的她又是最高长辈，全家人都遵从她。父亲蹓乡常常忍饥受饿。活多的时候，他想抓紧时间干活，顾不上吃饭；活少的时候，他想抓紧干完手头上的活再去蹓乡，没有时间吃饭；没有活的时候，他走村串户，有时一拉几个庄也没有一个活，当然也就没有饭吃；逢到集市，碰到了许多小饭店，他怕花钱又舍不得吃，所以忍饥受饿是常有的事儿。他对扎笸斗、扎簸箕等的民户，冷热有度。对那些行精弄巧、拐弯抹角想便宜的人，他偏不让他们得到便宜，该多少钱就收多少钱一分不让；而对那些宽厚仁慈、大大方方的人，则粗略优惠，能让则让；对那些热情好客、大方不拘、请他到家里像客人一样招待的人，则少收或不收钱。用他的话说那就是"越想便宜的人越不给他便宜，越大方好客的人越不让他吃亏"。我的父亲让我的两个妹妹出了嫁，又给我们兄弟五人每人盖一处房子。后面的四个弟弟都是单门独院，既有三间堂屋又有两间厢房，而且拉了墙头院。在备料筹钱，请人拉土垫宅子、拉砖、垒墙、造房的全过程中，废寝忘食，夜以继日，其中的辛苦是无法想象的。我的父亲教我们做人做事，曾教导我们："犯病的不吃，犯法的不做。""有事要胆大，无事要胆小。""人是苦虫，咋惯咋行。""没有蹚不过的河，没有过不去的坎。"……这些话听起来平平常常，但细嚼起来却克敌制胜，深含哲理，或许也是他 85 年的人生写照。我的父亲对我们兄妹七人有疼爱，有管束，要求严格，让我们在其后的生活中能够迎难而上，砥砺前行。

父亲的言行是一笔珍贵的财富，我会永远铭记在心。

在父亲去世后的每一年里，我总有三次以上（清明节、中秋节、春节）到我父母的坟前跪倒在地给他们磕头，给他们送去纸钱，送上好吃的物品，果子、酒等，感谢他们的生育之恩，感谢他们的言传身教，祝愿他们安息，继续地保佑他们的子子孙孙。当然我这样做也是在践行《弟子规》中那句"侍死者如侍生"恪守孝道的格言。

父亲，请您相信：流淌着您的血液的后生们，一定会家兴业旺，代代相传。

写到这里，我才长出了一口气，心情平静多了。

2022 年 3 月 1 日下午 4 时 49 分草成

老　家

　　我的老家属安徽省濉溪县韩村镇和谐村，是祁集东南、距祁集十七八里路的陈圩子。

　　我的老家是美丽的，而老家的美丽源自千百年来所形成的自然环境，更归功于家乡人民的辛勤劳动与创造。老家的南面距老家有四五里路的地方是浍河，浍河的那一段是东西走向，常年浩浩荡荡，奔流不息。在大旱或大涝时，我们那里的田地，也往往得益于浍河水而做到了旱灌涝排，更何况，当时我们的薛场大队还在浍河的北岸建了砖窑厂，就是靠人工挑这浍河水而浇砖的。浍河给当时全大队的经济发展做出了很大的贡献。老家的东边距老家一里路左右有一条雁鸣沟，呈南北走向，常年碧波荡漾，从未干涸，向南流入浍河。据说这段雁鸣沟是黄龙拱出来的，而取名雁鸣沟，又有一段凄婉而美丽的传说。古代某一天的夏夜，沟东岸的一对年轻恋人，不顾家人的反对，他们相约逃离家乡而到岸的西边去。男的背着女的，不想沟水却夺去了他们的生命。次日双方的父母把他们的尸体打捞出来，并埋在了沟的西岸。而此后的一年又一年，南归的大雁总在这一座坟茔的上空盘旋、鸣叫，有时还直立坟头，那叫声凄清、哀婉、惨烈。后来，人们就将这条沟取名为雁鸣沟了。家乡万亩田地的抗旱与排涝大多得益于雁鸣沟。雁鸣沟与浍河是上天所赐、是大自然的杰作！家乡的人民就是在浍河北岸、雁鸣沟西岸的这块土地上长年累月默默无闻地耕作着、喘息着、哀叹着，一代又一代，一年又一年，代代相传、年年如是。1974 年年底，刚刚高中毕业不满 18 周岁的我和我的同龄人组成了建设家乡的生力军，与比我们大 10 至 40 岁的男人与女人们一起展开了改天换地的伟大斗争。建设方字田，筑路，打机井，挖中沟，使宽约 50 米的 10 里长沟向南直通浍河，向东直通雁鸣沟，使沟渠纵横，路路相通，真正做到了旱涝保丰收。每年的冬末春初，青壮年的男人们，也就是五〇后、四〇后、三〇后，甚至二〇后的男人们都要去几十里或者百余里外的地方挖大河、挖远征河，我就参加挖了王引河和解河。后来是村村（自然庄）通砂姜路，于是每天扒砂姜、拉砂姜铺路，披星戴月、夜以继日。干这些活，每天都累得腰酸背疼腿抽筋。但那时的人们，总觉得那是挣工分吃饭，那是生存与生活，那时那地就该那样，还能咋样？至于平常参加生产队的劳动，像栽红芋、锄红芋、翻红芋秧子、切红芋片子、点棉花、拾棉花、拉犁子、割麦、打场之类的劳动每天都是“戴月荷锄归”。那时根本就没想过累和苦。虽说“红芋饭、红芋馍，离了红芋不能活”，但能填饱肚子，乐呵着呢！要问为什么能够苦中作乐？回答你的只有一句话：那是他们对国家、对人民、对伟大领袖毛主席的无限忠诚！由于老家人民的辛勤创造，老家的一年四季美景如画，着实让人迷恋，让人陶醉，让人感叹不已。春天来了——氤氲而升的地气，如烟如雾，袅袅娜娜；本来匍匐于地的麦苗，经过一夜的春雨，突然间直立起来，马鬃似的随风起伏，宛如一片绿色的海洋；一大片一大片的油菜花开了，黄澄澄金灿灿的，散发着一股沁人心脾的花香。夏天到了，“蚕老一时，麦熟一晌”，千里淮北一片金黄。那滚滚的麦浪向人们展示着丰收的喜悦。最惹人注目称得上五彩斑斓的要数秋天了，你尽情地看吧：玉米叶沙沙作响，玉米棒耷拉在玉米秆上；豆叶黄了，那圆鼓鼓的豆荚隐匿在平展了的豆叶之间；远远望去，那雪白的大团大团的棉花，犹如闲适的阔太太探出脑袋显现着她们雍容华贵的身姿。凛冽的北风卷起了漫天的大雪，把麦苗覆盖了，它温暖着麦苗，滋润着沃土，杀死了害虫，定将带来小麦的丰收。家乡的四季美景就是这样周而复始、循环往复，家乡的人们就是在这美景里辛勤耕耘、繁衍生息、憧憬着未来。

老家承载了我童年的辛酸，培养了我对亲人们永远怀念的情愫与感恩意识。我出生于1956年，随后便是三年困难时期。母亲曾与外爷一起紧裹着尚在襁褓中的我逃荒要饭，夜里母亲蹲在别人家的屋门口把我装进她的裤裆里。小姑在食堂里领来了馍只咬两口，便全给了我。伯父给队里使牲口，把捡来的坏红芋、红芋梗子拿到家里，由奶奶在兑窝子里砸碎了再煮给我吃。在我生病时，奶奶熬汤药给我喝，用柳叶给我焐肚子，多次把我从死神的手里夺了回来。我的生命是父母给的，也是由父母、奶奶、伯父、小姑他们共同养育出来的。他们是我的亲人，更是我的恩人，我会永远地怀念他们、感恩他们。

老家培养了我向善与向上的力量，磨炼了我生存与生活的意志，铸造了我未来的梦。我于1964年秋开始读小学。老师为我们借用了三间民房，晴天就去民房院子里的大树下上课，雨雪天我们在民房里上课，由于房屋低矮，窗户很小，房内的光线自然昏暗，我们看那书上的字也只是影影绰绰。第二年，学校在我们庄的西头盖了一个院子，有了学校的样子。学校有三间教室、一间办公室。房子都是五行伞，土墙，草顶，窗户稍大了些。我们自己带小板凳，课桌是用土坯垒成的。我们从野地里拔来绞股蓝，用绞股蓝秧子，在土坯桌上使劲地摩擦，呈现了青色。再用我们的褂袖子、袄袖子在上面摩擦，不久就是青亮的了。到了三年级的下学期，"文革"就开始了。随后到了四年级直到初中毕业都是在离家五六里路外的宋园学校上学的。在宋园上学的那五年多，我们上早晚自习，点的都是煤油灯，整个房间烟雾缭绕，油烟呛人。但我们对文化课的学习却很卖力，常常早起晚睡，自我延长学习时间。1972年年底，高中举行招生考试，我以平均分72.8分的优异成绩考取了海孜中学。在高中读书期间，可能是因为我在初中时连续三年当班长，在高一时又当班长，高二时担任海孜中学学生会主席。陈永贵视察海孜公社时，我在庆祝大会上代表师生发言。那两年，每逢劳动节、国庆节、元旦，学校都要出专栏、专刊、黑板报。我的文章总会出现在专栏、专刊和黑板报中。有时版面有剩余，我就多写几篇。这些活动，无形中提高了我的文学素养。后来我的一篇小戏曲还真的在《安徽工农兵演唱》上发表了呢。

1975年农历二月，挖王引河回来，队长要我给生产队喂猪，为了服从领导，更为了抓劳动表现，以便将来推荐上大学，我便在非常为难的情况下答应了。万万没料到在这期间居然发生了一件让一些人正中下怀的事。我在烧好猪食时，把麻秸火插到灰堆里，没想到死灰复燃，火烧到了牛屋上盖。春节之前，大队进驻了路线教育宣传队，他们的目标是整顿大队生产队的领导班子，对个别年轻人突击入党、突击提干。我因为有本大队老书记的支持，又是高中生、贫农出生，且海孜中学转交了我的入党志愿书，路宣队便意欲培养我入党当大队书记。而另有一些人却污蔑我放火烧牛屋、喂死五只猪。搞得我身败名裂，最终一事无成。1978年9月，我以本大队参加中考、高考十七人中的最高分而当上了民办教师。在这之前的1977年初，母亲看到我一事无成，心疼我的劳累、挣扎与苦闷，找我姨舅让我到淮北矿务局开拓延伸工程处当工人。当我看到姨舅的来信内容后，我竟然气得发抖，把信撕了个粉碎，把正在吃着的红芋面馍摔到地上，迸出一句话："我一定要出其不意地站在对立者的面前，让他们自己说陈宏绝不是笨蛋！我绝不走后门，我要用自己的实力证明给他们看！"就这样，我一如既往地白天劳动着，晚上一夜一灯油地熬着，读着、背着、写着。熬得困极了，我便趴在泥台子上睡一会儿，醒来又继续地读、背、写，困得实在坚持不下去了，我便用清凉油或辣椒油涂眼圈，再不行，我就用娘的纳底针在自己的小腿上狠扎几下，扎得滴血，疼得钻心，直熬到下半夜，我才在床上和衣而眠，天天如此。那几年，我真的很少在床上脱衣睡觉啊！应该说，我现在能够写几句话，成为省作协会员，很大程度上得益于那几年的拼命学习。那几年只有一个愿望，那就是跟那几个诬陷诽谤我的人拼个你高我低，拼出名堂来，走出陈圩子，甚至朦胧地想到，将来要当老师、当作家，用自己的知识去歌颂光明、鞭挞黑暗、影响社会、服务人民。这是我当时在痛苦挣扎中形成的一个向往未来的梦。

1980年初，我结婚了。年底生了一个女孩。从那天起，年仅25岁的我便承担起白手起家、养家糊口的生活重担。我借钱买了面、买了柴米油盐、买了锅碗瓢勺筷，用破水桶筑了个土炉子，开始了一家三口的独立生活。所幸的是那一年端午节正是芒种，我在分家之后的第四天就收到了小麦。后来，我们喂猪、喂羊、喂兔子，再加上作为教师，我每月有12元的工资，我们一家三口的生活基本能够维持。妻子特别能干，所有的地里活和喂猪、喂羊、喂兔子，她全包了。每逢星期六星期日，我和妻拉土、和泥、脱坯、打墙，没用两个月的时间，我们既拉了墙头，又垫了院子，还盖起了两间土墙草顶的东屋（灶房一间，喂兔子一间）和一间过底，又在门西旁盖了一间猪圈。方桌、圆桌、锅屋门、兔圈门、大床、软床都是我摸索着做成的。现在回想起来，真的很难想象，我那时为什么会有那么强大的不怕困难并战胜困难的信心和勇气？为什么会有让人难以置信的巨大创造力？为什么会有一次次的我不输我必赢的英雄式的精神和气概？我沿用了二十多年的一副春联是"艰苦创业，发愤图强"。在这里，我停不住笔，我要郑重地告诫我的儿孙们："在任何时候、任何情况下，都不要被困难难倒，不要被生活压倒，不要被恶势力吓倒，只要你有坚强的决心和顽强的意志并勇往直前，你最终必是赢家！"同年九月，我考取了濉溪师范。读师范期间，本来就没有经济基础的我们一家人生活就更加拮据。在学校我每顿只吃两个小馍，买点素菜，周三与周五的肉是绝对不吃的，这样每月节俭下来的4元钱左右，全用来买酒糟什么的，用来喂猪。或许是妻子能干和老天保佑两者兼有的原因，我家每年都能卖一头猪、三五只羊和200多元钱的兔毛，我家的生活质量并没有因为我去上学而降低多少。值得一提的是，我在这两年的读书期间，各科学习成绩都很优秀，而且在文学方面也出现了辉煌。在淮北市举行的"中学生、师范生作文竞赛"中获得二等奖，在学校组织的朗读比赛中获得优胜奖，在华东六省一市中学生作文竞赛中获得二等奖。我的《同学胜兄弟》一文在《淮北日报》上发表。1983年农历正月，我生了第二胎，又是女儿。在师范毕业的当儿，我婉言谢绝了学校领导要我留校、县教育局领导要我到教育局工作的要求，毅然决然地回到我的母校宋园联中任教，带初中语文。1984年9月体制改革，我升任宋园联中教导副主任，1984年10月妻子生了第三胎，男孩，可谓"双喜临门"。但到了1985年9月我却因超生第三胎受撤销职务处分。不管怎样，我毕竟有儿有女了，我的小家庭已经是五口之家了，我的内心是很高兴的！

2009年，因受临涣煤矿塌陷区的影响，我们庄迁到了祁集。我们兄弟五人给父母单盖了老年房，父母便在老年房里住。但到了2013年的下半年父母都因病先后瘫痪，卧床不起。我是长子，在孝敬老人方面，我应该而且的确起到了带头作用。父母在与人闲聊时，总夸他们的大儿好。概括父母说的话，有这样几个方面：一、父母住院，大儿带头拿钱、带头看护，等到脱离危险期才分班看护，不该班的时候也天天来；二、在家看护父母时，最认真。大儿天天夜里都在这里睡觉，一夜给俩老人盖几次被；三、该班看护时，吃得最好。每天都吃两个鸡蛋。中午的菜都有肉，肉都炖得稀烂。该班的十天里有猪肉、羊肉、牛肉、鸡肉、鸭肉、狗肉不重样。鸡蛋饼、胡辣汤、蚂虾椒糊子、水烙馍、菜盒子、鸡蛋膏……变着样地吃。四、侍候得最周到、最细心。每天两次换尿片、换尿裤、抹药，两三天就给洗一次澡，洗一次衣服、被单……为什么我能做到这些呢？因为：一、我懂得"子欲养而亲不待"的道理，趁父母还活着，应尽己所能地侍候他们。同时赡养老人是做子女的义务，是中华民族的传统美德。二、以身作则，教育子女。今天的父母就是明天的自己。"亲爱我，孝何难；亲憎我，孝方贤"，这是对《弟子规》的践行。三、我相信因果报应，"人在做，天在看""恶有恶报，善有善报"，一辈子积德行善，一辈子孝敬父母，才会有福报。假如，一个人常做恶事、坏事，横行霸道、祸害乡里，不孝敬父母、这个人一定会遭天谴，还会殃及子孙。

　　每次回忆老家的往事，我总会感慨不已。我感恩父母给了我生命，感恩我的亲人们呵护我的生命并扶持我健康成长，感恩家乡的水土养育了我，感恩正直善良的家乡人民对我的教育与栽培，感恩那些曾诬陷诽谤我的人，让我变压力为动力，让我彻夜不眠地学到更多知识，我坚信时间是最公正的判官，忍耐是通向从容的钥匙，奋斗是幸福的根基，我最最感恩的是上苍，它给那些正直善良的人们开启了积德积福家兴业旺的大门。我没有惊天动地的伟业，更没有叱咤风云的壮举，也没有八斗五车的才学，但老天爷能够让我成为省级作家，让我子孙满堂，让我的儿女都有孩子又都有工作，让我们一家人都能平安健康和谐快乐，足矣！

对于老家，我有一种难于言表的非常特殊的感情，有五味杂陈的喜怒哀乐，有真善美的扶植和与假丑恶的斗争所展现的五彩缤纷的生活。我爱它们，爱那时那事，爱那人那物，爱那四季如画的田园风光，爱那永远让我回味无穷的或艰辛或艰难的百折不挠、为之奋斗的岁月，那段永不遗憾给我青春力量的岁月。那段岁月让我在其后生活与工作的坎坷困难中如履平地、勇往直前。我曾千百次地梦见我那段永远难忘的岁月，醒来时我总是满眼泪花，甚至泪滴挂满两腮。我常骑摩托车回家看看，看看家乡纵横交错的河流，看看家乡沟河边桃红柳绿的风景，看看家乡生长旺盛的庄稼，看看家乡即将收获的小麦、玉米、黄豆和棉花，遥忆当年令人感慨催人奋进的人与事。

2021 年 8 月 10 日上午 8 时 51 分草成
2022 年 1 月 24 日晚 8 时 32 分改就

新　家

　　我的新家在海孜煤矿西侧，祁集街东边，是 2009 年搬迁到这里的新建居住地，很多人称之为"陈圩新村"。新家同老家都属于濉溪县韩村镇的和谐村。

　　2009 年 2 月，因受临涣煤矿塌陷区的影响，我们家前陈圩的大部分农户和中陈圩的全部农户陆续搬到祁集。在这之前的正月，村领导组织准备搬迁到祁集的农户去镇政府抽号，以便确定各家建房的位置。那时我想如果能够抽到 1 号多好啊。1 号坐北朝南，前面是一条主干道路，后面是一条宽 6 米的小路，东面是一条宽 4 米的小巷子，巷口往东是一处民宅和一家饭店，再往东就是海孜矿的进矿路（南北路）了。正是这处宅基地真的被我抽到了，真是心想事成。村里分宅基地，从 1 号开始，路北全为单号路南全为双号，搣好灰橛，撒好灰线，我于 2 月 22 日开始挖地基，新建东厢房四间，而后再建主体楼三间两层。建好厢房后，我们便搬到这里住了。主体楼于 2009 年 7 月 8 日全部竣工。

　　新家与老家相比，不仅有四季如画的田园风光，而且又在周围多了许多人文景观和一些红色文化景点。新家的东面有青沟、窝沟，西面是曹沟，南面是浍河，北面是界洪河，东西北的沟河水流都直通浍河。后陈圩于 2016 年搬迁到界洪河北面，与我们的前陈圩与中陈圩只是一河之隔，而界洪河上架起了一座大桥，这桥便成为我们三个陈圩子的通道了。

新家和老家一样，其春夏秋冬都凸显着各自的特点。春天里——万里麦田一望无垠，她把春天装点成一片绿色；而那大片大片的油菜泛滥金黄的花朵，如同花枝招展的姑娘。到了夏季，麦子成熟了，千里淮北一片金黄，麦穗儿直立着，有麦芒护卫着，麦粒儿龇牙咧嘴，为人们展望着丰收的喜悦。到了六七月间，荷塘里的荷花，有红的、白的、粉红的，争奇斗艳，美丽极了，荷叶伞一样地撑着，护卫着花的开放。鱼儿在叶子底下，有趣地追逐着、嬉戏着、玩耍着。黄豆的叶子绿得出油，舒展着，豆荚缀在枝梗上，让人想象出大丰收的景象。面积最广大、最为耀眼的要数玉米地了。夏季的玉米株儿最旺盛，一颗颗玉米像是商量好的，一齐儿地向上生长，那样高大，超过人头，那样蓬展，齐刷刷的玉米棒子靠近秸秆努力向上地生长着，毛缨儿五颜六色，煞是好看。秋天来了，农民们摘取果实的时候到了。荷塘里，荷叶变得干枯了，匍匐在藕池里，到了深秋，农民们高挽裤腿和袖子，在池里挖藕。一节节藕像姑娘的胳膊那样白嫩、粗壮、鲜亮。豆叶黄了，落满一地，豆荚圆鼓鼓的，挂在枝梗上。中午的太阳落在豆棵上，熟透了的豆荚爆裂了，发出"嘣嘣"的响声，那金黄浑圆的豆粒撒在地上。玉米叶也黄了，有的已经晒干了，玉米棒靠近秸秆耷拉下来，玉米棒的头头上裂开来，露出的一排排玉米粒饱满金黄。棉花地里，姑娘们把那雪团似的棉花捧到篮子里，笑声是那样爽朗。冬天到了，农民们把小麦、大豆、玉米等留足家用外，剩余的全部卖给国家，送进粮仓。中秋播种的小麦苗儿，先是鹅黄色，现在已经变得翠绿了。纷纷扬扬的大雪把麦苗儿覆盖了，把山川、树林覆盖了，大自然变成了一个粉妆玉砌的世界。"大雪是麦苗儿的被，来年枕着馒头睡。"瑞雪兆丰年啊！不难看出，新家与老家四季分明，春生夏长秋收冬藏，是四幅景色截然不同却又美不胜收的画。

新家周围的人文景观有一个镇矿共建、镇矿互融的显著特点。1992年3月由于行政区划的变更，撤区建镇（即撤销临涣区，建立临涣镇、祁集镇），祁集镇政府就坐落在现在陈圩新村的中间。陈圩新村的东面是淮海村和马楼村，南边是马桃园村，西边是陈口村和徐楼村，北边是沈桥村，周边的这些村庄应该有2万多人。当时的海孜矿正在兴盛时期，工人与家属也有2万余人。镇政府与海孜矿，共同出资，在进矿路的东侧建了濉溪县祁集商贸综合市场。市场长约1000米，宽50米，上面搭建了拱形铁皮大棚，棚下两边筑成条状的200余个混凝土摊位。周边农民在棚下卖蔬菜、水果和肉类，解决了4万人口买菜难和周边农民卖菜难的问题。现在围绕铁皮大棚四周的大路上也摆满了摊点，还有鱼行、鸡行、超市，和近百家大小饭店、小吃部。再往东不足一里处，海孜矿集团公司建设了兴海面粉厂，现在又建造了祈康面粉厂，附近农民大都把自己的小麦拉到这两个面粉厂去卖。海孜矿办起的面粉厂、玛钢厂、机械厂等也在一定程度上解决了周边群众的就业问题。

在原祁集乡范围内，有一所中学（祁集中心学校），四所小学，一所中心幼儿园和三所附设幼儿园。海孜矿内有中学、小学、幼儿园各一所。无论祁集乡还是海孜矿的各所学校在办学条件、师资水平、学校管理、教育质量和资金投入等各方面都验收达标。各村都有卫生室，另有多所验收合格的诊所；海孜矿有淮北市海孜矿医院，是县级医院，具有县级医院的医疗设备和医护人员。各村卫生室和海孜矿医院方便了群众就医。海孜矿工人村内，有十余处健身场所，又有一所文体娱乐中心。各村都有多处健身娱乐场所。无论矿村，跳广场舞已成为一项主要的健身娱乐活动。新家的柏油大道四通八达，人们可以骑摩托车或三轮车到附近集市购买商品。通往濉溪、淮北的公交车有 101 路、102 路、106 路和绿色电车，又有通往宿州、阜阳、蚌埠、合肥、徐州的大巴车。新家四周在教育、医疗卫生、文化娱乐和远近交通等各个方面都彰显了新中国成立以来最为美好的现代文明，让工人、农民都享受到新时代的美丽与辉煌。

　　附近的红色文化景点有两处，一处是临涣文昌宫，一处是国家级 AAA 景点小李家。临涣文昌宫曾是中共淮海战役总前委住地。临涣集是一座历史文化名城。2000 多年前的陈胜吴广起义就途经临涣集。临涣集有许多特产，享誉全国的有包瓜、烧饼、棒棒茶、培乳肉。淮海战役总前委指挥部旧址小李家于 1980 年 5 月被安徽省人民政府批准为省级重点文物保护单位。在省、市、县、镇各级党政的高度重视和支持下，先后三次整修了指挥部旧址，在旧址的路南边靠东西大院建造了一个小广场，以便参观的车辆停放。又在坑南修造了面积达 2600 平方米的大广场。大广场的北部有总前委刘伯承、陈毅、邓小平、粟裕和谭震林五位领导的雕塑，靠东边有大型的双堆集歼灭战的铁画。指挥部旧址往东依次有总前委灶房和休息室，再往东有一个占地 2350 平方米的广场。广场的北侧有 10 间两层的大楼。第一层是总前委陈列馆，陈列着当时所用的支前大车、手推车、锅、灶、簸箕、笆斗、电话机，及其他的一些农具等。第二层有三个单元：东边主要是毛主席诗词字画；中间是淮海战役的一些画面，例如中央军委和毛主席的电报、总前委的回复电报、淮海战役中重大战斗场面、支前场面等；西边是毛泽东像章陈列馆，广场前面的正中位置是毛主席向人民挥手的塑像。向北一公里左右是淮海村党群活动中心，西边是小李家大舞台。大舞台前方是沥青面的大广场，好多次的群众大会和演出活动都在这里举行。小李家的北部和东部的农田现在都开辟成了花园与果园。一年四季呈现给人们的是春有花、夏有荫、秋有果、冬有青的艳丽景象，给人以赏心悦目的感觉，不少游客来到此处都赞不绝口。2017 年 11 月，小李家风景区被国家文明委评为国家 AAA 景区。现在小李家的家家户户家用电器应有尽有，过半数的农户都有小轿车。小李家这片红色的土地，今天是这样灿烂与辉煌，曾经饥寒交迫的小李家人民今天是这样富足与荣光。

新家的人文景观和红色景点都是老家所没有的。2016 年春，我曾用轮椅推着母亲去观赏海孜矿工人村内的三个公园和一个文体娱乐中心。我们先到最南头路西的那个公园。我把轮椅停在了八角亭子跟前，给她介绍说："娘，这是有八个角的小亭子，是供人欣赏、纳凉、闲聊的地方。"娘笑着说："这个地方真好，有花有树还有亭子。"我又把娘推到矿医院门口的那个公园，娘指着那儿说："这儿，那儿，不都是大蘑菇吗？"我说："是的，那两处都是蘑菇棚，人们也可以坐那拉呱。"娘又惊奇地说："看，那儿也有个亭子，那儿还有个灯塔，灯塔上还有鸟窝呢。"停了停，娘又说，"那圆圈都还有葛花呢。"我说："这地方也好吧？有亭子，有灯塔，有蘑菇，还有葛花。那边还有小男孩雕塑呢。"娘说："好，好。"又指着跟前的一些健身器材问，"这都是啥子呀？"我回答说："这些都是健身器材，供人们锻炼身体用的。"我分别到几个器材跟前，做了相应的动作说："这个是腰背按摩器。""这个是坐蹬训练器。""这个是左右摇摆器。"娘笑了，说："工人就是和咱农民不一样，没事干了，就都到这儿玩。"我说："咱农民也可以到这儿玩呀，再说了，咱大队部那儿也有许多这样的器材。"娘说："唉，这年头真好啊！"又问，"还有好玩的地方吗？"我说："有啊，咱们到东边去。"于是我推着母亲来到海孜矿文体娱乐中心，娘问："这地上铺的啥呀，这么柔和？"

我说："这是用橡胶铺的地，图的就是柔和不硌脚。"娘又问："那几个大台子是弄啥的？"我答："那是开会或者演戏用的。"我又把娘推到有老年大学的那个公园，娘问："这是弄啥的，圆圈还用铁棍箍着？"我对娘说："这叫溜冰场，是青少年穿滑冰鞋游玩的地方。"正说着，几个十来岁的小孩来这儿滑冰了。娘笑着指着他们说："那几个小孩，慢点慢点，别滑倒了，摔着了！"在我看来，这三个公园，各有特色、各有训练和表达的主题。我想，在工人村和公园建造之前，一定是经过设计的，在哪里建公园，建几个公园，各个公园建造什么，在什么地方建造，都是经过再三推敲、精心设计的，不然不会这样各有主题，独具匠心。就拿海孜矿医院前边的那个公园来说，有亭子，有灯塔，有健身器材，又有广场，人们可以在这里跳广场舞、跳交谊舞、打太极等。还有两个白色雕塑，东边的那个是母子俩，光腚小男孩跟着母亲，母亲甩着披肩发，举着手，俊俏的脸蛋儿倒向儿子，脚跟前有一个球，我的理解这个雕塑所表达的是母子一起游玩时那种幽默和谐快乐的主题。西边的一个雕塑是光腚小男孩抱着一个大鲤鱼的情景，它所表达的主题是男孩的稚气、顽皮和可爱。我又推着娘到好惠超市。娘一进超市就感叹道："哎哟，这么大！"到了里面，娘又感叹道，"里面啥都有啊，有衣服、有果子、有菜、有肉，还有袜子鞋、锅碗瓢勺，想买啥都能买到。"娘好像若有所思，又说，"现如今这个社会真好啊，可惜我活不了几天了。"我说："娘，你就是腿走路不行，其实您内脏没有病，再活十年、二十年，阎王爷也不会收您。"而后我给娘买了点冰糖、三刀子、变蛋什么的，又买了双绣花鞋，娘换了鞋说："就俺儿知道我肯穿鲜艳点的。"我说："是啊，我给你买的袄、褂子都是带花的。"

　　我的新家既有四季如画的田园风光，又有多处小巧玲珑的公园与文体娱乐中心，既有铁皮搭建的商贸综合市场，又有几十家货物齐全的大小超市，既能享受到农村生活的殷实与富足，又能享受到城市生活的现代文明……前几年，我推着父母逛公园、逛超市，近几年，我常带两个孙子游玩于公园、超市、集市之间。一句话，我们几代人都在享受着新家新社会新时代的新生活。

我在老家度过了 53 年的岁月，它是生我养我的地方，是让我接受家庭教育、学校教育和社会教育的地方，是给了我诸多支持与力量的地方，也是为儿女们成长给予奠基的地方。新家是彰显现代文明的地方，是饱含着城市与乡村富足与美丽的地方，是让我的大家庭兴旺的地方，也是我安享晚年的地方。如今我已年近古稀，但我有良好的心态和执着的追求作支撑，我还会继续地汲取老家与新家的滋养，继续创造我所期望的新生活。

2021 年 8 月 19 日下午 6 时 46 分草成

2022 年 1 月 24 日晚 9 时 12 分改就

铁佛半日游

2020 年 9 月 14 日，濉溪县融媒体中心与铁佛镇政府联合举办了以"我在银杏树下等你"为主题的美丽乡村采风活动。参加这次活动的 60 多位同志大多是淮北市和濉溪县的作家协会和摄影家协会的会员们。

上午八时许，下了车来到铁佛镇赵楼新村的我们，真的惊羡于眼前的美景了：一弯池塘首先映入了我们的眼帘。池塘里，大片大片的荷叶你挨着我，我挤着你，漂浮在水面上，露珠儿在叶面上滚动着；尽管已近中秋，仍有许多朵荷花在兴高采烈地绽放着，她们迎风摆动，好像在向我们招手致意。在没有荷叶的清水绿波间，一群群鸭鹅挺直了脖颈在"嘎嘎"地鸣叫着。在荷叶的缝隙间，不时有大大小小、红红白白的鱼儿在追逐着、嬉戏着、穿梭着。池塘的中段横跨着一座拱形小石桥。小桥的设计别具匠心——桥体呈"∩"形，中间隆起，两边成坡；桥下又有五个拱形桥洞，中间桥洞高，两边的两个依次低。人们既可以从桥上经过，也可以在桥上饱览风景。两位仙女穿着绿色长裙，打着小花伞，飘然于桥上观赏美景，引来了许多的作家或摄影家的争相拍照。池塘的南岸有赵楼村民俗馆、红白理事会、民事纠纷调解办公室等，更多的是村民居所。沿岸有一道依塘而建的文化长廊，人们可以在这里观美景、读书报、聊天、纳凉。池塘的东北角有一座牛王庙，原是土墙草顶，现在已打造一新，里面供奉着牛王。直到现在仍有一些人常来这里祭拜。我们在这里遇见了几位当地村民。其中的一位老者向我们讲述了修建荷塘的经过：这里原是庄内的一个污水坑，里面尽是污泥、垃圾、冒着发酵泡的黑水，整日臭气熏天，人们从这四周经过得捂着鼻子。十年前，镇政府推进美丽乡村建设，对这个污水坑进行了整治和规划，清除了污泥，拉走了垃圾，栽上了莲藕，新植了环坑风景树，新造了文化长廊，重修了牛王庙，打造成今天这样一个花团锦簇、碧波荡漾、鸭鸣荷香的"欢笑塘"，那熏天的臭气被扑鼻的荷香替代了，人们从心底里感谢党和政府呢。另一位老者还给我们讲述了牛王庙的由来及神话传说。这时天空下起了小雨，但会员们依然指指点点，谈笑风生。还有人风趣地说："下雨，这是天公在感动得流眼泪呢。"

第二站我们来到了铁佛镇的崔楼村党群服务中心。服务中心坐北朝南，场地开阔。一楼是村两委办公室，一人一桌一椅一台电脑，设施齐全，设备先进；二楼是大会议室，美观壮阔，主席台下有三百余张长条桌，能容纳近千人。主体楼东边有厢房 10 余间，总体为民俗馆。馆内陈列着上千件古代、近代农民们日常使用的生活生产工具或用品，真的是琳琅满目、历史重现。两边的文化广场里设有新时代文明实践站、开放式党校、乡村振兴学校。再往西是占地约六亩的农耕文化园。园内有花园、果园、菜园、风景树，有鱼塘、荷塘、假山、小桥流水，有纵横交错的砖砌或鹅卵石小路，弯弯曲曲，延伸四方，或许这也是"曲径通幽"吧。

第三站是邹楼村党群服务中心。这里的整体布置与崔楼村一样开阔、壮美。我们聚集到二楼会议室，听取了铁佛镇镇长的报告。他在报告中讲述了铁佛镇人民在各级党政领导下新农村建设方面所取得的伟大成就和今后几年的发展规划。他的报告激情澎湃，令人振奋。会后，雨下得大了，已经能够看得出像线条一样的雨柱了，应该算得上是中雨了吧。在二楼的阳台上，有人指着正前方说，正南不远处就是千年古银杏园，东北角的那棵最大、最高、最茂盛的就是银杏树。听到此，很多游客有的打伞，有的径直地冒雨向银杏园跑去。银杏树很粗壮，要六人合抱，高二十多米，已经有 1800 多年的历史，据专家说此树还能再活 5000 多年。主干上斑痕累累，是沧桑的岁月给它留下的刻骨铭心的印记。很多人，不，是前去观赏的每一个人都举起相机或手机，拍下了那棵古银杏树的巨大、壮观、雄伟与严峻。拍照之后，我到园中的小亭子里避雨。当地的一位 80 多岁的老人给我们讲述了有关这棵银杏树美丽而又凄怆的故事：传说 1800 多年前，一位妇女去村子里的一口土井打水，不慎滑落到井里。她的丈夫前往打捞，没有打捞出妻子的尸体，却打捞出一小棵银杏树。丈夫想来，那棵银杏树就是妻子的化身。他就小心翼翼地把这棵银杏树移植到了这里。经过千百年的风霜侵染，它没有枯死，反倒愈加蓬勃向上。日本鬼子曾经用刀剑猛劈其身，它没有流泪，却流下了滚烫的热血，但它那高大的身躯依然岿然不动，坚挺不屈。那个日本鬼子见状失魂落魄，仓皇而逃。又有一位常年守护千年银杏园的老人介绍说，这棵千年银杏树是母树，以前是靠打药而人工授粉的，近几年他家的那棵公银杏树长起来了，再不需人工授粉了，他还培植了许多小树苗，以便大面积地种植。现在的这个银杏园里已经有银杏树二百余棵，再过几年就能成林。按照镇政府的规划，将来要发展银杏产业呢。我禁不住走出小亭，走遍了林子，又发现了许多独特建筑、工具和景致，如石井、石磨碾子、荷池、石槽、石盘、贴着"丰""收"方字的粮仓、歇脚亭、鱼塘、假山，及灯塔状瀑布，有很多人嘴里说着衣服湿透了，但依然流连忘返，兴致勃勃。领队喊"上车了"，我们仍旧一步三回头地望着那银杏园，望着那棵银杏树。

雨渐渐地停了，我们坐在车厢里隔窗而望：那大片大片的玉米地里，玉米株高高地挺立，玉米穗已经变黄，裸露在外的玉米粒像鹅卵石一样；大豆棵的叶子亦已变黄，大豆荚圆鼓鼓的，好一派丰收的景象。正当我们欣赏着田园风光的时候，车停了下来，只听领队说："下车看看这鲜花大道吧。"我们纷纷走下车来，看到大道两边的外边是风景树，内侧都有大约一米宽，盛开着的花儿，白的、黄的、红的、粉红色的，一朵朵光鲜耀眼，让你目不暇接，心旷神怡。近旁的花香与两旁庄稼的清香杂糅一起，真的是沁人心脾。几位美女倾着身子、手捏着花儿、小嘴儿靠近花朵……很多人又争相拍照呢！

接下去，我们看了古城汉墓。据说墓主人是西汉时开国名将樊哙。墓壁上雕刻着的龙、兽、朱雀等，栩栩如生。墓的建造，是说明主人的地位显赫？抑或是人们对他的崇拜与纪念？也许是两者兼有吧。时间已经是中午 12 点多了，太阳出来了，还像夏天那样灿烂、那样炽热。后来，我们又到卧龙湖畔的乡村大舞台，拍了合影照，以作留念。最后，我们到了 1958 年 10 月 16 日刘少奇同志视察的地方——卧龙湖人民公社的原址，那里的建筑工人正在按原貌施工中。

当我们按计划游完上述六个景点回到铁佛镇政府所在地时，已经是下午近两点了。但我们中的每一位既无困倦之感，也无渴饿之意。吃饭时，仍有一些人在谈论着铁佛半日游的所见所闻所感：那干净整洁的村庄、鸭鸣荷香的池塘、美观壮阔的村部、鲜花争艳的大道、高大雄伟的银杏树、凛然威严的樊哙墓、承前启后的卧龙湖……总括起来是四个字：不虚此行。

是的，美丽乡村建设真的把乡村建设得更加美丽。以后我还会再来铁佛镇游玩的。

2020 年 9 月 20 日草成

烈山工人村晨曲

当大地从薄明的晨曦中苏醒过来的时候，我已经在烈山工人村西头的长山南路上走 2000 多米了。在这路上，我看到满天的星星在兴奋地眨着眼睛，又看到晨练的人们在这路灯下被缩短，又被拉长的身影，我听到人们的欢声笑语，又听到路边草丛中秋虫的低吟浅唱。风儿轻轻地吹着，人们在这晴朗的初秋早晨感到格外欢乐与惬意。

到了烈山工人村的路口，我拐弯向东，沿着工人村的主街道亦即望阳路向前走去。刚走不足百米，我就看到路南烈山实验中学各个教室的灯光全亮了，也看到一群群高高矮矮的学生正潮水般从学校大门向院子里涌去，我分明听到从那教室里传来的琅琅读书声。我作为退休多年的中学语文教师，再一次地听到这熟悉的清脆悦耳的声音，真要比听到二胡独奏曲《步步高》的弦音还要振奋与激动。我驻足聆听，想了许多。猛然间，在我的心中酿出一首诗来："雄鸡初唱栖鸟惊，灯光顿扫满天星。谁云华少贪香梦，书声脆朗催启明。"这是我们祖国未来的建设者啊，今日的幼苗经过阳光与风雨的浸润必将成为祖国的栋梁！

我继续向前走，走到叫"杨庄矿中心社区"的地方，看到一位六十多岁的女同志，正弯腰在地上抓着什么，可那地上什么也没有呀，我好奇地近前一看，原来她在用卫生纸擦那一小块地面。我不解地问："喂，大嫂，你这是在干什么呀？"她直起腰来，微笑着对我说："我路过这儿，看有一撮狗屎，就用卫生纸把它捡起来，把路面擦干净，免得谁踩上去，弄脏了更多的地面。"听了她的话，我在心里想，这虽然是一件很平常的小事，但它却真实地说明了烈山区政府所倡导的保护生态环境、建设美丽家园的理念已经深入人心，并成为广大人民群众的自觉行动。

天已经大亮，路上的行人多了起来。工人村菜市场的大门口有不少的人在进进出出，我也跟了进去。我走到最西头卖鱼的地方，却被南端的那一幕情景惊呆了：一对五十多岁的夫妇，忙着从三轮车上端下大铝盆，而后又往大铝盆里倒鱼。靠北的一位老年妇女，问："你们是谁？我怎么没见过？"那位正在倒鱼的男同志说："我们昨天晚上下网逮点鱼，不多，就三四十斤，卖完就走。"那位老年妇女厉声说："不行，你们赶快到别的地方卖去，我们都在这占摊几十年了，哪能谁想来就来？"说着，便走上前去，把那大铝盆往车上端。那位年轻的男同志立刻走过来，说："娘，别这样。这位大叔熬了一夜不容易，就让他在这卖吧。当初，咱们……"儿子说到这儿，当娘的住手了，且呆呆地站在那儿，她的眼前好像浮现着二十年前他们初来卖鱼时的不易来。"娘，别愣在那了，咱们帮他们卸鱼吧。"儿子对娘说。娘听儿这么一说，闪过神来，一边向这对夫妇道歉，一边与儿一起帮着卸鱼、倒水。站在一旁的我，眼睛湿润了，我看到了咱烈山区人民一代又一代的和谐与友善。

因为我还要到南湖去，所以我就急忙地走出菜市场，沿着望阳路继续向东走。我看到儿子用轮椅推着母亲、后面跟着孙子的情景。正走着，我们都看到前面有位老先生瘫在地上。推车的儿子停住了脚步，站在这位老人跟前，弯着腰，问："大爷，怎么了？"那位老先生说："摔倒了，可能是大腿上边的骨头断了。"见此情景，儿子连忙从轮椅上取下带后背的马扎子，说："浩浩，咱俩把你奶奶扶到马扎子上坐一会儿，你在这陪奶奶。我用咱的轮椅把你的这位爷爷推到医院去。"老先生感动地说："现在的好人真多呀！"这儿离杨庄矿中心医院只是500米左右，几分钟，我们便到了医院门口。就在这时，老人的儿子、孙子、女儿，还有医院推着小车的护士都来了。我们目送他们进了医院。而后我们往回走，又把母亲扶上了轮椅。在这件事里，我看到了中华孝道在传承，人间大爱暖人心。这些彰显着道德情操的动人之举啊！

我带着激动与感动的情怀，走到了南湖岸边。一轮红日从东方地平线上冉冉升起。我看到那葱郁的披着红纱的树木、花草，看到那荡漾着红色波纹的南湖水，还看到那远远近近耸入云霄的幢幢高楼，我听到那悦耳动听《扬鞭催马送粮忙》的笛声。我在想：这生机蓬勃美丽壮观的景象正是烈山人民用勤劳的双手所创造的呀！而我今天早上一路走来所看到的一幕幕动人心弦的情景更是美上加美！我相信：烈山人民一定会在不远的将来，把自己的家园建设得更加美丽和谐文明幸福。

这美丽和谐文明的烈山工人村啊！这激荡人心令人发愤图强的烈山工人村晨曲哟！

2019 年 10 月 16 日上午 9 时 36 分

撂刷把

　　20 世纪的 60 年代、70 年代和 80 年代的初期，在淮北地区的农村，每逢元宵节的晚上，村子里的大街小巷满是儿童们端着面花灯或用小木棍挑着面花灯相互观赏、相互夸赞的情景。而青少年呢，总喜欢开展一种有趣的活动——撂刷把。

　　从元宵节的下午开始，青少年们，甚至中老年人就开始忙碌着扎刷把了。扎刷把所用的材料有秫秸、麦壤、豆草、缨脑子（脱了粒的高粱头）、麻秸、苘或小绳，还要有小豆渣炮。这些材料除小豆渣炮要到商店买以外，其余的材料家家户户都有，随地都可以捡来。制作过程是：先把所需的材料准备好，再把秫秸截成半米左右的若干段，砸纰，使之柔软；然后，把秫秸铺在地上，把麦壤、豆草、缨脑子从上到下铺均匀，上面多铺一些，下面少铺一些，上下分别放几个小豆渣炮，再在中间夹两根麻秸；最后，用苘或小绳子将其捆成小圆柱形，每隔一段捆一圈，捆四五道。这样，刷把就制成了。

　　待到天一黑，青少年们就会拿着自己制作的或老人们帮着制作的刷把，到村庄外的麦田地头上，先把刷把用火引着，而后手拿刷把，胳膊前伸，用力地在空中一圈一圈地舞起来。火把越舞越旺，火苗飞蹿，形成一道道的火圈，再加上不时地响起豆渣炮，真是既好看又好听。因为撂刷把的人很多，布满了整个的村子外边，更有围观的男女老少兴高采烈，不停地喝彩，那情景，那场面，壮观极了，真是热闹非凡。每个村子的外边都有撂刷把的人们，远望去，那燃烧的火把犹如空中红色的拉尾巴星星，闪烁着、滑行着，真是一道道金光四射，美丽耀眼的风景。假如此时的你乘着飞机俯视地面，你看到村子里的那点点红星，又看到村子外的那片片红圈圈，村里村外相互应和、相互映衬的情景，你会感到本来沉闷寂寥的乡村是这样地红火，这样地热情奔放，大人孩娃都在这一晚的这一时刻抛却了所有的压抑与凄郁，释放与宣泄着昂扬、奋斗、热烈的人性情怀。

撂刷把实在是当时农村中的一项既强身健体、愉悦心情，又增加节日气氛的有益活动。

发表于 2021 年 2 月 26 日《淮北日报》

过　年

今年，我过了婚后二十余年第一个不团圆的年——长女瑞雪在淮北工业学校中专尚未毕业就在学校的组织下外出广东打工去了。

腊月二十九日除夕一大早，我和往常一样，换好煤球之后，淘米、馏馍。早饭后，我先后去伯父、父亲那里送给了他们过年的礼物。大约九点半开始，我便与妻子、次女、儿子一起准备午饭。

我烧着小锅，妻忙在锅上。

妻说："随便做几个菜，是那回事算了。"我说："还要和往常一样，十个菜，两个汤。"

我看得出妻的心情十分沮丧，面部表现出忧郁与悲伤，只是泪还没有流出来。几乎被生活的重担压垮了的我们，仍然思念着外出打工并不是坏事的女儿，我真的在品尝着"每逢佳节倍思亲"的实在内容。

亲情——人世间伟大的爱！

锅里的热油炸着葱姜，那分明在煎熬着我那颗悲凉的心；灶膛内的火燃烧着，那分明是在炙烤着我那从未体验的痛苦的情；屋外飘着雪花、下着小雨，更衬托着抑或助长着我们思念女儿的万千愁肠……我的眼前浮现着大女儿在家时的一幅幅情景：不太爱说话的女儿，知书达理、节俭朴实、有理想、有志气、爱学习、爱劳动且善解人意。尽管她也有让父母生气的时候（她毕竟是个孩子），但现在所回忆起来的她，总是那样谦恭，那样懂事，那样美好，那样可爱。我不止一次地回忆着我为女儿在淮北车站送别的情景：头天我送女儿到了学校，晚上我住宿在濉溪，次日早上我又到淮北工业学校，九时许，与女儿一起，她或前或后、或左或右地跟着我；她的行李由同学带着，那里面有我早上给她买的在路上吃的东西，东西不算太少，但我仍怕她不够吃；带队的班主任说了声集合，我的泪就涌出来了。接着，我又送她上了火车。就在这一刹那，我失控地哭出了声。当车站管理员要求送别的人远离列车，当汽笛发出第一声呜咽，当火车徐徐开动的时候，我一次又一次地泪流满面。我难过、我伤心，更有着对自己的怨恨。回到家里，我便写出了在火车开动时已经痛吟在心的诗：

> 淡雾久缠绵，隆冬北风寒。
>
> 最恨爸无能，惜别泪难干。
>
> 举目无亲处，抬足有新阡。
>
> 德能勤俭让，只待佳音传。

回忆着女儿的往事，想着今天的午饭却不能团圆，我心如刀绞，肺如箭穿，泪在眼眶里打转，但我抑制着，并没有哭出声。妻借口拽羊草出去了。我们分明看穿了对方的难过。在妻走后的十多分钟里，我竟然当着儿女的面很失态地号啕大哭了起来，这使我几近忘了烧锅。我见妻挎着羊草回来了，最后一个汤也烧好了，我不想让妻看我这样，便趁她去堂屋之际，回到我的书房，关上门，有声无声地哭起来。最后，理智提醒我，这是除夕夜，比起平时特别懂事的儿女已经把菜端到了桌子上。为调整情绪，我去屋后走了一圈。

我回到堂屋，儿女、妻子已经坐在了桌子旁。我洗了把脸，坐在了儿女为我准备好的座位上。桌子依然是五套餐具，其中的一套是大女儿的。

我知道我们彼此的心里都在为这不团圆的过年而难过，我们都在家执行着一种任务，履行着一种形式，往年的欢乐与愉快不见了。我看着妻，看着妻那张努着不哭的脸。我与妻含着泪，吃着饭；吃着饭，流着泪……

亲情——人世间最伟大的爱！

我相信，经历了这次不团圆的痛苦之后，儿女们应该知道今后该做些什么：怎样学习，怎样勤俭，怎样做人，怎样建设这个美好的家！

儿女们，瑞雪、瑞娟、理想——曙光在前，我们不久会团圆的！幸福定将同属于我们每个人！

2000 年腊月二十九日晚 8 时 5 分

这道亮丽的风景

在祁集的街道上常常有一幅画面会映入人们的眼帘：妻子推着丈夫的学步车帮着丈夫一步步艰难地前行。人们常说，这是祁集街道上的一道亮丽的风景。这风景令人感动，令人难忘。

妻子叫祁秀珍，现年 77 岁，濉溪县韩村镇祁集村人。丈夫叫孙作云，现年 80 岁，原在濉溪县广播事业局祁集广播站工作，任广播站长。两人结婚后，你恩我爱，相敬如宾。他们住在祁集街上，丈夫去广播站上班，妻子则在家开了网吧，做着小生意，生育了四个儿女，小日子过得红红火火、甜甜蜜蜜。

2000 年 9 月，58 岁的孙作云退休了。谁知天有不测风云，2004 年 11 月，他突然患脑出血而住进濉溪县医院。由于病情严重，他昏迷了 16 天，睁眼后说不出话，右半身瘫痪，住院 53 天。住院期间，妻子祁秀珍天天给他按摩，陪他说话，以促进病情的好转。出院后，她每天三四次用酒、醋给他泡脚，时时刻刻给他活脚、捏脚，用棍擀腿擀脚，反反复复好多年，揉捏得手脖子都肿了。他每隔一段时间就要住院复查，医院曾给他下了三次病危通知书，但她不灰心、不放弃。她给医生和家人们说："只要还有一口气，我都要给他治下去。"后来，看到孙作云的病情在妻子的精心护理下渐渐地好转了，医生情不自禁地说："他是你从死人堆里捡出来的。"照料病人最大的问题是病人的大小便。开始她在他的腋下用塑料纸、破布垫，而病人却用手抓大便，弄得全身都是屎尿，每天都要换几次破布和衣服。后来，用了尿不湿、尿裤、尿布，依然要一天换好几次、洗几次。再就是吃饭，他只能喝稀饭、稀粥或稀面鱼子，她就用汤匙一口一口地喂他。

后来，她与四位儿女一起商定，要他们的爸爸学着走路。四个孩子都很孝顺，有的买学步车，有的买衣服，有的买吃的、用的。他们还要求轮流看班。他们的母亲祁秀珍说："我知道你们都是很孝顺的孩子，但你们都有工作，都有儿孙，都有自家许多要做的事情；照顾你们爸，我一个人就行了，你们就放心吧。"为了让患者在学步车里能坐、能站，方便走动，他们对学步车又进行了改造加工，祁秀珍还在车的最底层添置了一个脚踏板，使丈夫在坐着的时候脚能放在踏板上歇息。于是，祁集街上这道亮丽的风景出现了：休息时，丈夫在学步车里，脚放在脚踏板上，手放在第三层的横板上。行走时，妻子在丈夫的右脚上拴着一根绳子，她的左胳膊揽着、推着学步车，她的右手拽着绳子，丈夫在学步车里站立着，两个胳肢窝里挟着最上层可以活动的木棍，丈夫每走一步的同时，妻子就向上提一下绳子，帮着丈夫抬脚前行，他俩非常默契地配合着。车子的后背上挂着一个小布袋，里面装着毛巾、破布、卫生纸、雨伞等，以备不时之需。这道风景是漂泊在大海上令人称羡的一叶小舟，是太阳西沉时那抹燃烧的晚霞，是老槐树上散发着阵阵清香的花朵，是恩爱如初、白头偕老、相伴永远、同舟共济的和美图……

无论寒冬腊月还是盛夏酷暑，无论飘着雪花还是下着小雨，夫妻俩十八年如一日，总会每天几次出现在祁集的街道上。熟悉的人和不熟悉的人每当看到这情景，有的竖起大拇指，称赞祁秀珍："好样的，你真棒！"有的拿着手机或相机对夫妻俩进行拍照，有的还做了抖音发在群里分享，还有的发出出自肺腑的慨叹："少为夫妻老来伴啊!"

愿他们夫妻俩都能活到一百岁、一百多岁,愿这道亮丽的风景永远地展现在祁集的街道上。他们是祁集人的光荣与自豪,是祁集温暖、文明、和谐的象征!

2022 年 5 月 30 日

本文发表于 2022 年 6 月 24 日《淮北日报》

领舞者

　　我的新家有许多跳舞的场所，而我经常去参加跳广场舞的场所有两个，一个是海孜矿中学操场上的舞场，另一个是海孜矿医院前边公园里的舞场。

　　操场舞场，在海孜矿中学的操场上。操场的面积大约有 450 平方米，总体上分两个单元。南边的一个单元自西向东依次是羽毛球场地和三个篮球场。北边的一个单元，东边是 330 米的环形跑道，中间是排球场地，西边是三个观礼台。观礼台的作用，一个是在举行各种比赛时当作主席台之用，另一个是校演出时当作大戏台之用。每个管理台的上方都有两个交接着的伞状的黄色厚帆布大棚，经得起雨淋与日晒，大操场四周均有约 5 米宽的草木、花树等。观礼台南边的一片用瓷砖铺成的空地，便是舞场了，舞场能容纳五十多人，主要的领舞者是张晓云和孙兰云以及刘梅果。公园舞场在海孜矿医院前边公园里中间地带，大约 150 平方米，也是瓷砖地面。公园的北半部是宽二三米的长廊式葛花凉亭，每到春天，葛花盛开，花香四溢，真的是赏心悦目，沁人心脾。在舞场之北，葛花亭的内侧有两座假山，又有高耸入云的灯塔。舞场东边有三个蘑菇棚和一尊石雕，雕塑的主题是一位年轻妇女带着光腚儿子一起玩足球的情景，它所表达的主题大概是歌颂当今社会的和谐与幸福吧。西边也有三个蘑菇棚和一个雕塑，塑的是一个光腚小男孩怀抱大鲤鱼的情景，体现了小男孩儿的童稚与天真活泼。公园舞场的领舞者是苗玉侠和杨芳。操场舞场与公园舞场的五位领舞者均是女同志。

张晓云五十多岁，中等身材，较胖，皮肤白皙，齐耳短发，瓜子脸上镶嵌着一双聪颖智慧的大眼睛，鼻大嘴宽，棱角分明，满脸充满着她的和善与慈祥。她待人热情，态度和蔼，言辞幽默，喜欢与人调侃。常常在跳舞时与身旁的跳舞者开几句玩笑，引得周围人欢笑。每天晚上6：40前后，她就背着机子第一个来到舞场，晚上的8：30，操场上的灯光就要熄灭了，她又背着机子，最后一个离开舞场。作为领舞者，每一个曲子的动作她都记得非常清楚。而且常常从开始跳到熄灯。刮风下雨也阻挡不了她背着机子去操场领舞的脚步。下雨的时候她就把机子放在中间的那个大讲台的上面，与伙伴们一起在篷布底下跳舞。机子、舞曲唱片和平时充电都是自己花钱的。很多人都要给她钱以表感谢和贴补她的损失。但她坚决不肯，她说："这是哪里的话，我自己就不跳舞了吗？"所有的跳舞者都对她的这种无私奉献的精神充满着感激之情。

孙兰云，四十多岁，个头儿一米六左右，身材直挺。不胖不瘦，再胖一点，会显得雍容阔绰，再瘦一点，会显得细长瘦弱。白皙的方脸上，一双眼睛如两泓青池，清澈、透亮、灵光，既青春靓丽，又光艳四溢。高高的鼻梁下，搭配着一张比樱桃稍大的小口，如若抹上淡淡的口红，那简直要赛若仙桃了。如若她穿的是短裤头和短袖衫，那雪白的大腿和细嫩莲藕般的胳膊以及那匀称的身材则处处彰显着她那青春律动美丽灼人的光泽。她的舞姿最为优美，随着舞曲儿跳，自然洒脱且有劲道，轻盈谐和尽显柔情，有张有弛，弛张相宜。她的声音有点嘶哑，但很有磁性。她的长相、身姿与舞姿，都在勾画着中国知识女性的特质与魅力，每一个跳舞的人都对她赞不绝口。

刘梅果四十出头,眉清目秀,两眼炯炯有神。张晓云与孙兰云有事不能去领舞时,她便是领舞者。

苗玉霞今年已经虚龄六十五岁了,但看上去却只有四十多岁的样子。这因为她善打扮,一年四季的衣服,按季节轮换着穿。总是不重样,而且会养生,眼角、眉和小口总做点淡淡的涂抹,整个面部光滑、细腻、白皙,没有一点儿皱纹。再加上身材匀称,体态轻盈,总给人一种飘逸靓丽的感觉。她嗓门高,但不失女性的温柔,爱挑剔,但总显现着慈善与关爱。她责任心强,力求每位跳舞者的每个动作都要到位有力,真正达到锻炼身体的效果。她敢担当,对跳舞时在舞场中跑来跑去的孩子们,总是大声批评并找他们的家长予以看管。她处处以身作则,领舞时动作娴熟,刚劲有力。有刚有柔,刚柔相济,每天都是汗流浃背,湿透衣裙。每天晚上6点准时到达舞场,放好机子,播放舞曲,和先来的人一起先跳,晚上8点左右,结束广场舞后,她又与人一起跳交谊舞,直到晚上9点才拎着机子回家。雨过天晴的时候,她总是提前半小时用扫帚把积水扫干净,以利人们的跳舞。她的这种关爱舞者、敢于担当、以身作则、无私奉献的精神,赢得了全体跳舞者的广泛赞誉。她六十岁的年龄,保持着三十岁的心态,愿她永远这样年轻漂亮,健康和快乐!

杨芳四十一二岁,身高一米七,是五位领舞者中年龄最小、个头最高的人。她长脸庞,眼睛炯炯有神,像是两湾秋池里的水那样晶莹剔透,又闪闪发光。细密的长发向后拢着,又用皮筋扎起了一个小刷把,跳舞时随着舞动,小刷把则上上下下、左左右右地摇摆着。她跳舞的动作幅度大,极利于学舞者的学习,她像学生上学时那样准时,每天晚上都是6点到达舞场,直到第二场交谊舞结束才离开舞场。她总是那样开心和快乐,从没有忧郁与惆怅。她的先生也常来跳舞,儿子有时也来舞场与父母同乐,这时的她更加彰显了为妻为母的豁达与从容。她得到全体跳舞者的钦佩与夸奖。

操场舞场与公园舞场的五位领舞者都是舞蹈中的杰出人才，都是跳舞时的默默组织者与领导者，都是给人们快乐与健康的人，都是无私奉献的人，都是应该受到而且已经受到社会尊重的人。

两处舞场的领舞者主要是上述的五位同志，也还有其他的一些临时领舞和陪舞者，如李多美、闫小萍等她们都是热情、快乐、甘于奉献的人。

2022 年 2 月 22 日 22 时 22 分草成

刘安乐

刘安乐同志于 2020 年 3 月去世了，享年 78 岁，我失去了一位好朋友，薛场村人民失去了这位他们最信任最敬佩的人。他在薛场村当过会计、支部书记和村主任，他一生心系百姓和廉洁奉公的事迹一直被人们传颂着，其品质永远值得人们学习。

刘安乐同志是一位用毛泽东思想武装头脑的人。20 世纪六七十年代，他是学习毛主席著作的积极分子，他经常给一些不识字的庄稼人读毛主席语录，宣传毛泽东思想。他曾经组织本队的年轻人，趁夜间给生产队甩大粪池、割茼、沤茼，做无名英雄。70年代，他被群众推选当了薛场大队的会计，更是把群众的生产与生活挂在心上。他挎着粪箕，拎着提包，走村串户，对孤寡老人，贫困户嘘寒问暖；他去田间地头，查看各生产队的庄稼长势情况和收成情况；他不断地总结经验和教训，成为大队书记的好帮手。他把各生产队积肥、收种、田间管理的情况写成书面材料，宣传他们好的做法与经验，用复印纸写出来发给各生产队，起到了学习宣传与交流的作用。正因为这样，薛场大队各项工作在全公社都起到了领先的作用，年年被评为先进大队。他心系百姓，勤俭节约，与群众打成一片。他每年两次组织生产队的会计到各生产队查账，防止贪污和浪费。查账时在生产队的某一农户或生产队队长家里吃饭。他总是吃红芋片子面做成的窝窝头，而不吃待客做的掺着小麦面的烙馍。当时有民谣赞刘安乐："刘安乐，就是好，挎粪箕，拎提包，看庄家，说孬好，给五包，把水挑。"

20世纪的80年代，薛场村的全体党员一致选举刘安乐同志担任党支部书记。他在任期间为薛场村群众干了四件大事，让全村人民，切实享受到了新时代现代文明所带来的幸福生活。1980年初，他在全临涣区率先拉电，让全体群众结束了用煤油灯点灯的历史，而使用了电灯照明。为此，他数10次联系临涣煤矿领导、村干部和各生产队队长，亲自拉电线杆子排线路，费尽了心血与汗水。1982年，他号召村队干部，在各自然庄的四周，在各户的房前屋后种植葡萄，给全村人民带来了较好的经济效益，解决了群众平时花零钱的大问题。1983年，他召开村队干部和群众代表会议，研究决定全村在薛场自然庄，中沟以西的水池地上建起了窑厂，将窑厂赚的钱分给群众。因为他干过近20年的大队会计，知道怎样堵住经济漏洞，经常去窑厂查看窑厂的生产情况，查看窑厂领导的工作情况，坚决制止窑厂领导的乱开支和吃喝浪费情况，保证了窑厂的经济效益。同年，他又号召村队领导，从临涣煤矿的东风井及薛场风井那里拉矸子石铺路，实现了全村和各庄各队的矸子石路村村通。他为群众谋福利的这些功绩，薛场村的人民群众永远不会忘记，被本村群众称赞为坚持原则为群众办实事的好干部。

90年代中后期，他坚决辞去村书记的职务，作为一名普通村民，他经常拉着板车、粪箕、抓钩、铁锨等，在沟坎上，拾砂姜和砖头瓦块，然后拉到杆矸子石路上填平那些坑坑洼洼，有时还只身一人修涵洞、修毛沟，使水路畅通。

新世纪之初的2002年，全村群众以无记名投票的方法，一致选举刘安乐担任薛场村村主任，当时的刘安乐已经60岁了，他是韩村镇破例一个超龄当村主任的人。他对全村人民心存感激，决心不负厚望，为全村群众谋利益。当村主任不久，他就召开村委会成员和生产队长以及村民代表参加的会议，研究决定推倒原薛场小学破烂不堪的危房，新建教学楼。他采用让村民捐款，让本村在外地的工作人员捐款的办法，筹措资金；又发扬跑断腿，磨破嘴，缠到底的精神，向海孜矿、临涣矿、镇政府、县政府等一些部门缠资金，而后数十次到临涣矿缠黄沙、水泥、钢筋等。在建校过程中，他夜以继日地住在庵棚里看场子。后来他因去临涣矿缠料而跌断了腿。全村的农户绝大多数都拎礼品去看望他，他开始执意不收，但村民过意不去，感激不尽，他只得暂且收下。他在礼品上贴上姓名，腿稍好了些，便让妻子用板车拉着他和礼物一一送还给人家。有不少的村民都流下了滚烫的热泪。薛场小学教学楼的建成，方便了全村群众小孩上学，村民再不担心在危楼里上课的安全问题。

全村群众对刘安乐同志无不交口称赞。但刘安乐同志在与人闲谈时总是说他做得还很不够，有几件本来想办的事没有办好。他举例说：想在薛场西地的跑马场上，建一处敬老院，但没能建成；他在任时没有将矸子石路建成水泥路。每每谈到这里，他总是说对不起全村的老百姓，而且他说这些话的时候总是那么坦率，那么真诚，那么愧疚。

刘安乐同志几十年如一日，为薛场人民干了许多实事、好事，他是一位有口皆碑的好人。

2022 年 2 月 25 日

一九九三级本科函授学员
毕业十周年聚会畅想曲

　　2007 年 3 月 17 日，这是新春佳节刚刚过去的一个喜庆日子。这一天，淮北煤师院濉溪点高师函授一九九三级中文专业学员相约在濉溪县教育局举行毕业十周年聚会。上午 10 时许，分别了十年的老同学陆续走进了县教育局二楼会议室。他们有的神采奕奕、西装革履，有的大腹便便、两鬓白霜。当李功成、陈太松、仲兆基三位老师走进会议室时，会场上立刻爆发出雷鸣般的掌声。师生坐定之后，先是沉着稳健的杨生同学对这次十年聚会的准备过程、意图做了说明，接着是当年函授站主任李功成做即席祝贺词，而后同学们叙旧话新，畅所欲言。他们说，班长徐志慧还是那样聪颖，那样漂亮；他们说，陈太松、仲兆基两位老师虽已年过古稀，还是那样精神，那样健康；他们感谢老师给了他们深造的机会，让他们学到了知识，得到了实惠；他们感谢时代给了他们施展的天地，让他们经受了锻炼，铸就了辉煌。他们叙城乡之新貌，话事业之苦乐，谈升贬之喜悲，说晚辈之舒卷，抒人生之艰难，发当今之感慨。

　　中午 12 时，师生笑逐颜开地走出会议室。先是在陶行知先生的石像前做短暂的停留，师生们在这里合影留念，不少的同学还结伴合影。这因为——师生永远崇拜这位伟大的现代教育家，他那"捧着一颗心来，不带半根草去"的高尚情操永远激励着今天的每一位教育工作者时时奋进。而后，他们坐到准备好的小车内，再走进安排的酒店里。他们步入二楼的包间：一间厅、两个桌，红毯铺地，金帛张顶，微黄窗帘，白色吊灯，电视屏幕上舞姿优美，VCD 唱片歌声悠扬。酒桌上乳白色台布衬托着清丽与淡雅，洁净透明的酒杯、碗筷、烟灰缸无不显示着文明与时尚。待师生入座之后，有同学建议："为我们今天的欢聚一堂，为我们的老师健康长寿，干杯!"于是，两个桌的同学、老师全站了起来，举起了酒杯，一仰脖子、一饮而尽。接着是同学找同学喝酒，同学向老师敬酒，有的是串桌喝酒，不少的男同学还争先恐后地向两位女同学嚷酒……老师乐得合不拢嘴，同学乐得笑弯了腰。好一个热闹的场面，好一个醉人的情景!他们中，有朝气蓬勃的青年人，有血气方刚的中年人，也有已入"知天命"之年的老同志;他们中，有的在卫生事业，有的在教育战线，有的是县局领导，有的是企业能手，更多的是一线工作者，但他们却没有职务高低，没有事业尊卑，没有年龄大小，他们同是兄弟姐妹，一样的亲，一样的情，一样的快乐，一样的欢笑。他们没有惊天动地的伟业，没有叱咤风云的壮举，但他们过去和现在都是很自信的人，都是勇敢拼搏的人，都是走向成功的人。自信，那是远航中航船上的风帆，那是东方天空冉冉升腾的旭日，那是通向成功的大门，那是胜利进军的鼓点。他们每时每刻都在拼搏，因为他们知道，胜利就在那坚持不懈的拼搏中。他们成功了，他们因为拼搏而成功;他们欢笑着，他们因为成功而欢笑。欢笑永远属于自信、拼搏、成功的人。

午饭后 15 时许，他们三三两两一起，徒步来到城西的潍河大堤上。温暖的夕阳染红了天边的流云，和煦的春风吹拂着师生的笑脸，高耸入云的松柏青翠欲滴，水泥铺筑的小路曲径通幽。地上，花儿开放;空中，鸟儿歌唱。在这夕阳下，在这河滩上，在这美好惬意的环境里，在这快乐愉悦的情趣中，你一定会宠辱皆忘，心旷神怡。你尽情地看吧：濉溪城楼房林立，濉河水源远流长，古相山云腾雾绕，新濉溪百业兴旺，煤矿煤送往祖国各地，开发区经济腾飞蒸蒸日上……这是人民智慧，这是党恩浩荡。他们来到两棵棕榈树前——先是集体留影，留下这幸福的相聚，留下这欢乐的时刻；后是单个照相，再是自找对象照相，找老师合影，更多的是男同学纷纷找两位女同学一起留下这美好的瞬间，说着嬉戏话，聊着开心的情。

夕阳西沉，他们到了不得不惜别的时候了。惜别在今日，相聚在明朝，来日相聚时，再见东风笑。他们抱拳拱手，他们共同祝愿：祝愿老师们青春永驻，健康幸福；祝愿同学们前程灿烂，事业辉煌；祝愿年长的同学合家欢乐，儿孙满堂。

十年等一日，一日太短暂。但是，在这一天的时间里，师生们共同叙说了这十年的分别，这十年的事业，这生命的精髓，这人生的苦乐。这一天的时间，会是一个音符，它必将跳动在你生命的优美旋律里；这一天的时间，会是一股细流，它定将会汇入你奔腾不息的生命长河，澎湃向前；这一天的时间，会是一朵蓓蕾，一定会绽放在你芳香四溢的辉煌事业中。

惜别了，尊敬的老师；惜别了，亲爱的同学们；我们明天再相聚，一定会相聚在万紫千红的百花园里！

2007 年 3 月 19 日 22 时 19 分

挖　河

　　1975 年正月十七，刚刚高中毕业年仅 18 岁的我被生产队派去百里之外挖王引河。坐在颠簸的拉着柴草的马车上，我有时与车夫攀谈，有时脑中也浮现出一幅幅在校读书时的学习情景和在家劳动时的生活图景。已经过晌，我们到达了指定的工地。

　　民兵排长、本队挖河的领队人陈波伦吩咐大家垒灶、搭庵棚。我则按照陈波伦的安排与伙夫陈全礼一起烧锅做饭。仅仅两个多小时，庵棚搭好了，新灶垒好了。看着这新家，看着人们堆着笑容的汗脸，听着人们的谈笑，我的心中确实有一种新鲜的，快活的，甚至幸福的感觉：农民是朴实的、伟大的，他们自有独特的、科学家们也难以完成的创造！吃过晌午饭，天接近黑了，大家把柴草、麦穰等抱到了庵子里，再整理好，然后各自抱被子，放置好，二十多个人就都挤在这庵棚里。

　　吃过晚饭，我走出庵棚，感到工地上的一切都是那么新鲜。天空上的星星在兴奋地眨着眼睛，王引河犹如一条巨蟒无尽地伸向远方。河岸上高高低低、新翻的泥土搅和着水草、河水、河泥和附近麦禾组成了那特有的沁人心脾的温香，一个个庵棚在星光下明闪闪又黑黢黢的，如同草原上的蒙古包，敞着门的庵棚里能够看到闪烁着的灯火；远远近近，不时传来时高时低、腔不成腔、调不成调的歌唱，间或还会传来几人、几十个人，甚至更多人莫名其妙的野嚎……这工地上的夜景好开阔、好动人哟！

我站在河岸上观赏着夜景，忘记了时间，银白色的月亮已经走到了正南方的天空，我这才走进庵棚。马灯放在灶台上，火苗在跳跃。民工们一个个地都睡着了。有的人侧睡，有的人仰睡，也有的人趴睡；有的人腿露在了外面，有的人将胳膊放在了外边，还有的人嘴大张着，有的人牙紧咬着，也有的人张着大嘴却又发出沉闷的鼾声……总之，奇形怪状、见所未见。看到这一切，我捂着嘴笑了。我小心地找了一截秫秸，拎着马灯，轻手轻脚地走过一个又一个人。走到自己的铺位后，先将秫秸插在庵棚上，而后把马灯挂在秫秸上，再后展开被褥，拱到被窝里，最后打开一本小说默念起来。

工地上的早晨来得特别早，当鱼肚色的白光刚刚从东方泛起的时候，河岸上已经是红旗招展，岸上岸下和河塘内人头攒动，河水发出欢快的笑声，震天的劳动号子淹没了远近村庄不时传来的大公鸡的啼鸣。晨曦出现了，旭日冉冉升起来了，男子汉们喘着的粗气汇聚起来，雾一般地升腾着，那光着的臂膀黝黑发亮、泛红、散发着蒸汽，一个个脸上挂着汗珠。人们的欢笑声、机器的轰隆声、大河的流水声、红旗的翻卷声与那有着冲天干劲的治淮大军，与那一个接着一个的庵棚相咬合，在这望不到尽头的长河背景上，构成了恢宏磅礴的气势，热烈壮观的场面！有的时候，不知从什么地方传来一声喊叫，于是全河套的人莫名其妙地嗷嗷嚎嚎，此起彼伏，接连不断，回音震天。这喊叫，实在是工地之独有！而那工地上所特有的劳动场面更是让人赞叹，让人感动，甚至让人疼惜：别的且不说，单说那挖龙沟吧——先是把上面的一层冰打破，甩出去，而后就有几人高挽裤腿，赤着双脚，踏进龙沟，用大抓钩使劲地往下扒土、扒砂姜，后面的人则用铁锨把扒出来的土和砂姜除出来，上面的人有的用泥兜挑砂姜或抬砂姜，有的用平板车拉砂姜，拉到岸上去。龙沟挖好了，浸泡在水里扒砂姜或除砂姜的人双脚和小腿冻得红肿，身上、脸上却冒着汗。不几天，这些扒砂姜和除砂姜的人就有可能脚和小腿因为受冻而裂出一道道横七竖八深浅不一的小口子，这小口子红红的、冒着血。龙沟挖好后一小会儿上面土层的水全渗到龙沟里了。民工们又开始一层一层地用铁锨铲土，用抓钩扒土，用铁锨除土，另一部分人依然是挑土、抬土或者用板车拉土。殊不知，挖河的每一样活都是累死人的活，没有闲适、没有飘逸，更没有偷懒取巧的余地，有的只是强打精神的亢奋，只是古代人们创作的诗句"哼唷、哼唷"的沉重，只是大河东流的随性与无奈。你尽情地看吧：那铲土的人使满全身的力气，两手抱着锨，先是用力地对下一插，随即那脚用力地踩上锨的一边，另一个人与此同时踩着另一边，这锨才直插土地，而后抱锨的人再用力一撅，又用力一甩，甩到泥兜子里或板车内。而拉板车的通常是三个人。掌把的人两手握着车把，肩上挎着车襻绳，身子向前倾，头低着、腿蹬着；另外的两个人分别在板车的两边，两手一前一后攥着车筐上的顶梁，亦是头低着、腿蹬着、身向前倾；他们三人默契地拉着、推着，艰难地前行。等到了岸上相对平坦开阔的河坝子上，拉板车的这三个人又掉转车头，小跑着向前推去，快到堤坝的最边上的时候，掌车把的人两手用力地对上一掀，土就被甩下去了，而车筐却平稳地立着。但掌车把的人必须控制好——太往前，板车有可能掉到田地上；稍往后，土甩到堤坝的土埂上，还要再费劲用锨甩过去。所以，这三人必须配合默契，协同作战，有一人配合不好，也有再费工费时的可能。刚才提到的铲土的两个人也是要相互配合的。就整个工地而言，每挖完一层土，铲土、甩土、拉土都是必须相互配合的，是要团队的共同作战的呀，是团队中的每一位战士都要冲锋陷阵的呀，每一份劳动成果都是他们全体成员用血汗换来的呀！假如我们去公园欣赏美景，那美景是由山、石、水、草、松、花等共同组成的呀；假如我们唱一首歌，那首歌中的每一个音符，每一个字词都是必须清纯圆润的呀；假如我们弹奏一首曲子，那七个音符，那十个手指都必须准确到位，轻重有度才能自然流畅、和谐悦耳呀！

挖王引河前后分两期，中间有一次大换班，而我从开始到结束干了整整 36 天。在这 36 天里，甩河泥、挖龙沟、铲土、除土、抬土、拉板车，我什么活都干过。开始的几天，我每天都累得腰酸背痛腿发酸，但所幸的是我特别能吃饭，一顿能吃十多个大包子，还要再加两碗猪肉炖粉条的大杂烩，民工们还夸我"能吃能干"呢。后来，那种累的感觉慢慢消失了，因为我习惯了工地上的劳动，习惯了工地上的生活，习惯了荤话素话都能顺口说的闲谈，已经成为地地道道的农民了。回家的那天，民工们拆了庵棚，将柴草、木棒、灶具都装上了马车的时候，我禁不住跑到王引河边，看着那清清的河水静静地流淌，看着那各种各色的鱼儿在水边上翻飞、追逐嬉戏的情景，我禁不住双手捧着一捧王引河水品尝般地慢慢地喝了下去，顿觉清清的、柔柔的、暖暖的，如甘醇、如美酒，清新凉爽，飘飘欲仙了。我情不自禁地喃喃自语："我是你曾经的心仪，别了，我的小妹，别了，我的王引河！"

挖王引河距今已经 47 年了，但它却永远地珍藏在我深刻的记忆中。因为我收获了王引河工地无与伦比的美景，收获了民工们最为原始的粗犷、荒蛮和能够战胜一切的强悍，收获了与王引河不是爱情胜似爱情所独有的情愫，收获了我必将成为勇者的信心、决心与勇气。

2022 年 5 月 31 日下午 3 点 58 分草成

五十一岁生日录、思、祈

录

我 51 岁生日这天的台历上赫然写着："12 月 22 日，星期六；丁亥十一月小，十三；今日冬至（14 时 02 分），一九（第一天）。"

思

我为台历上的时日与节令而感慨。"12 月 22 日，星期六"——这是周而复始的岁末年初吗？这是 52 个轮回本周周末与下周之初吗？"丁亥十一月小，十三"——若是晚上，你看到那似圆非圆的月亮，一定会为人生的欢乐与悲痛、平坦与坎坷，圆满与缺陷而叹息吧！"今日冬至（14 时 02 分），一九（第一天）"——"冬天到了，春天还会遥远吗？"但毕竟刚刚开始数九，饱受寒袭的人们不是还要迎接那肌肤难耐的暴风雪吗？春天啊，您快快地到来吧，我已经不堪忍受太多的苦难！

我很幸运。首先，我庆幸自己能够活着——我的生命是父母给的，是那么多的亲人救出来的。在我的婴幼时期，外祖父曾用挑子担着我讨荒要饭，一次沿沟走路，不慎摔倒，我坐着的那个筐子却被沟边的树拦住了，不然我就要命丧黄泉。上天啊，是您要我经受磨难、要我直立于世吧！母亲怕我冻死，在破屋烂房只要是能挡风避雨的地方，总是把我装在她的裤裆里。1960年我还不到四周岁，身体虚弱又多病缠身。奶奶走东湖、下西地，总是领着我、抱着我，给我煎药、给我用蒸熟的柳叶焐肚子；伯父给队里犁地，他把碎红芋、红芋梗等捡起来，然后由奶奶偷偷地给我做成饭；小姑长我十岁，她把从大食堂里领回来的本属于她的那份馍省下些许给我吃……我的亲人哪，我该怎样地报答你们、纪念你们！其次，我庆幸自己从事了教育事业。1974年年底，刚刚高中毕业仅仅18岁的我，却带着病体、带着因拍毕业照而被蒙城煤车撞击的伤口、带着对未来无限光明的憧憬，去挖王引河、解河，之后给生产队喂猪、挖沟、筑路、扒砂姜。1975年年底至1977年，路宣队进驻我薛场大队，他们打算培养我入党，当书记，但一群小人却极尽诬陷诽谤之能事，耍阴谋、施诡计、弄权术、玩伎俩，使得我一事无成，使得我曾经发出"叹暑寒残月，问吾去何方"的哭喊，使得我一天又一天坚持白天劳动、晚上读书写作，一夜一灯油地熬着，春夏秋冬，冬春夏秋，晚上常常和衣而眠……好在赶上恢复高考，我才以本队十多人参加考试者的最高分而当上民师，后又两次参加高考，结果都名落孙山——那是因为开始"野心"太大，报考志愿太高，后来因为教书而精力分散，顾此失彼，与高考分数线落得越来越大。最后改考师范，才如愿以偿。再次，我庆幸自己担任了比学校班主任稍大一点的小职务。1984年11月任宋园联中教导主任（1985年因超生被撤职）；1990年11月至1994年4月，先后任祁集乡、祁集镇农校校长；1994年5月至2004年8月，任祁集镇教委文科教研员；2004年9月至今，任祁集中心校办公室主任。无论当教师还是任小职，我都是认认真真，踏踏实实，勤勤恳恳，兢兢业业，不敢有半点马虎，不敢有丝毫懈怠，因而也赢得了教师、家长、校干的信任，拥戴与支持，我也十分地感谢他们！

我很高兴。感谢上苍给了我生命的延续——我生育了二女一男，况且，我的儿子是我在结扎之后生下的。虽然他们都未成大器，但毕竟他们都读完了大专，已经有了成就事业的学识与学历。他们对父母都很孝顺。大女儿虽已成婚，但她和丈夫经常来看望我们；二女儿量入为出，比较节俭，整日记挂着我和她妈的身体；儿子在外打工，有口有心，处事和谐，去年我生病，他在湖南多次电话询问我的病情，并要求我到长沙就医。

我很自豪。我靠拼搏取得了微不足道的成绩，尽管这些成绩比起当年我的鸿鹄之志相差甚远，但就一般人来说应该知足了。当教师——我做过临涣区全体小学教师转正考试的语文辅导；做过临涣区全体初中语文教师的语法辅导；1988 年 1 月被县教研室评为初中语文优质课教师，1998 年始担任了淮北市中学语文教学专业委员会理事；发表或获奖的国家、省、市、县级教学论文 20 余篇；通过成人高考而读函授先后获得了中文大专学历、中文本科学历；2001 年 9 月被淮北市委、市政府评为"优秀教师"，2002 年 12 月被评为中学高级教师。搞创作——从 1975 年始，小戏曲、对口词、散文、小诗等多有见报；尚未投稿且已保存下来的散文、游记等已有近 30 篇，诗歌近 20 首，短篇小说 41 篇，中篇小说 1 部，长篇小说三部曲《沉重》之《锻炼》《红烛》已经完成，第三部《坐标》计划 2008 年完成。任小职——上上下下的领导、教师信任我，尊重我，高评我。

我也很遗憾。其一，我仍有太重的担子。大女儿虽然婚姻美满，但时近两年，尚未生育；二女儿和儿子前途未卜，事业无着，尚未成婚。孩子们哪，你们让我愁闷、让我担忧、让我揪心——我多么希望你们一个个都能喜结良缘、白头偕老、事业有成、健康平安、万事胜意，儿女双全！其二，我有太多的不解。为什么一些平庸之辈甚至一些不学无术者能够平步青云、高高在上？就因为他们有关系、会送礼、会拍马奉迎、会投机钻营吗？为什么一些有德有识有才有威信而又成就卓著的人反而深埋底层、不被重用？难道就因为他们不会送礼、不会吃喝拉拢、没有关系而又脸皮太薄吗？为什么在这个大的家庭中，我处处委屈自己，成全他人，上孝下敬、搭钱搭脸、一身正气、两袖清风，却偏偏只落过、不落好？谁人明白我这颗对国对家的赤诚之心？其三，我有太多的苦恼。我现在已经比较注意身体，但为什么小病不断呢？长此下去，我的身体将会如何？我的生命将会如何？这些小病是积劳成疾吗？是心志过高吗？是熬夜太多吗？那么我今后该怎样对待工作、对待事业、对待创作呢？其四，我有太多的未竟事业。子女、父母、创作……单说这创作吧，已经完成的、正在写着的、今后还要再写的，能否见诸报刊？走过长夜初迎曙光的我，一定要走向繁花似锦、走向春色满园、走向蒸蒸日上、走向阳光灿烂！

毛泽东主席对梅花引吭高歌："风雨送春归，飞雪迎春到。已是悬崖百丈冰，犹有花枝俏。俏也不争春，只把春来报。待到山花烂漫时，她在丛中笑。"陆游的《咏梅》诗凄婉绝妙："驿外断桥边，寂寞开无主。已是黄昏独自愁，更着风和雨。无意苦争春，一任群芳妒。零落成泥碾作尘，只有香如故。"叶剑英元帅在 20 世纪 70 年代发表在《人民日报》上的两首诗我至今记忆犹新。一首是《攀登科学高峰贵在有心》五绝："攻城不怕坚，攻书莫畏难。科学有险阻，苦战能过关。"另一首是七律《八十书怀》："……老夫喜作黄昏颂，满目青山夕照明。"

祈

啊，只言片语怎能说得完我这半生的酸甜苦辣？几纸文字岂能表得尽我这艰苦跋涉的风雨行程？拦住这驰骋着的思想骏马，最后只留下一句虔诚的祈求：上天啊，敞开您慈祥宽阔仁爱施恩的胸怀，赐给我健康、赐给我吉祥、赐给我幸福、赐给我辉煌吧——因为我始终是一个受您保佑、靠自己打拼的人！

2007 年农历十一月十三日夜

六十抒怀

我出生于 1956 年 11 月，今已花甲之年了。回顾这六十年来的生活历程，我无限感慨——有酸甜苦辣，有风雨阳光，也有彷徨与执着。我虽然没有惊天动地的伟业，更没有叱咤风云的壮举，但我所走的每一步都是踏实的，尽心尽责的。我努力于我生活的各个时期，各个层面，我的心中一直以来都在燃烧着希望之火，而且至今尚未熄灭。我可以在世人面前直言不讳地说：我无愧于这个时代，无愧于我的事业，无愧于和我交往的任何一个人。我热爱小草，因为它用那片片绿色装点着荒山，使之郁郁葱葱，更加壮观美丽；我歌颂骆驼，因为它头顶骄阳，脚踏黄沙，身负重压，而又奋然前行；我钦羡青松，因为它不畏夏热酷暑，不畏风霜严寒，总是挺直身躯，昂扬向上。我是小草，我像骆驼，我追求着青松的高尚品质。

20 世纪的 50 年代末，父母是给我生命的人，但维护、拯救我的则是母亲、外爷、伯父、小姑等家人，尤其是我的奶奶。是她在我的孩提时代，寸步不离地抱着我、领着我；是她在我生病时给我熬中药、用柳叶焐肚子；是她从亲人的饭食中挤出一点米，想方设法地喂我吃；是她在我上学后，天天送我接我，不准任何人欺负我；是她在我长大后依然关心着我的学业，我的做人，我的成长。所以，我要说他们是我的亲人，更是我的恩人。

从 1964 年 9 月到 1975 年 1 月，我先后读了小学、初中和高中。我很勤奋，因为奶奶常常教导我："要好好上学，上学上好了，才能中大用。"另一方面，在我上初中之前，我就朦朦胧胧地认识到，我的亲人都是地地道道的庄稼人，没有一个是党员或者是当干部的，我必须拼出好的成绩才能上高中、上大学。上初中的时候，我各科成绩都很好，我以全公社第二名的成绩考取了高中。初中那三年，我一直当班长。在初二放暑假时的操行评语中，班主任周老师给我写了一句话："作为班长，工作要有计划性。"从那以后，为公为私，但凡大一点的事情，我总是先计划，后实施，减少了麻烦或损失，让我受用终生，这或许就是"授之以渔"吧。高中的第一年，我当班长，后一年当学生会主席。学生会负责班级评比，卫生大检查，出墙报、黑板报等，这在一定程度上锻炼和培养了我的组织能力以及进取心。在学科成绩上，文科考试次次第一，理科也都能及格。初中和高中，我都受到了老师的特别关爱，可以说是一路歌声、一帆风顺。但在高中毕业前夕，我与同学们一起去临涣集拍毕业照，不料在路途中被蒙城的一辆拉煤车撞伤左前额，我在海孜医院住院二十余天。

1975年的1月18日，我高中毕业了。当时农村里"冬闲变冬忙"，我带着回乡务农三年可以推荐上大学的希望，带着左前额头骨裂伤的痛苦，参加了挖清沟、中沟的战斗。挖沟的每一项劳动都是让人肉酸骨散的活，刨土、甩土、抬泥兜、拉板车、挖龙沟……每天都累得我腰酸背痛腿发软，头重脚轻眼发花。新年过后，我又连续两个月在离家五十多里外挖王引河。有了年前挖沟的摔打，我已经习惯了重体力劳动了，我已经完完全全地成为青年农民了，我已经和其他民工一样会苦中作乐了。例如，一个姑娘到工地上卖花生、茶叶蛋，一准儿会有一个小伙去搭讪，这时正在挖河的民工中一准儿会有一个带头扯着嗓子嚎起来。于是这种嚎叫一呼百应，满河的叫声，满河的笑声，满河的回音，都汇聚一起，波澜壮阔，此起彼伏，又莫名其妙。这叫声、笑声回音里，带着长期劳累的无奈，带着满腔压抑的释放，也带着些许原始的粗犷与野性——这声音里，就有一个我。所不同的是，劳累了一天的农民已经在柴草庵棚里扯着呼噜入睡了，我还在挂在我头顶庵棚的马提灯下，或读书，或写作，或思考点什么。

挖河回来，队长安排我给生产队喂猪。为了抓表现，我不得不答应。一共十四头猪，一头老母猪，八头小猪和五头半大的猪。我每天给猪烧三顿猪食，每顿猪食有七八十斤，分两大盆，端了去喂猪。每天还要割两捆红芋秧子喂猪。不仅如此，有的时候，队长还派我给队里拉粪、捡玉米秸。老母猪病了，我用自家的面烧茄子汤或擀面条喂猪；我挨家挨户找鸡蛋壳，在铁鏊子上焙给猪吃；我每天早上去到七里路外找兽医用自己的钱为猪治病，有好多个晚上，我搬着软床在猪圈旁睡觉。后来，老母猪的病好了，一个个猪膘肥体壮起来。但就在这之后的一天早上，一件怕如所料，却竟如所料的事情发生了。在我烧好猪食之后，我因感冒呕吐了一片，倒在地上睡着了。谁料死灰复燃，插在灰堆里的麻秸着了火，火又沿着靠在墙上的秫秸着上屋笆。我被填粪池土的两个人从火堆里拉了出来。我已经惹了祸，便不再喂猪了，我也清楚地认识到我指望着劳动表现好被他们推荐上大学的希望彻底破灭了。但，我不能只吊死在一棵树上，我要走文学创作之路，或许我能在文学上闯出一片天地。于是，我比以前更加熬夜了。我常常是困了趴在泥台子上睡一会儿，醒来再读再写；长困了，我就用大针扎大腿，扎出血，醒了困坚持再读再写。长年累月，我很少脱衣服睡觉，顶多是穿着衣服，躺在床上，蜷曲一会儿。

1975 年 6 月及之后的一段时间，是我最痛苦、最疲惫、最忧郁、最迷茫、不知路在何方、不知前程究竟如何的一段日子。就是在这个时候，我的小姑父带我到宿州市一个居民巷里找姓梁的一位大娘给我相面。大娘看着我的脸，又看着我的手纹，说："你11岁时的大热天，有一次水灾，一个瘦高个的人把你从水坑里救上来。你是二月里苦，五月里难，好歹努过下半年。你过了年就会好一点，23岁有个好机会，25岁上学，28岁出来工作，35岁才能大学毕业……"迷信也好，鼓励也罢，这在当时的的确确给了我前进的动力、信心和勇气。农历年底，县委派来的路线教育宣传队进驻各村。他们的任务一是选拔青年干部，二是整顿大队领导班子。我因一次社员大会代表民兵发言突出而成为他们的重点培养对象，他们意欲培养我入党，当大队书记。但这次整顿班子是两派斗争的继续，我被卷入了两派斗争的旋涡。反对我入党的一派借写老书记的大字报为名，极尽造谣诽谤之能事，恶毒攻击，又嫁祸于人。他们说我"喂死五只猪，放火烧牛屋"，又说我父亲外出遛乡是投机倒把，我奶奶是巫婆。最终我被他们诬蔑、糟蹋得一无是处，一事无成，就连学校里缺民办教师他们也不让我当。我再次陷入了郁闷、彷徨、迷茫之中。

1977年12月，国家恢复高考制度，我因报考志愿太高而名落孙山。1978年2月至6月，我与其他同学一起去海孜中学参加高考复习，但又因成绩不过硬而落榜。值得庆幸的是，在高考之前，大队党支部做了一项决定：在全大队参加中考、高考的人员中，最高分到宋园联中任教，第二名、第三名到薛场小学任教。我是最高分，但曾经诽谤我的那位干部却以"人才不能外流，成绩越好越要留下来教咱自己的小孩"为理由，将我安排到薛场小学任教。三年后的1981年7月，我考取了濉溪师范。

在师范读书期间，课余时间我总是到图书馆读书，做笔记。参加全市中学生、师范生作文竞赛获得二等奖；参加华东六省一市作文竞赛，我的《草寺庙春会》获得鼓励奖，《同学胜兄弟》

一文在《淮北日报》上发表。临近毕业时，学校要我留校工作，县教育局要我到局里工作，我都婉言谢绝了。因为那时，我的大家庭十多口人，家庭纠纷时有发生，我还是回去的好。1983 年 7 月，我回到了家乡的宋园联中任教。

在宋园联中的三年，第一年我带初二语文和初三政治。第二年和第三年我带的是初三语文、政治。1984 年 9 月我任宋园联中教导主任。1984 年闰十月，我添了个男孩。1985 年 10 月，我因超生第三胎，受撤职处分。撤职后，在我班的复习生全转走了。我利用班会读了曲啸的报告《理想和信念支撑我走过坎坷道路》，而后说："我在任何时候，任何情况下都将凭良心做好自己的事业。请同学们把我的这句话转告给那些转走了的同学们。"不几天，那些复习生全回来了。这一年我班考取中专 3 人，高中 28 人，中技 11 人，升学率达到 87.5%。但祁集乡的祁集联中和双沟联中却没有一人考取中专。时任乡党委副书记的赵志良老师决定在乡政府所在地（小李家）建一所初中，宋园、祁集、双沟的三所联中只办初一、初二，初三都到小李庄初中。1986 年是小李庄初中（即今天的祁集中心校本部）建校第一年，我被调去带初三复习班好班的语文和班主任，直到 1990 年 10 月。在小李庄初中的四年中，我班年年考取中专的学生有 5 名以上，语文成绩在全临涣区总是第一。在这期间，为了不耽误学生的课——二女儿得了肝炎、肺炎，我把她带到姥姥家的大侯集医院治疗；儿子做小手术尚未苏醒就带他回家；父亲的胳膊粉碎性骨折，我只是休班时才去看望他；麦收时，我把割好的麦子垛起来，待学生中考后才回家脱粒，但脱了粒的小麦却因夜遇大雨而损失了千余斤。为了学生我真的是费尽心血啊！

1990 年 11 月至 1994 年 4 月，我先后任祁集乡、镇的农校校长。1994 年 5 月至 2013 年 8 月，我先后任祁集镇教委文科教研员和办公室主任。在"为官"的这二十年中，我负责中小学教研、"两基"材料、民师转正、教师培训、职称评定、年度考核、历次检查材料、工作汇报、各种计划与总结材料，还有乡、镇党政的大小材料。如果每天正常的工作时间按 8 小时计算，我每年至少要工作 600 余天。因为不熬夜的时候极少，而熬夜又早起的时候极多，同时我没有双休日，没有节假日，生病了，除了住院外，从来没有请过假，腿被车撞伤了，我有病头疼头晕站不起来，中心校车接车送，依然坚守岗位。我没有向任何学校或个人推销过任何物品，更没有向学校或个人索要一分钱，可以说我是"一身正气，两袖清风"。

2013 年 8 月，我终于积劳成疾，连续得了两场病——房颤和脑梗死。休息一个多月后，我被镇政府抽去写党史，写民俗文化，写淮海战役时的小李家。2016 年 5 月与人合著，出版了《淮海战役总前委——小李家的 38 个日日夜夜》一书。

在家庭生活中，由于弟兄们多，各有各的想法，各有各的事情，父母又总是掺和其中，前 30 年家庭矛盾经常发生，近 10 年走向了团结和谐。我始终把每个弟弟的事情当作自己的事情，他们无论谁家发生了意外的事情，我总是出钱、舍脸、跑腿，直至彻底解决。父母生病，我以身作则，总是最先最多日日夜夜地守护着。对父母的赡养问题，我们解决得很好，几个弟弟都听从安排，得到乡亲们的好评。因此，我终于从包容走向从容。

我始终坚持写作。在文学作品方面，已经发表和尚未发表并且保存下来的有短篇小说 2 篇，中篇小说 1 部，长篇小说 3 部，相声 1 篇，小戏曲 1 篇，散文 50 余篇，诗歌近 60 首。从教四十年，已经发表或获奖的国家、省、市、县级中学语文教学论文有 21 篇，尚未发表的有 15 篇。如有可能，我想整理成册，分类出版几本书，并且继续地坚持写文学作品，坚持写教学论文。

回忆六十年的风雨行程，我有许多感悟，最重要的有四个方面：一是要懂得感恩。要感恩父母、感恩亲人、感恩党和政府、感恩老师、感恩自然、感恩那些曾经帮助过你的人、感恩那些曾经给你设置障碍促使你因此发愤图强的人。二是年轻时经受点困难和挫折是笔财富。在实际生活中，往往是挑战与希望同在，困难与机遇并存。有了那笔财富——你就敢于而且能够迎接挑战；你就有信心和勇气，有战而胜之的可能；你就能够担当家庭、担当社会、担当事业；你就能从成功走向成功，不会虚度光阴，不会碌碌无为。三是要相信因果报应。人这一生一定要积德积善，因为"积善之家，必有余庆"。百善孝为先，要尊老爱幼。"命自我作，福自我求"，要学会吃亏，你老吃亏，定将迎来福报。在困难和挫折面前，要有信心和耐力，"阳光总在风雨后"。要光明磊落，堂堂正正做人，明明白白做事。要及时劝慰那些处境痛苦的人，要主动帮助需要帮助的人。四是要把握时代脉搏，跟着时代走。要努力学习各种知识，让知识等待机会，不要机会来了再去寻找知识。要修身养性，培养一些良好习惯，因为它有利自己又惠及子孙。

　　最后，让我以最近写的一首小诗《回望》作结吧："复年寒星诵经文，风雨阳光伴秋春。讲台未圆早年梦，病体依旧唱黄昏。"

2016 年 12 月 29 日晚

退休之后

退休之后，我豁然明白，"退休"就是从工作岗位上退下来在家休息，安享晚年的意思。很多人退休之后，游山玩水、打牌下棋、养花遛鸟等，真的是退而休之，何其乐哉。而我呢，每天从早到晚总觉得时间不够用，匆匆忙忙地度过一天又一天。我对这种"退而不休"的生活，非但没有半点的埋怨，反倒觉得比在职时生活得更充实、更开心、更具创造力、更加有意义。

在职的四十年，我感到最值得回忆也常常回忆的是 20 世纪 80 年代在教学第一线教书的那十年。带小学语文的三年，在公社每次抽考或统考，我所带班的语文成绩多是第一，而且三次在公社范围内上公开课。带初中毕业班语文的七年，临涣区教办室每次组织全区的抽考或统考，我所带班的语文成绩绝不出前三名。历年中考，满分为 120 分的语文试卷，总有 10 名以上的同学考到110 多分。我在全县范围内两次举行公开课，1987 年 11 月，我被县教研室评为"初中语文优质课教师"。很多同学在毕业之后，还相约着到学校或我家里看望我。一些上了中专或高中的学生，还来信称赞我、勉励我。2016 年 12 月，1985、1986 两届的部分学生 40 多人相聚濉溪，他们邀我参加了他们的联谊会。那十年，实在是我一生中曾经的辉煌啊！进入 90 年代后，我先后任职于镇农校、镇教委、镇中心校，负责农民教育和中小学的教学教研工作，还有"两基"资料、民师转正、教师培训、年度考核、职称评审等等，还要给镇（乡）党委、政府写材料。对于我，很多工作往往是交织着、叠加着、堆积着，常常感到云腾雾绕、眼花缭乱，感到筋疲力尽、盔歪甲斜，感到无所适从、啼笑皆非。这二十多年间，我在教学教研方面，培养了一些教学骨干，提高了中小学的教学质量，提升了我校在全县的中考名次。

退休之后，我的生活更充实。表现有三：一是料理家务。一年四季总是天不亮起床。打饮用水、做早饭、打洗衣机水、打太阳能水、洗衣服，这些活必须使用统筹方法，不能耽搁时间。吃过早饭后，先是送大孙子上幼儿园，回来后去街上买菜，再接着就是带小孙子或洗衣服。小孙子一岁多，很调皮。本来他正玩着玩具，却一眼看不见就跑到院子里水桶旁摆弄水。刚穿好的衣服，前身因玩水会湿个透。刚换了衣裤，不知什么时候又尿了、屙了，白天一整天总要洗很多次衣服。你趁着他在屋里玩而拾掇东西，他却突然跑到门外的大路上。这时你就得赶紧把他领过来。有时，他走到小推车旁，手扶着小车，腿跷得老高，手指着集市的方向，嘴里"啊、啊"不停，他尚不会说话，但心里却明镜一样。我懂得他的意思，便把他抱到小推车里，带着玩具、零食、卫生纸，推着他去逛大街、超市。每到一处，他总是"嗯嗯啊啊"地感慨一番。到了玩具店，他会指着气球、玩具枪、小皮球之类，睁着大眼，"呀呀呀"地说上几句，要你给他买这买那。你不给他买，他就甩手、跺脚、哭闹不停。这个时候，为了不让他哭，也就只得花点小钱，买件小玩具搪塞了去。上午 10 点多，开始淘米下锅，切菜；到了 10 点 40 分，急忙去幼儿园接大孙子回家，而后做午饭；刚做好午饭，到了 11 点 40 分，便去祁集小学接上三年级的外孙来我家吃午饭；午饭后，我要辅导大孙子（幼儿园大班）和外孙做作业；他们做好作业，我送外孙上学，再送大孙上学。他们都上学去了之后，到他们放晚学，我有不到两个小时的空闲时间。在这个时间里，我要么带小孙子，要么看点书或写点什么。到了放晚学时，外孙自个儿回到他家里，而我要去接大孙子回家。大孙子回到家之后，我要陪着他做作业。做完作业，我有时还要陪他去逛街买玩具、吃汉堡或板面，不然就是在家做晚饭。晚饭后，我便带大孙子去跳广场舞，回来洗浴后，便陪他晚间休息了。这个时候差不多到了晚上 8 点半之后了。2017 年的下半年，妻跟着儿媳到怀远带小孙子去了，我则独自带大孙子和一外孙。到了 2018 年正月，小孙子已满周岁，妻与小孙子都留在了家里，我与妻共同承担着带两个孙子和一个外孙的任务。2018 年的三月初，二女儿在产期，她的公公婆婆均已去世，我与妻必须照看她。遇上瘫痪在床的父亲该我值班的那十天，我就更忙了。白天里，要做这么多的家务，又要照顾父亲和二女儿；晚上，小孙子要三四次喂水、喝奶粉，我有糖尿病，晚上起夜总在四次以上。天刚蒙蒙亮，我就锻炼身体去了。想想看，我晚上真正睡眠的时间能有几个小时呀！我生活得充实的第二方面便是伺候父亲。母亲在卧床三年之后，于 2017 年的农历二月初二去世了，那时我还尚未退休，我请了假组织着弟兄五人轮流看护母亲与父亲。2017 年的 11 月，我正式退休了。父亲的病情却加重了，走路很不方便。他推着轮椅已经掌握不住，我便给他买了带靠背、有扶手的小推车供他推着慢慢地走路。农历新年，他不能推小车了，只能躺或坐，不能下床了。正月底，父亲已经坐不起来了，只能整天地睡在床上。轮到我看班的那十天——早餐店的稀饭、煮鸡蛋、包子、油条、菜合、糖糕、粽子、油饼等，每天早上为父亲买其中的两样，上下几天基本不重样；中午妻为他炒菜、炖鸡蛋羹或煎鸡蛋馍、做鸡蛋饼或胡辣汤、烙菜合、做水烙馍等；晚上，我则给父亲下面条、打个荷包蛋等。十天里，我坚持给父亲每天吃两个鸡蛋；十天里，鸡肉、猪肉、牛肉、鸭肉、鹅肉等，一定吃个遍，有时还给他买狗肉和羊肉，炒肉是我亲自炒，直到炒（烧）得烂熟为止。每天要多次给他换尿裤、换尿片，给他洗澡、洗衣服、喂药，给他刮屎，洗床单被罩。馍要一小口一小口掰着送到嘴里，饭或茶要一小勺一小勺地喂。此外，还要抽时间给他拉呱，劝他多吃饭，安慰他好好地活着。有时还让他坐在轮椅上，我推他赶集、赶会、去公园，让他能够多开心。弟兄五人中，我是老大，因此——该我值班时，我尽心尽力尽责；父母住院、换药或其他生活琐事全由我负责或由我安排，全程服务、全程护理、全程负责。父亲在世的时日已经不多了，我应该这样做，我必须这样做，因为我是父亲的儿子，同时也是儿子的父亲和孙子的爷爷！2017年农历二月初二凌晨3时34分，84岁的母亲去世了；今年农历四月十三日晚上11时15分，85岁的父亲去世了。我先后手捧着他们的遗像，以泪洗面，送走双亲。退休之后生活更充实的第三个方面是挤时间读书，写点文学之类的文章。除了上述的三个大的方面外，谁家有事，尤其是胞弟或堂弟家有事需要帮忙，我总是亲自前往，帮助解决，绝不推辞。理家务、伺老人、带孙子、搞创作、助他人，生活充实到废寝忘食、夜以继日的地步。

退休之后我生活得更开心，表现在许多方面。首先，我每月有5000余元的退休工资。在节约俭朴而不奢侈浪费的前提下，这些工资能够基本维持生活，医药、往来、交通信息等日常开支。其次，我的三个孩子都已成家，都有了自己的孩子，他们的生活赶得上普通家庭的生活水准，都不要我操太多的心。大女儿是正式教师，女婿是国企员工；二女儿在私人学校任教，女婿在一家企业上班；儿媳与儿子先后考取了国家教师——他们都有自己的事业，都有稳定的工作。他们都知书达理、尊老爱幼、善解人意、勤奋工作，我很放心。再次，目前大女儿有一个女儿，二女儿有一子一女，儿子有两个儿子，换句话说，我有两个家孙，一个外孙和两个外孙女。五个孙辈，无论上学的还是尚未上学的，他们都很健康、活泼、聪慧。这里能够用得上《常回家看看》里的歌词"团团圆圆"又"平平安安"。每当我看到他们或逗着他们玩耍的时候，我都感到我是在真真切切地享受着天伦之乐。再次，我和老伴的身体都在逐渐地好起来。老伴于 2012 年的 12 月 29 日做了乳腺癌手术，而后六次化疗，年年多次检查再住院治疗，平时不断地用药，以增强免疫力。次次的检查结果都很正常，身体与精神状态都很好。我已十多年的"三高"病，2013 年的 8 月，我先后因房颤和脑梗而住院治疗。这几年，按照医生的嘱咐，坚持用药、坚持"低盐、低脂、低糖"的标准，再加上坚持节食和锻炼，我的体重已由原来的 183 斤降到现在的 150 斤，更由于上述诸多方面的开心，我的身体也渐渐强壮。但愿我这只"破碗"，还能够维持十年、二十年、更多年！此外在照料瘫痪在床四年之久的父母时，我们弟兄五人都很真诚周到地伺候他们，在建老年房、提取赡养费、住院、看班等所有问题上，我们都解决得很好，没有出现过任何意见与分歧。老少爷们对我们都有很高的评价。还有，在过去我有体力、有精力、有能力的时日里，我为每个弟弟都做了许多事，舍脸、跑腿、贴钱，成功地处理了他们每一家的每一件事。我尽到了做大哥的应尽责任，我问心无愧，我为我过去对他们的付出而感到开心，我敢于而且能够在父老乡亲面前抬头挺胸地走路，因为我是一个合格的人！我愿我的作为能够换来大家庭的团结和蒸蒸日上！

退休之后，我觉得更具创造力。指的是在料理家务中，我学会了用统筹方法安排时间；学会了带孙子和侍奉老人的方式方法；还学会了忙中抽闲、随遇而安。更重要的是体现在创作上。从去年 11 月份退休到现在，我在市、县报刊上发表了多篇散文、小说和诗歌，其中《小李家，这片红色的土地》在"大美濉溪"全国散文大赛中获得二等奖。

熬过寒冬的人最知春天里的温暖和烂漫，走过黑夜的人方知日出时的光明与灿烂。对于常人来说，生活意义最本质的东西，莫过儿女有了事业，儿女又有了儿女，儿孙们都能够健康成长了。想想高中刚毕业时挖沟、挖河、给生产队喂猪时的苦苦挣扎，想想"文革"期间白天累了一天，而晚上又拼命熬夜力图从文学上打开缺口拼出自己的一片天地的痛苦与奋斗，再想想结婚的那天还发出"叹暑寒残月，问吾去何方"的慨叹与无奈。而今天，我事业有成、儿女双全，儿女又都有自己的事业，都健康成长。我享受着党所给予的温暖，享受着每月5000余元的退休工资，享受着儿孙满堂的天伦之乐，享受着笔耕不辍所带来的欢愉，已经足矣！已经够开心的了！我实现了生活所应该有的最本质的意义！

但愿我的意志、我的精神、我的追求能够保持到我生命的最后一息！但愿我能够抛却烦恼、开开心心每一天！"海纳百川，有容乃大；壁立千仞，无欲则刚""知足者常乐"！

2018 年 8 月 12 日下午 5 时许草成

我的简历

我兄妹七人，弟兄五人，排行老大。父亲扎柳（扎笆斗、扎簸箕），母亲在家干农活。我的母亲和近亲中，没有当官的，也没有入党的，都是普通农民。

我的童年时代。我于 1956 年 11 月出生。我的婴幼儿时期，母亲抱着我逃荒要饭，多次险些饿死；奶奶从我三四岁开始，陪我度过三年困难时期，给我用柳叶焐肚子，给我煎中药、喂药，给我煮野菜、碎红芋梗吃。直到去世前都在关心我和我的小家庭生活。母亲、奶奶、伯父和小姑，既是我的亲人，也是我的救命恩人。

我的读书时期。1964 年春至 1969 年底读小学；1970 年初至 1972 年底读初中，1973 年初至 1974 年底读高中。读初中时一直当班长；读高中时当班长和学生会主席；1974 年春，全县万人大会在海孜公社四里村召开，庆祝陈永贵来我公社视察，我代表师生发言；高二时创作小戏曲，1975 年春在《安徽工农兵演唱》上发表。1987 年 9 月至 1990 年 7 月在蚌埠教院读函授，毕业论文《谈谈中学语文教学中的导语》获当届 476 名函授生答辩论文第一名，且论文在院报上发表。1993 年 9 月至 1996 年 7 月，在淮北煤师院读中文本科函授。尽管是函授，但我少年时期的大学梦总算实现了！

1975 年 1 月至 1978 年 8 月，是我回乡务农的一段时期。我挖沟挖河，给生产队喂猪、筑路，干庄稼活，为了抓表现能被推荐上大学，我每天都累得腰酸背痛，晚上依然一夜一灯油地熬着，在煤油灯下读书、写作，力求走文学创作之路，迎来出头之日。1975 年、1976 年路线教育宣传队进驻我大队，想培养我入党、当书记，却遭到一些别有用心者极端陷害与诽谤，结果我一事无成。1977 年底恢复高考制度，我因志愿太高（清华、北大）而名落孙山。

1978 年 9 月，我以全大队 13 名中考高考落榜者中的最高分数而当上了民师，从此开始了我的教学生涯，直到 2017 年 11 月退休。这些年中，在父亲胳膊骨折、二女儿病重住院、小儿子手术等情况下，我从没缺过学生的一节课。50 余篇中学语文论文在国家、省、市、县级报刊上发表或获奖。两次做县级公开教学。与人合著了《初中语文精要语段阅读荟萃》。在这期间，从 1990 年 11 月开始，任镇农校专职副校长（校长由镇长兼任），1994 年至 2004 年 8 月，任祁集镇文科教研员，搞全镇的教学研究工作。2004 年 9 月至 2017 年 11 月，一直任祁集中心学校办公室主任。其间的 1994 年至 2006 年，搞"两基"创建，搞资料，又帮镇里写材料，常常夜以继日，累得歪歪斜斜，几近病倒，且患了高血压、高血糖、心脏病、脑梗等病。

我敢挺着胸脯说，无论从农从教，希望之火总在我的心中熊熊燃烧，我都做到了凭良心做好自己的事业，我无愧于时代、无愧于社会、无愧于工作！

我的业余创作。1975 年在《安徽工农兵演唱》上发表小戏曲《公私分明》。1977 年在濉溪县《春花报》上发表过散文与诗歌。1977 年 10 月 25 日参加了濉溪县业余文艺创作座谈会。1984 年在《未来作家》上发表《永别了的爱情》。1981 年至 1983 年上半年读师范时，获淮北市中学生、师范生作文比赛二等奖，获华东六省一市中学生作文竞赛二等奖，且《草寺庙春会》在《中国青年报》上发表。《同学胜兄弟》一文在《淮北日报》上发表。而后至近期，又有 30 余篇散文、诗歌在《蚌埠教育学院》《安徽教育科研》《淮北教育》《濉溪教研》《相城》《濉溪文艺》《烈山文艺》等报刊上发表。2015 年与人合著散文集《小李家的 38 个日日夜夜》。2016 年 11 月成为淮北市作家协会会员。2017 年 12 月，散文《小李家，这片红色的土地》在"大美濉溪"全国散文征文比赛中获二等奖。2018 年 12 月被评为安徽省作协会员。2019 年，《淮北的秋》在淮北市"南湖之声"杯散文比赛中获二等奖。2017 年 11 月退休之后，依然坚持搞文学创作。现有本书《燃烧的希望——陈宏散文选》和长篇小说《沉重》正在出版中。我的写作力求有物有序有情有文采。

现在的我，子孙满堂，也算得上是比较幸福的。儿子、儿媳、女儿、女婿也都有稳定工作，我和妻子身体还算健康，同时我没有太多奢望，因此，是比较幸福的了。

感恩上苍，感恩社会，感恩所有曾经支持我帮助我的人！也感恩那些曾经打击过我，让我产生动力发愤图强的人！

2020 年 12 月 13 日

一位情系百姓的"濉溪好人"

——"濉溪好人"纪永亮同志典型事迹

纪永亮同志，男，汉族，濉溪县韩村镇淮海村人。他于1952年10月出生，1969年12月应征入伍，1973年9月入党，1976年从部队退伍回乡。1984年10月至今，一直担任淮海村（并村前为纪圩村）党总支书记。他在支部书记岗位上三十多年如一日，真正做到了情为民所系，权为民所用，利为民所谋，赢得了上级领导和当地群众的一致好评；曾十余次被市、县评为先进个人。

一、为群众谋利益，费心费力

他带领村支部一班人，积极培育引导村民致富。早在1986年，他就根据本村的地理环境和区位特点，积极引导村民利用闲置土地发展反季节蔬菜，搞大棚蔬菜和节能温室，邀请专家和致富能手为种植户传授技术经验，并及时提供产供销信息。先是纪圩、沟西和小高家三个自然庄的蔬菜大棚规模不断扩大，而后推广到全村。全村在20世纪80年代末就有50余户，每户大棚蔬菜在5亩以上，每亩收入超万元。90年代起，他组织成立了由村干部牵头的养猪合作社，先后培养扶植了养猪专业户李建立，养鸡专业户李华军等20余家；而后又扶植了纪永锋、徐玉林等10余户化肥种子农药服务部。与此同时，纪恒龙与临涣戴窑联合承建了新型墙材厂，王俊学和王俊文等10余家建筑队、李金山砖窑厂、纪永锋预制厂、纪永光家电城相继成立。这些专业户或者小型企业，只要他们资金短缺或遇到其他困难，纪永亮同志就想方设法地上下联系，筹资金、借贷款，为他们排忧解难，使他们都慢慢发展起来，实现了劳动致富。不仅如此，还解决了 500 余人的就业问题。

近几年，他积极组织村民参与市、县、镇等组织开展的各项学习培训活动，营造了一个良好的创业氛围。纪永亮同志动员并组织村民参加了从省城合肥来的专家授课的"小老板"创业培训活动，其中纪萍、纪西海、李行华三位发展能手先后办起了灿阳家庭农场、废物回收等小型企业。

2000 年 4 月，已定要修淮六路接线祁集段 1.65 公里，因当时的资金、路权归属、扒房占地、路面用土等原因，原祁集镇搁置四年之久未修；群众意见纷纷、骂爹骂娘，纪永亮同志压力沉重，于是他跑市、县、镇 60 余次，终于在 2004 年秋，通过王钢锋同志找到了副市长，才定下来接着修；纪永亮同志为配合路工队的同志，不顾劳累和艰苦，动员扒掉民房 103 间，说服 116 户群众的思想工作，全体调整土地 83 亩，解决路面用土数万方；2005 年春，终于修通了淮六路接线祁集段，方便了一方群众的出行、生产和生活，更给海孜矿提供了交通运输的便利。

2000 年纪永亮同志带领全村群众大搞植树造林，统一对老树、杂树进行更新，发展经济果林，新栽柿树 2 万余株，杨树 3 万余棵，不仅大大改善了生态环境，而且使每家每户收到经济效益。每年年底，纪永亮同志就去市、县、镇有关部门联系厂家，为富余劳力外出打工挣钱创造条件。为解决打工者的后顾之忧，纪永亮同志带领村两委干部走村串户，了解他们留守在家人员的生产、生活情况，为他们解决经济困难。2011 年小麦抗旱时期，他组织党员干部成立了"抗旱志愿服务队"，帮助困难户保苗增收。寒暑假期间，他还组织教师志愿者对留守儿童进行"补课"，对 10 多名留守儿童进行特别关爱，利用远程教育和农家书屋的资源，通过建立家长学校、未成年人活动中心来丰富他们的课余生活，促进他们健康成长。每年春节期间，他组织党员干部开展了"送温暖、献爱心"活动，村干部给困难群众（其中有低保户、五保户、残疾者，以及空巢老人）送去了米面油、被子等，并表达了节日的慰问。2011 年 5 月，他组织开展了向患白血病的在校学生徐孟婷捐款献爱心活动。

二、为百姓谋幸福想方设法

1985 年，刚刚担任支部书记不到一年的纪永亮同志，看着群众仍然点着煤油灯生活很是惭愧。他想，共产党打天下为的就是让老百姓过上幸福的生活。可如今，本村靠近海孜矿区，乡政府又设在离村不足 1 公里处，如果连群众的用电问题都不能解决，那简直无脸面对父老乡亲。于是他联系县、区、乡政府，协调海孜矿、皖北机电处、淮北供电局，终于筹资 30 多万元为全村架电，结束了全村群众夜晚点煤油灯的历史，而后家家户户用上了电风扇、电视机、洗衣机，又安装了电话。不少的老年人见了纪永亮，便竖起大拇指，交口称赞："你当书记，合格!"曾几何时，这些朴实的话语让纪永亮同志感到无比激动和感动，他感到身上的担子更加重了。1986 年 8 月祁集乡选址新建初级中学时，乡党委政府经多方协调学校用地无果的情况下，纪永亮书记当机立断，协调小李家土地 32 亩多，作为新建中学用地，为祁集中学的建设奠定了基础。1986 年，他在全临涣区率先把全村的泥土路面铺成硬化晴雨路面；1989 年他率领全村群众调整了产业结构，实现了由两元结构向三元结构的转变，发展了蔬菜种植和养殖业，全村粮食生产逐步实现了良种化；1996 年，他四处求援，八方协调，先后改建、扩建了村小学校园，新建了一所高标准的逸夫教学楼，总投资 100 多万元，先后又争取了 60 台教学电脑和

10 台投影仪，约 18 万元。淮海战役总前委指挥部旧址，由于年久失修，屋面漏水，土墙多处断裂倒塌，纪永亮书记看在眼里，急在心上，为此，他多次到市委、市政府，县委、县政府反映情况并请求尽快拯救小李家总前委指挥部旧址；经过纪书记的多次奔波，于 2007 年分别从县委宣传部、市委宣传部协调资金各 10 万元，共 20 万元。在符合文物管理规定的要求下，纪永亮书记亲临现场监督施工，原址原貌地重建了小李家总前委指挥部旧址的 22 间草房。

2007 年 4 月并村后针对原刘圩村道路差，小马、刘圩、小施家三庄群众无路可走，就连粮食也卖不出去的状况，他主动到县交通局、农委、财政局等单位跑项目跑资金，经过多次多方奔走，终于争取到了修路项目和资金，他又号召本村在外地的工作人员捐款捐物建设家乡道路，其中马乙林、刘飞等同志带头捐了款，凑齐了配套资金，当年修通了 1.5 公里的"村村通"水泥道路。同时，他又到海孜矿协调资金 4000 元，铺垫了通往小高家蔬菜大棚的道路，解决了菜农的实际困难，方便了群众的生产生活，极大地调动了农民种植高效经济作物的积极性。又协调资金修缮了原大徐小学门楼、教室门窗，铺设了校园水泥路面。

2010 年，纪永亮同志针对原淮海村村级活动场所狭小且年久失修，已不能满足正常办公和村民活动的需要，很大程度上制约着本村经济发展的实际情况，他四处奔波，积极谋划建设"两室"。在他的不懈努力下，得到了镇党委、政府的重视和支持。2010 年一座高标准的村民活动服务中心和村级卫生室，以崭新的面貌出现在村民面前。这不仅方便了村民办事、看病和娱乐活动，而且推动和促进了全村群众素质的提高及经济的发展。

2012 年，纪永亮同志利用"一事一议"项目实施了太阳能路灯工程，为全村安装了 180 盏太阳能路灯。这是一项实实在在的惠民工程，昭示了和谐新农村建设的时代气息，为淮海村平添了一道美丽风景线，更重要的是一种低碳环保的理念，为村民的生活和生产带来了便利，为村颜村貌的改观写下了重重的光彩耀人的一笔。这一年，纪永亮同志经多方筹措资金，修通了贯穿祁集中心校经村部到省道淮陆路（即教育路）以及到海韩路的水泥路，真正实现了村部的开放，更重要的是方便了学生和村民的出行。又修建了通往红色旅游基地——小李家的水泥路，为红色旅游资源的开发与共享提供了必要的基础。接连协调淮北供电局，修建了小徐家至王圩的水泥路，大大便利了两庄及附近村民的出行。

三、为稳定谋新招，身体力行

社会稳定牵扯到农村工作的方方面面。纪永亮同志就是在这方方面面的源头上狠下功夫，深入到第一线，身体力行，实行表扬与批评相结合，广泛宣传与个别教育相结合，岗哨巡逻与实际调解相结合，典型扶植与全面推广相结合，维护了社会稳定，推进了经济和社会各项事业的全面发展。

首先，他着力抓好全体村民整体素质的提高。他通过村民会议、广播、发放宣传手册，播放远程教育，开放农家书屋，更换公开栏信息等多种形式，快捷、全面地传播先进文化，宣传社会公德和社会主义核心价值观，以孝为本、尊老爱幼，实现邻里团结、友善相处、敬业爱岗、诚实守信、爱国爱家、无私奉献。他还利用村民文化活动中心，召开村民代表会议，或单独召开在孝敬老人方面有欠缺的人的会议，再单独谈心，跟踪随访，或于晚上在活动中心播放公德教育、致富技术等，全面提高农民的思想道德素质和文化技术素质。

其次，做好法制宣传、治安巡逻、民事调解工作。他总是认真组织积极参加县、镇组织的法制宣传活动，同时配以法制宣传栏、标语、横幅、展板等，让村民们能够学法、知法、守法，能够自觉运用法律武器维护自己的合法权益，同各种违法行为做斗争。为了保障广大人民群众的生命与财产安全，他召开村两委会议，研究制定了治安巡逻、站岗放哨等一系列制度。一天 24 小时都有人值班，又有村两委领导带班，村文书李华松同志长年累月坚持骑着巡逻车天天巡逻，天天检查值班人员的到岗情况。村里还成立了红白理事会，操持村民们的红白事，一是厉行节约，反对铺张浪费，二是力图办得圆满随和。村里又成立了村民调解委员会，纪永亮同志任调解委主任。多年来，在上级党政的领导下，在派出所和维治办的指导下，他调解了大量民事纠纷和家庭矛盾，做到了小事不出庄、大事不出村。2004 年淮六路连接线从淮海村穿过，占地百余亩，扒房 100 多间，带来了大量的土地纠纷和拆迁矛盾，纪永亮同志深入各户宣传国家政策，做通了各户工作，确保了省道的顺利施工和建成通车。数年来，他调解家庭矛盾和民事纠纷千余件，在 2005 年、2007 年又先后调解了三起人命案，靠的是政策归心，靠的是循循善诱，靠的是以情感人、以心换心，最终化解了矛盾，解开了疙瘩，给淮海村的和谐稳定奠定了良好的基础。

再次，做好计划生育工作。计划生育是一段时期内我们国家的基本国策，是实现优生优育、民富国强的重要举措，是关系到公平、公正、维护社会稳定的一件大事。纪永亮同志总是和村两委的其他同志一道，走在工作的前面，通过查、询、问、访，摸清实际情况，做细致的工作。

由于纪永亮同志的不懈努力，全体村民的整体素质不断提高。全体村民学法守法，无违法犯罪行为，无一例民转刑案件，无计划外生育，实现了各项工作的良性循环。

四、为发展谋新篇，再接再厉

进入 21 世纪以来，纪永亮同志获得了十余次市、县级先进个人。其中 2004 年、2008 年先后被淮北市司法局、淮北市政法委授予优秀人民调解员称号；2009 年 2 月被县政府评为社会治安工作先进个人；2008 年 7 月、2010 年 7 月先后两次被县委、县政府授予优秀党务工作者、二十佳村书记称号。他所领导的淮海村仅市级先进就有十余次。其中有淮北市的第三届"文明村"、第十届"文明村"、淮北市"民主法治"示范村、淮北市"平安社区（村）"、淮北市"无邪教村"、淮北市先进基层党组织、淮北市 2010 年度人口与计划生育"村为主"工作先进服务室。纪永亮本人先后当选县人大代表、党代表，市党代表。

成绩代表着过去的辉煌，承载着他不懈的努力与付出。他把荣誉看成是一种激励、一种鞭策、一个起点。他常常告诫自己："不要忘记过去，要不断地努力工作，奉献自己。"

他将淮海村所拥有的淮海战役总前委指挥部旧址——小李家，尽力打造成当地的一大文化特色。尤其是小李家文化遗址被淮北市列为青少年爱国主义教育基地后，村党总支每年都组织青年团员、入党积极分子、中小学生参观小李家，让他们了解老一辈革命家建立的丰功伟绩，让他们懂得今天的幸福生活来之不易，让他们时刻牢记居安思危、创业难守业更难的道理，让他们不断地增强为着人民的幸福、国家的富强和最终实现共产主义而奋斗终身的决心。

2013 年 9 月以来，纪永亮同志和村两委成员一道，认真分析全村实际情况，根据党的"三农"政策，努力做好和正在做着五件大事。一是深层次挖掘小李家文化底蕴，做好总前委指挥部旧址的修复工作，做好红色旅游线的创建与附属工作，扩大淮海村在全县、全市乃至全省全国的知名度，以此带动本村的经济发展。二是修筑和完善庄庄通的水泥路面，修筑村文体活动中心沥青路面，进一步完善活动设施，方便全村群众的文体活动。三是做好文明村创建的各项工作。四是促进土地流转，实施规模种植，培植种粮大户。五是创造条件，鼓励外出农民回乡创业，用两年的时间培育出 30 家"小老板工程"。

近阶段，纪永亮同志结合第二批农村党的群众路线教育实践活动，组织全村党员认真学习习近平总书记的一系列重要讲话精神，开展批评与自我批评，使全体党员的素质又有新的提高。同时发展了纪凤章、施亮亮两名新党员，又培养了付亚琦、纪丽丽两名入党积极分子。

二十多年来，纪永亮同志立足岗位，情系百姓，言行一致、表里如一、踏踏实实、兢兢业业，其典型事迹不胜枚举。他抒写了一位共产党员执着追求、奋斗不止的高尚品质，彰显了一位农村基层干部为群众谋利益，为经济谋发展的时代风范。他是一位当之无愧的"濉溪好人"！

2015 年 2 月 16 日

农民·黄牛·土地

农民扬起鞭子，
黄牛躬身拉起犁子，
土地变成碎末子。

土地陶醉得亮了，
农民快乐得笑了，
黄牛激动得哭了。

土地呀！
农民呀！
黄牛呀！

1987 年 8 月 6 日
发表于 1996 年 8 月 17 日《淮北日报》

第三辑

我爱我的事业

家　访

今天上午，我去薛庆凤家进行家访。这是一次让我百感交集的家访，它将会永远地存在我的记忆中。

早上，我刚走进教室，薛庆梅一边递给我一张纸条，一边说："这是薛庆凤要我交给您的。""薛庆凤？她已经缺课两天了，怎么还不来？"我有点着急地问。"陈老师，您看看就知道了。"薛庆梅说着，走回了位子。

我展开纸条，只见上面认认真真地写着：

陈老师：

您好！

在我缺课的这两天里，您让薛庆梅口传或捎信要我赶快去上学，并且愿意帮助我补课，我很感谢您对我的关心和爱护。但我只能对您说：老师，很抱歉，我真的不能去上学了，因为我必须在家帮妈妈干活。

学生：薛庆凤

1989 年 4 月 6 日

上午第一节课下课之后，我便急不可待地独自骑自行车到薛庆凤家去了。学校离薛庆凤的家大约有六里路。路上，我看到长势喜人的麦苗，看到用矸子石新铺成的晴雨露，看到村里面很多农户新盖的红砖青瓦的房屋，我喃喃自语："这几年，农村的变化真大呀！"而后，我又想起一位学生在《家乡的变化》作文中所写的顺口溜来："过去是红芋饭，红芋馍，离了红芋不能活；现在是好面馍，好面条，红芋片子喂驴骡。过去是茅草庵、茅草房，北风吹来草飞扬；现在是四合院，大瓦房，家家户户电灯亮；过去穿的是粗布衫，现在穿的是的确良……"

不觉间，我来到了薛庆凤所在的薛湾庄。经打听，我走到了薛庆凤的家门口。这是一个显示着贫穷与落后甚至有点儿颓废与衰败的农家院落。在这个院落里，有四间主堂屋，土墙草顶。东头的两间堂屋门敞着，西头的两间堂屋门锁着；靠东有两间东厢房，门关着；对着东堂屋有一间马鞍过底，上面的瓦已经残缺不全。过底往西是土墙头，到了对着西头堂屋的西山的地方往北折，与堂屋西山连接着。尽管这围墙年久失修，已经高高低低、断断续续，歪歪斜斜，但它总还能告诉人们，这是一个整体的四合院，是或原本是一户人家。四间堂屋的正中到南围墙，通南彻北好像曾经用秸秆夹着一道篱笆，而现在这篱笆也仅有靠南头的一段，而且东歪西倒，残残缺缺。如果不是门前的两棵树放着绿叶，这户人家几乎找不到一点儿生机。

看到这情景，我的心头袭过阵阵酸楚，但我没有说什么，也无法说什么，又能说什么呢？我的腿像灌了铅一样，很沉重地一步步地走过这过底，走近东堂屋。

堂屋里走出一位老妇人。她，五十岁出头，在那有些发黄的头发中已经有些许白发，圆脸上镶嵌着两只不大的眼睛，这眼睛犹如盛着浊水的泥潭，泛着昏暗疲惫的光。在这四月天里，她仍旧穿着棉裤棉袄和解放牌大头黑面鞋。棉袄的前襟向里掖着一叠，腰里束着一条黑带子，大概是因为天热吧，上面的扣子没有扣，裸露着白白的、丰厚的胸脯。棉裤显然有些肥大松弛，裤裆连着裤腿，重重地向下缀着。棉裤棉袄都在闪亮着不曾拆洗的油腻与污垢，大头棉鞋也用麻绳系着。这是一个几近穷困潦倒的妇人，这是一位被生活的重担压垮了的母亲，这是一支昏暗中泛着光亮的残烛。她两只手袖在袄的袖筒里，抬起那泛着浑浊光亮的眼睛，低低地问："你找谁?"我正要回答她，里屋走出一位十三四岁的女孩。她闪动着那双秋水般清澈的眸子，急切又高兴地说："陈老师，您来了?"我点了点头，她靠近了我，我即刻拉住她的手，面带微笑地说："你们娘俩都在家啊!"

这时的老妇人，本来浑浊的目光里却流淌着春水般的鲜活，堆着愁容的脸舒展着春天的生机与活力。就在这一瞬间，我似乎看到了闪现在老妇人身上的五十岁的人本该有的坚毅与富足。她连忙用路踢拢地面上乱七八糟的东西，收拾一下板床上的被褥，又从里间搬来一把破椅子放在靠近当门大桌子与板床对面的地方。她有点尴尬的样子，招呼我："来，坐吧。不像个家的样子，让你见笑了。"

我走进屋里，坐在椅子上。薛庆凤从里间拿了一个茶缸子，倒了茶，说："陈老师，您喝茶。""庆凤，别客气，你就坐在那板床上吧。"我说着，打量了一下屋内的布置。这两间堂屋靠梁头下用麻秸夹着一段矮矮的篱笆。我坐在那儿，能够看得见这两间屋内场面上的东西。东间靠后墙铺了一张床，床头上放着一张抽屉桌，桌上放着油灯和几本书。看来，那便是薛庆凤的卧室了。薛庆凤窗前对面搁着几个盛着粮食的口袋，还有一个不足半米高的麦折子。地面还有些零碎的东西。当门的这间，靠后墙放着一张大方桌，桌子东头靠篱笆墙铺着一张板床，上面有被褥、棉被、旧棉衣等。靠西的地面上，竹篮子、酱罐子、笆斗子、破袜子、旧鞋子、木底窝……很不规则地散置着，各个墙角都布着网状的屋衣。看到这一切，我的心情就更加沉重。我慢慢地站起来，面对着庆凤的母亲，声音低沉地带着恳求地说："大嫂，我这次来，是想让庆凤继续上学。"

"不是俺不想让庆凤上学，你一看就知道，家里穷得叮当响，交不起书钱啊！再说了，过几天就要点棉花，栽红芋，割麦子，谁帮得上俺啊！"庆凤的母亲是那样痛苦与无奈。

"大嫂，你交不起学费、书钱，学校给你免；割麦子，我可以发动学生帮帮你。"我很诚恳地说。

"那哪成啊，自古也没有上学不交钱的理，割麦子让娃娃们帮，耽误他们上学啊！"她说着流出泪来，但又继续地说下去，"先生啊，不怕你笑话俺，今年春节俺一两肉也没买。她爸死几年了，她大哥结婚分家了，西面的两间堂屋就是给他的。他们小两口起早贪黑地做豆腐；她二哥前年上了大学，我只是苦求着几家亲戚，才借了一点学费，他在学校里晚上干活挣钱，维持生活，苦啊！春节时，是她大哥给送几斤豆腐……如果凤儿再去上学，我该怎么办啊！"泪——生活煎熬的泪，痛苦的泪，无奈的泪，顺着她那过早衰老的脸颊静静地流淌着。我和庆凤被她那痛苦的诉说感染着，同样流出泪来。庆凤走到母亲的跟前，一手捏着母亲的衣襟，一手握着母亲的手。

母亲揉搓着庆凤那纤细的手，流着泪，断断续续地说："孩子，明天……明天……你就上……上学吧。"

听了母亲的这句话，我情不自禁地说："谢谢您，太谢谢您了！我代表庆凤和班上的同学们向您鞠一躬。"我站在庆凤母亲的对面，两脚靠拢，两手自然下垂，头深深地低了下去。我又噙着泪说："您是一位慈爱而又伟大的母亲，您会幸福的！"

太阳从云雾中挣扎出来，温暖的阳光洒满了院子，洒向了堂屋。外面的树枝上，小鸟欢快地跳跃着，歌唱着。

我辞别了薛庆凤娘俩，推着自行车，迈着坚定的步伐向学校走去。回到学校，我把这次家访情况如实地向校长做了汇报，并建议学校给薛庆凤免除学费，校长当即同意，我则表示给庆凤垫付书钱。

我在想：家庭贫困的学生也是祖国的花朵，他们同样有读书的权利啊！

1989 年 4 月 6 日深夜

老师，您好！

"老师，您好！"这是我，是所有学生的共同心声，是对老师的热爱之情，是对人民教师的良好祝愿！

老师，您太辛苦了！从雄鸡初唱的黎明，到星光闪烁的夜晚，您无时不在给我们备课、上课、批改作业，您为我们废寝忘食、呕心沥血。无论是汗流浃背的盛夏酷暑，还是冰天雪地的寒冬腊月，您总是一如既往，教育我们、引导我们、鼓励我们成长。望着您点点粉笔灰的手势，听着您讲解难题的话语，我们多么想说一声："老师，您好！"

老师，您太伟大了！那升空的火箭，那下海的舰艇，那丰收的麦浪，那飞溅的钢花，都刻着您的劳动，滴着您的汗水。那持着手术刀的医生，那握着钢枪的战士，那遨游太空的飞行员，那建筑高楼的设计师，是您给了他们知识，是您给了他们勇气，是您给了他们真理，是您给了他们智慧——因为他们最初学的也是"日、月、水、火""1、2、3、4"。

老师，您太无私了！您教育学生，循循善诱，苦口婆心；您讲解难题，一遍两遍许多遍，百讲不厌；您为提高教育质量，搜肠刮肚，绞尽脑汁；您为探索教法，学习，实践，千方百计……一日又一日，一年又一年，您的额上刻满皱纹；您的头发，由黑变白。"春蚕到死丝方尽，蜡炬成灰泪始干。"世间数您做出的奉献最无私，最令人钦佩。

老师，将来我无论走向哪里，无论走上什么岗位，我都将以您为楷模，牢记您的教诲，以您给的知识，装点山河，美化世纪。"老师，您好！"我将永远永远地热爱您，永远永远地祝福您！

1982 年 10 月 6 日

教师的颂歌

　　每当我想到教师们日复一日废寝忘食地工作的时候，每当我看到教师那点点粉笔灰的手势的时候，每当我听到学生们琅琅读书声的时候，我总想为我们的人民教师而高歌一曲。

　　教师的职业是最崇高的职业。教师所从事的教育是指学校教育。而广义的教育则是指包罗万象的社会公德教育和各种科学文化技术教育。教育具有永恒性、阶级性和民族性。教育总是为当时的社会所服务。在今天，教育就是为习近平新时代中国特色社会主义服务。教师就是要对学生传播习近平新时代中国特色社会主义思想，要求学生为国家富强、民族振兴、人民幸福而刻苦学习各门功课，帮助学生解决疑难问题，努力强健体魄和心理，准备长大了为建设富强民主文明和谐美丽的社会主义现代化强国而贡献力量。正如唐代政治家、文学家韩愈所说："师者，传道授业解惑也。"教师所从事的劳动——教育，关系着民族的素质。而民族素质的提高，正是国家富强、民族振兴、人民幸福的基础。世上还有比教师这个职业更为高尚的吗？

　　教师的职业是最神圣的职业。国家要富强，教育要先行。清末思想家梁启超在《少年中国说》一文中说：少年强则国强，少年智则国智，少年雄于地球则国雄于地球。民族的振兴在教育，教育的振兴在教师。改革开放的总设计师邓小平同志说："科学技术是第一生产力。"而引领科技进步的首先是在中国共产党领导下的人民教师。毛泽东主席于 1957 年 2 月在《关于正确处理人民内部矛盾的问题》中指出："我们的教育方针，应该使受教育者在德育、智育、体育几方面都得到发展，成为有社会主义觉悟的有文化的劳动者。"毛主席把中国的前途寄希望于中国的青年。纵观我国几千年波澜壮阔的历史画卷，哪一页不是人民写成的？哪一项科学技术的发明，不渗透着科学家的心血和汗水？中华人民共和国成立后，我国的综合国力提高了，生产力水平提高了，人民群众的生活水平提高了，这些无不体现着在中国共产党领导下广大人民群众的勤劳、智慧与伟大创造，体现着中国人民思想道德素质和科学文化技术素质的提高。中华人民共和国成立后，原子弹、氢弹爆炸成功了，人造地球卫星升天了，运载火箭发射成功了，核潜艇下海了，农业已经全面实现机械化了。所有这些进步、这些成功，无不彰显着科学家们的聪明才智与顽强拼搏。而每一位普通劳动者和每一位科学家、研究者、发明者，他们最初学习的一定是语文、数学，一定是"a、o、e"和"1、2、3"，一句话，他们知识的基础都是教师所给予的！

　　教师的职业是最辛苦的职业。无论是盛夏酷暑还是寒冬腊月，无论大雨如注还是风雪交加，无论正常上课还是早晚自习，哪怕在行走的路上，身上堆满了雪或是被雨淋成了落汤鸡，教师们都必须做到不迟到、不早退、不旷课，这是职责所在啊，辛苦啊！教师们在备课时，要备教材、备学生、备自己，用怎样的导语、怎样启发诱导学生，什么时候什么地方提问什么问题、提问谁、怎样提问、怎样板书等等，都必须考虑得周密细致。他们在上课时，要尽可能地运用精湛娴熟的课堂教学艺术，协调师生情感、沟通师生心理，把握教学环节，合理分配教学时间。他们批改作业不仅仅是批对错，还要针对每一位学生的实际，提出具体的要求或写一些鼓励性的语句。他们为学生补课，无论是在班上补，还是到学生家里单独补，都是针对学生个体个性个别差异，针对学生的错误之处，针对教学内容的重点之处。他们对待学生可谓是绞尽脑汁、呕心沥血、搜肠刮肚。为了迎接各种考试，他们夜以继日，更是苦不堪言。亲爱的家长和社会上的每一个人，你知道教师的这些劳动吗？你知道他们为了上好那一节课而做出的付出吗？你知道他们为了培养班集体、为了提高学生个体的或全体的学习成绩而做出的努力吗？教师们苦啊，又有多少为人所不知道的苦啊！每逢夏秋收获季节，家在农村有承包地的教师，在那段时日里，两者兼顾，更是苦上加苦。无论在什么情况下，教师们总是把学生的利益放在第一位。多少位教师顾不上家里要收割小麦、玉米，或浇地、建房而毅然决然地去为学生上课；多少位教师在孩子生病或父母生病时，却安排妻子或其他人给他们治病就医；多少位教师身患重疾却坚守岗位，有的甚至倒在了课堂上；多少位教师躺在病床上依然不断地询问学生们的学习情况、表现情况；多少位已经怀孕八九个月的教师，依然挺着大肚子步履蹒跚地坚持在三尺讲台上。

这里我想讲一讲发生在我们祁集初中几位教师的真实故事：有一天中午，乌云翻滚、雷声轰鸣，正在吃饭的周维舟校长碗一推，对妻子说："天快下雨了，学校晒着麦子，我得赶快去学校抢场。"妻子问："那咱门口晒的十几袋子麦咋办？"周校长说："你先堆起来，用塑料纸把麦堆盖上。"说罢，骑着自行车飞也似的去了学校。这是真正的公而忘私啊！有一位叫陈宇的老师，在1987年麦忙假期间，学校安排初三补课，他是复习班好班的班主任又带语文课，为了给学生补课和管理班级，没有时间在家里割麦、打场，只得把麦扑子垛在场上，等到中考结束的7月16日下午才花钱找脱粒机请人脱粒。不料这天晚上狂风暴雨，他的被大雨淌跑和霉烂变质的小麦达1600多斤。同年秋，他的父亲左胳膊粉碎性骨折，他只能在星期天去医院照料父亲。又一件事是，一个星期四（他的休班时间）的上午，他带他唯一的不满三岁的儿子去县医院小手术，下午五点多才出手术室，医生要他们住院观察一天，但陈宇怕耽误明天学生的课，就与妻子一起抱着儿子坐公交车回到学校。这时已经是晚上 8 点多了。校长周维舟喊着他儿子的幼名，他儿子总是一声不吭。校长问陈宇："他怎么不吭声？"陈宇说："可能是下午打的麻醉针，药力还没过去。"校长听后立刻哭了。亲爱的读者，换作你是陈宇，在医生要求你们住院观察，而你却决定回家的那一刻，你的抉择该是怎样的痛苦与无奈？在爱的天平上他分明倾斜到了学生的这一端！真是祸不单行，一个月后，他的二女儿又生病，他的妻子带女儿到附近多家医院却久治不愈。陈宇就利用他的星期天与妻子一起去了淮北市人民医院。医生怀疑是败血症，要求交押金住院。但陈宇又是为了不耽误学生的课，冒着危险让妻子抱着女儿去姥姥家的大侯集医院住院治疗。他把他的爱全部地献给了学生，献给了他所热爱着的教育事业。还有一位教师更是让人感动不已。周维松老师的第二个儿子刚刚两岁多，总是高烧不退，妻子带儿子在当地村镇医院总是治不好，最后儿子因病夭折。周维松多次在他儿子坟前趴坟上泣不成声："是爹不好，是爹害死了你。如果我……我不是教师……能带你去……去濉溪、淮北，也许能瞧好……"还有许许多多像周维舟、陈宇、周维松那样的教师，都有着许多惊天地、泣鬼神的感人故事——这就是教师，我们高尚的辛苦的人民教师啊！更何况为了教出好成绩，为了培养更多的人才，教师的劳动和辛苦永远都是无尽无休的啊！

教师们在班会上、在课堂上、在批改作业时，在能够尽教育职责的任何时候、任何地方，总是给学生讲"有志者事竟成"，讲"书山有路勤为径，学海无涯苦作舟"，讲"宝剑锋从磨砺出，梅花香自苦寒来"，讲"黑发不知勤学早，白首方悔读书迟"。他们在学生的各个方面总是循循善诱，促膝谈心，有时还要家访。在动辄即为体罚的今天，教师们面对违反纪律的学生、不做作业的学生、寻衅滋事的学生、打群架的学生、勒索他人要这要那的学生，甚至侮辱自己或其他教师的学生，只能是对他们低三下四地温语相劝，"晓之以理，动之以情"。如若有哪位教师急不择言批评了学生，语气重了点，或者用手、用书挠了学生，这位教师就会给自己惹来祸端——学生吼教师，家长来闹校，教师轻则写检查，赔偿学生检查费，向学生及家长赔礼道歉，校方责罚师德不及格，影响本人评优评先评职晋级，重则吃官司，教师成了风箱里的老鼠两头受气，很狼狈，甚无奈。教师管学生、问学生，往往怕出事；不管不问，又怕不出好成绩。有谁了解、理解教师们的心理与情感呢？但"开弓没有回头箭"，既然选择了这个职业，他们就得甘愿为此付出、为此忍受、为此委曲求全。这是甘为人梯的忍辱负重啊！这是燃烧自己照亮别人的红烛啊！当下教师的工资依然是微薄的。新入编的教师每人每月的工资仅 2000 余元，加上绩效工资，也仅仅是两千八九百元。假如夫妻俩都是新教师，又带着两个孩子，他们的生活水平绝对赶不上夫妻都在外地打工的农村普通家庭的生活水平。但他们都无怨无悔，因为他们已经有充足的心理准备，所以反倒乐在其中。所有这些，教师——我们的人民教师，该具备怎样宽广的胸怀啊！

教师的职业又是最必须与时俱进的职业。在我国今天这样的一个新时代里，国民的素质在逐渐提高，政治文明、物质文明、精神文明、生态文明和法治观念深入人心，科学文化技术在日新月异地向前发展，这就要求每一位教师都必须有良好的职业道德，有深厚的知识功底，有高超的课堂教学艺术，有健康的身体与心理素质，有不断学习、不断更新的科学文化知识。只有这样，人民教师才能跟得上时代的步伐，培养合格的人才，引领社会的进步。

教师——我可亲可敬的人民教师啊！职业担当着使命，白发聚焦着辛劳，耕耘收获着光荣，奉献蕴溢着崇高。教师——您是人类文明的传播者，您是祖国的伟大精英！每一位有良知的人，有什么理由不去尊重和歌唱人民教师呢？

2021 年 5 月 22 日

教室的变迁

　　我是一位在濉溪县边远农村任教的教师，亲身经历了新中国成立后近六十年教育的发展。农村从没有教室的零散式露天教育到今日的资源共享，均衡发展，实在是一个飞跃、一种辉煌。六十年间各个年代代表性的教育基础状况我依然清晰地记得。

　　1964 年，我读小学一年级。我们的教室是一家农户的两间偏房。这两间偏房，土墙、草顶、窄小、低矮，只有一个小窗棂，地面潮湿，光线阴暗。我们只是在雨雪天气才在房内点燃煤油灯上课，晴天或阴天，我们通常是在室外露天上课。第二年，即 1965 年，五个生产队出资出工，在中间一个自然庄的庄西头盖了五间草房，一间办公室，两间教室，其中，一、二年级为复试班，共用一间教室，三年级一间教室。草房依然低矮，一间教室仅一个小窗棂。靠门的山墙上挂着一个涂着墨汁的"黑板"，学生则席地而坐，趴在自带的板凳上做作业。到了四年级，我们则是到离家七八里路外的学校里上课，这里的条件稍好些。这所学校，有小学和戴帽初中，是三个老大队二十余个生产队出工出资建成的。每三间为一个教室，每一间的前后墙都有木制的小窗户，窗户上吊着麦秸草苫子。晴天时，把草苫子向上卷起来以增强光亮，雨雪天则扯下来以避雨雪。靠山墙有一块约两平方米的木制黑板。小学的课桌是土坯垒成的，同学们则按老师说的用绞股蓝叶梗在上面涂擦。经过反复涂擦，再经过我们破衣烂袖磨来磨去，桌面真的光滑青亮了。1970年至1972年，我在那所学校接着读初中，房屋与小学相同，亦是土墙草顶，常常"茅屋为秋风所破"。只是桌子为木制课桌，凳子是每位同学自带的，长短不齐、高高矮矮。上早晚自习，点的是自带的煤油灯，满教室烟雾缭绕，又有一股煤油味。1973年和1974年，我在公社办的高中读书。1978年9月正是改革开放的第一年，我当了民办教师。虽说学生的课桌仍旧是土坯课桌，但教室是七行垒，三行砖封檐，水泥瓦顶，窗户也大了许多。黑板是水泥制成的，又在其上刷了一层黑漆。办公室里，老师每人一套办公桌椅，山墙上挂着一个壁钟。铃铛已由原来的铁板、铁棍换成了专用的大铁铃。

1983年9月，我师范毕业回家乡的初中带课；1986年9月，我到乡办初中带课。这所初中，两排房子，都是砖墙瓦顶。前排房子，东头是伙房，西头是教师个人宿舍和学生宿舍。后排房子带走廊，八米宽，是五间教室和一间办公室。窗户很大，通风好，光线也好。老师制作复习资料或试卷，都是刻蜡纸，而后在油印机上复印若干份。教室的后面是操场和厕所，生活区、教学区、运动区，三区分明，另有大门、围墙和旗杆。到了90年代，由镇政府集资，先后把两排平房改建成了三层楼房。统一添置了课桌凳，并有图书室、阅览室、多功能教室。开始使用投影仪。真正地实现了"一无两有六配套"，即无危房，有课桌凳和图书室，大门、旗杆、水泥主干道、围墙、厕所和运动场地六个配套，学校在很大程度上也达到了绿化和美化，学校使用了电铃。2010—2013年，学校向后拓展17亩地，单建了两个篮球场，新建了水冲厕所。又新建了教职工和学生食堂，同时新建了三层学生公寓，最后面是新建的环形跑道。2010年开始，班级授课使用"班班通"。学校举行公开教学，教师使用制作的课件在多功能教室里上课，学生的自主、合作、交流和师生的互动有更多的空间，更进一步培养了学生的创新精神和实践能力。图书室藏书 2 万余册，电子图书近万册，又有物理、化学、生物实验室，和书法、美术、乒乓球、舞蹈等多功能教室，为学生的学习、娱乐、健体提供了更多的选择。办公室里，每位教师均有一台电脑供教师们学习与教学之用。农村学校也像城市学校一样实现了"优质均衡"发展。

　　作为一名老教师，亲历农村学校教育的发展，有无限感慨：有了祖国的强大，才有了教育事业的迅速发展。

发表于 2019 年 8 月 15 日《淮北日报》

沸腾的校园

2002 年 12 月 29 日上午，祁集镇薛场小学全体师生正在举行教学楼落成典礼。前来祝贺的有安徽口子集团领导、海孜矿领导、祁集镇领导和全镇 30 个行政村以及 33 所学校领导。校园内沸腾了起来。

早在 2000 年 8 月，这所学校的全部校舍就被县有关单位鉴定为 D 级危房，师生们几度露天上课、借民房上课或者冒险在危房里上课。2002 年春，薛场村两委新班子上任后，多次召开党员干部和村民代表会议，共商建校大计。他们在不向群众集资的情况下，由镇教委协调，通过争取县危房改造项目款、前陈圩村搬迁费和社会捐资等多渠道筹措资金。从 7 月 19 日开始施工到 12 月 20 日全面竣工，一所投资 37 万、两层 30 间的教学楼便耸立在祁集镇东南方的土地上，成为祁集镇东南的一颗耀眼明珠。在筹建过程中——口子集团总经理刘安省为家乡小学个人捐赠课桌凳 100 套、办公桌椅 10 套和其他物品，价值 2 万元；海孜矿捐 20 吨黄沙、20 吨水泥；祁集邮电所主任王凤军个人捐款 1000 元；濉溪县东方建筑公司减免建筑费 1.2 万元；又有在外地、本地工作的各界人士和本村干群捐款 8 万余元。

1 月 14 日上午，薛场小学全体师生又一次沸腾起来。安徽口子集团在薛场小学举行爱心助学捐赠仪式。市、县团委与祁集镇团委结对子，安徽口子集团团委发动全体团员青年向薛场小学捐赠了价值近 2000 元的文体用品，另捐现金 3000 余元，又向 5 名特困生每人每年捐助 300 元，直到他们小学毕业。

2003 年 1 月 22 日发表于《淮北日报》

张云波，好人

秋雨缠绵，佛灯不熄；浍水呜咽，滚滚东流。秋雨缠绵，送走了一位两袖清风、热情坦荡的好人；浍水呜咽，哭泣着这位文冠相城、善良勤奋作家的永远离去。濉溪县教育局教育科科长张云波同志艰难而又乐观地走完了他 57 年的人生路程，时间永远定格在 2021 年的 8 月 18 日。

张云波同志当过老师，做过学者，任过领导，又是一名作家。他干一行、爱一行，行行是状元；他做家事、做国事，事事堪称楷模。他的确是一位好人，一位众口皆碑的好人。

张云波同志在濉溪师范读书时，各科成绩优异，英语学科尤为突出。1982 年濉溪师范毕业后，他又通过进修获得英语本科学历。他先在家乡的沈圩联中教英语，后被临涣中学请去带高中英语。他送走了一届又一届英语高才生，培养了许多英语精英。后任临涣中学业务副校长等职务，他被评为"中学英语特级教师""安徽省英语骨干教师"，又被评为"全国优秀教师"。

张云波同志是一位成就卓著的学者，他到濉溪县教育局教研室当副主任时，带领教研室人员进行教学研究，有十多名教师在国家、省、市级课堂教学比赛中获得一、二等奖。他成为国家基础教育实验中心外语教育研究中心研究员、《英语辅导报》特约编辑，实在是实至名归。他研究临涣、濉溪和淮北的历史文化，出版了《临涣史话》《濉溪印记》《濉溪历史文化辑录》，参与撰稿《濉溪县志》《濉溪县教育志》等书籍。

张云波同志也是一位好领导。他曾任过临涣中学副校长、濉溪县教育局教研室副主任、濉溪县教育局教育科科长。无论在什么单位任什么职务，他都平易近人、态度和蔼、为人正直、胸怀坦荡。教育局的一些同志在一起怀念张云波同志时说："我们这些人，你可能有这样的缺点，他可能有那样的不足，但在张云波身上就找不到缺点和不足。他在各个方面都做得很好。"是的，他的热情待人就曾经让我感动过。2014年春，我按文件要求，以教师身份向省文联投稿。而后我去教育局与他闲聊，他就向我要稿子。接着我的散文、小说和一篇长达万字的文学评论都发表在《濉溪文艺》上了。那次闲聊是我与张科长的第一次接触，他就给了我那么大的鼓励，真的是出乎所料，怎能不让人感动？由此，他的正直善良和待人热诚，可见一斑。

张云波同志更是一位至善至美、笔耕不辍的散文大家。他忠于祖国，心系百姓；他胸有大志，也眷恋小家。他在去年抗击新冠疫情时，歌颂白衣战士——歌颂他们中母亲的儿子、丈夫的妻子、孩子的妈妈、推迟婚期的恋人……他在病中写下遗嘱，那份对妻子、对儿女、对小家的爱溢于言表，而且请求家人在他死后把他能捐的器官捐给贫穷和善良的人，把他的骨灰撒在濉河之中，无与伦比地彰显了他的家国情怀。他在《浍水自悠悠》中写道："我对'河流'的概念始于家乡的浍河……流淌的河水，游动的鱼虾，丰美的水草，飘飞的柳絮，空气中的泥腥味和野草香，河岸边的吆喝声和号子声，都柔柔地温暖过我的心扉。"正因为他无比热爱家乡的一草一木和家乡的生活，他的散文集《研磨时光》中对家乡的人和事才描写得那样生动感人。张云波同志的散文有物有序有情有文采，语言流畅、洒脱、诚挚、厚重，而且很多散文引经据典都给予历史性的追根溯源。应该说，他的散文创作在淮北的作家中是很少有人能比拟的。他写的《临涣赋》《临涣中学赋》《濉溪中学赋》《乾隆湖赋》等诸多辞赋甚至可以与许多古代优秀作品相媲美。

　　滚滚浍水澎湃向前，那是张云波同志至善至上的宽阔胸襟；岸边青松蓬勃向上，那是张云波同志大爱无疆的高尚品德。他的胸襟与品德将永远引领我们为伟大祖国的繁荣富强而贡献力量。

　　张云波同志精神永存！

2021 年 8 月 21 日

浍水的呜咽

风啸啸，雪皑皑，水冰冰，人泣泣。松披白雪，浍水呜咽。我们都为周维光老师的永远离去而万分悲痛。周老师，您用您踏实的脚步、光灿的思想和正直的人格走完了自己 85 年的人生历程；现在，站在您遗体前的，有您的亲属、您的同事和您的学生。这些有声无声哭泣着的人，心里都有共同的一句话，那就是："周老师，您永远活在我们心中！"

我们永远不会忘记，您谨言慎行，甘于奉献，是一位大写的人。我们这一届学生，是在 1970 年至 1972 年上初中的。您带我们的语文、政治课，又一直是我们的班主任。无论是开班会，还是与学生促膝谈心，无论是您上的一节节课，还是为我们做课外辅导，您都有计划、有步骤、有礼节、严谨认真。在老师中，您从不多言多语，但只要开口，就能说出令人信服的道理。您尊重关爱每一位学生，与学生同甘苦。1972 年冬天，我们快要毕业了，您每天晚上和我们一起熬夜；我们睡觉了，您还在煤油灯下备课，批改作业，甚至到了深夜，您还到我们的庵棚里查看睡觉情况，帮我们叠衣服、盖被子；次日早上，起床铃还没有响，您就已经早早地起床了；您离家很近，但不是星期天，我们总能看到您在学校工作的身影。1970 年到 1972 年正值"文革"期间，您为我们批改作文，用语不当的地方，您总是画括号，从不打红杠杠。现在想来，这也是您的严谨认真啊！

我们不会忘记，您是一位对党的教育事业无限忠诚的人民教师。您关心着每一位学生的成长，善于做学生的思想工作，而且方法多种多样，开班会、个别谈话、表扬与批评、家访等。您的家访每学期总不少于三次，我们不少学生是因为童稚，还是因为对您的崇敬，总是跟在您的后面，走村串户，来到同学家里。您在教学上更是一丝不苟，认认真真。备课，上课，布置与批改作业，课外辅导，考试阅卷，刻印范文，等等，年复一年，日复一日，不走样、不偷懒，修身慎独。您在教学方法上也总是不断探讨。您给学生说："咱们学一课，就要会一课，不要吃夹生饭。"力图学则必会。我曾经学习过您的备课，有的是讨论提答式，有的是解析式，也有的是目的教学法，您总能根据教材实际而选择不同的教法与学法，绝不千篇一律。您关注学生特长，促进学生全面发展；您协调各科教师，力图让学生学好各门功课；您重视音体美这些非升学考试科目，绝不让老师占用这些科目的课程教学时间。三年，一千多个日日夜夜，终于换来了丰硕成果。那年，咱们班 28 名同学考取高中 17 名，在全海孜公社名列第一。

我们不会忘记，您是一位教书育人、为人师表的楷模。您不为名利，不计得失，默默耕耘，无私奉献。无论是烈日炙烤的盛夏，还是冰封雪飘的严冬，无论是雄鸡初唱的清晨，还是万籁俱寂的深夜，您总是废寝忘食、默默无言地工作着，从不叫一声苦，从不说一句累。您教学生学会求知，学会生活，学会做人，学会创新。记得您在我初二下学期的操行评语中写道："作为班长，工作要有计划性。"您的这一教导让我受益终身。几十年来，为公为私，凡事我都计划在先，而后按计划操作，尽量减少不该出现的差错。这也更使我懂得了"授之以鱼，不若授之以渔"的道理。七八十年代，您的不少学生走上了工作岗位，有的像您一样加入了教师队伍。您总是关心着我们的学习、关心着我们的生活、关心着我们的成长。您常常通过我们询问那些在其他岗位工作的学生和在家务农的学生们。您的一生还有着讲文明讲卫生的良好习惯。您生活朴素，着装得体大方，哪怕是粗布衣衫，也总是折叠得有棱有角，一尘不染；您的言谈举止，文质彬彬，温和谦恭，显现了作为教师的职业素养。

周老师，您永远活在我们心中。我们永远是您的学生，是您的孩子，是您羽翼难丰的雏鹰。我们会永远牢记您的教诲、缅怀您的功绩，走正自己的人生之路的。

"捧着一颗心来，不带半根草去。"周老师，您的离去，我们的悲痛是无法表达的。那覆盖大地的白雪呀，分明就是天公为恩崇于您的学生所做的孝衣；那汩汩流淌的浍河啊，分明就是忠诚于您的亲朋、同事、学生永不枯竭的泪水；那浍河两岸的松青呀，分明在抒写着一位普通人民教师的伟大人格与崇高精神！

周老师，我们伫立在您的遗体前，为您祈祷、为您祝愿、为您送行——我们永远难忘的恩师，您一路走好！辛苦了一辈子的周老师，您安息吧！

2010 年 2 月 16 日晚草就

注：周维光老师于 2010 年 2 月 15 日去世，2 月 17 日上午在百善殡仪馆火化。此篇文章为在周老师遗体告别仪式上的发言。

黄牛赞歌

——记祁集中心学校双沟小学王立功校长先进事迹

王立功同志,男,1956 年 10 月出生,中师学历,中共党员。1975 年 2 月参加教育工作;1984 年 9 月任双沟小学教导副主任;1995 年 9 月至 2001 年 8 月在大马家小学任校长;2001 年 9 月至今重回双沟小学任校长。他三十多年如一日,一心扑在教育事业上,爱岗敬业,奉献无私,团结协作,吃苦耐劳。他曾在大马家小学,旧双沟小学和调整布局后的新双沟小学新建平房和楼房 45 间;他常常带病坚持工作,从不耽误学生的一节课;他为了协调学校工作,调动教师的教学积极性,多次牺牲个人利益。他于 1997 年 9 月被县政府评为"两基工作先进个人",又于 2007 年被县政府评为"优秀教师"。2012 年 9 月,被淮北市政府评为"优秀教师",同年 12 月被濉溪县政府评为"感动濉溪"十佳人物。

他所工作过的学校全校师生和地方群众无不称赞他为"一头拉车不松套的老黄牛",这是对他的最高奖赏!

一、走三校,改变校容校貌,令人钦佩

1995 年 9 月,王立功同志由双沟小学调入大马家小学任校长,那时正值"两基"创建,经县教育局及其他有关部门鉴定:大马家小学的前排房屋要加固维修,观察使用;而后排房屋属 D 级危房,必须停止使用,推倒重建。在这种情况下,他与时任村支部书记的马继朗同志一起，日夜奔波，筹措资金近10万元，维修了前排教室10间，进校院的主干道铺成水泥路，安装了大铁门，新换了钢筋旗杆，最主要的是新建了后排7间平房，真正实现了"一无两有六配套"。1996年9月新房投入使用。

2001年8月23日，祁集镇教委又把王立功同志调回双沟小学，仍然任校长。当时双沟小学后排房屋梁断裂，用槐木顶上；墙后断裂向外倾斜，用水泥棒柱上；瓦顶断裂，多处脱落，用塑料纸压上；门窗断裂倾斜缺钢筋柱，用铁条拧上。县教育局多次发出停止使用的通知。学校由于没有其他的房屋，大晴天学生在危房里冒险上课，阴雨天只得停课。面对这种情况，事业心与责任心强烈地刺激着、催促着他做出尽快推倒重建后排14间平房的决定。他的这一决定得到了村两委的支持。首先，他卖掉自家的小麦和黄豆筹集资金3万元，村两委筹措了3万元；接着他又向市、县教育局打报告，市、县教育局先后均拨款3万元；后来，包点双沟小学的淮北市委副书记康理同志出面协调，又筹措1万元。2003年3月到8月底，王立功就用这13万元建成了17间平房。为了建房，他白天黑夜地筹资金、跑材料、看场子，吃住在工地，很少回家。为此，儿女们本来定好的婚期也被他推迟了，因为他没时间和精力去操办儿女们的婚事；懂事的儿女也非常理解他们的这位舍小家顾大家、心系师生以校为家的好爸爸。2005年9月12日，市委、县政府、市县教育局领导来双沟小学调研农村办学情况，学校得到各位领导的高度赞扬，后市教育局又拨款1万元，送100套课桌凳，两台电脑，进一步改善了办学条件。

2008年8月，当时的祁集镇政府和祁集镇教委决定双沟小学和马沟湾小学合并成新的双沟小学，校址在2003年就已停办的双沟联中的旧址上。由于当时双沟联中缺少房屋,新的双沟小学只能办三至六年级,而原来的马沟湾小学和双沟小学暂保留学前班和一、二年级。双沟联中只有 20 世纪 90 年代所建的平房 12 间,4 个教室和两间边房,由于失修,12 间房屋间间漏雨,且门窗不齐,破烂不堪。又由于停止办学,校内杂草丛生至齐腰深,又有群众种的玉米,还有原村委堆积的一处炼铝的废渣,二氧化硫毒气大,真是一片废墟,一片荒芜,一片难闻的气息。

怎么办呢?

王立功同志又带领全校 6 位教师清除杂草,掩埋炼铝废渣,又与村两委联系,维修校舍,铲平道路,砍掉自生的树木,把学生们请进了旧址新校;6 位教师仅用两间不到 30 平方米的边房,实在不够住,又让村委腾出一间房子。这样,作为第一步,师生有地方住的任务算是基本完成了。接下去,王立功校长从 2007 年到 2009 年,用了三年的时间,发扬了跑断腿、磨破嘴、缠到底的精神,向市委市政府、市县教育局、镇委镇政府、中心学校处处苦诉校情。2009 年 10 月,淮北教育电视台专题报道了双沟小学清理废墟,将在这里建教学楼的事迹。县教育局先后拨款 200 余万元,镇拨款近 10 万元,于 2010 年 7 月在旧址北边新征的土地上破土动工,于 2011 年 4 月,新建教学楼 30 间,共 1240 平方米,又新建了水冲厕所及围墙,硬化了水泥路面和部分水泥地面活动场所,绿化、美化了校园。2011 年 5 月,师生们兴高采烈地搬进了新房。到 2013 年 5 月,这个学校又建成了 540 平方米的食堂宿舍,新建了围墙、下水道和门卫室,又新添了 20 余万元的幼儿园设施与设备。这些,能够满足学生的食宿条件,也能满足学校文体活动的开展,并能保证师生的安全。

双沟小学旧貌变新颜（陈宏　摄）

在这近三年的建校时间里，他吃冷饭，睡庵棚，查三校（双沟小学和两个教学点），吃了多少苦，受了多少累，人也瘦了 10 多斤，师生们无不为之感动。

二、为育人，带病坚持工作，可歌可泣

1996 年 7 月，正值暑假，也正是大马家小学建后排房屋的关键时期。一天中午，天色阴暗，马上有可能下大雨。正在吃饭的王立功同志把饭碗一推，骑着自行车就往学校赶去。由于路面高低不平，再加上他心急如焚，骑车太快，猛然间摔倒了。当时摔得他胸口喘不过气，左腿多处擦破了皮，疼痛难忍。但他想到上午刚拉来的水泥没有盖塑料纸，就忍着剧烈的疼痛，坚持把自行车推到学校，并且很努力地在一位住校教师的帮助下，用塑料纸把水泥盖上。刚盖好，大雨倾泻下来，而王立功同志倒在了庵棚里。后经胸透和 X 光拍片检查，诊断为"胸肋微伤，肌肉拉伤"。暑假的这两个月，他一天也没有休息过。摔伤后的前半个月他坚持晚上输液，白天建房，一天也没停止过。新学期开始了，师生们住进了新房，"胸肋微伤，肌肉拉伤"的王立功同志，又继续操劳学校的工作，坚持教学第一线，从不耽误学生的一节课。1997 年 3 月濉溪广播电视台报道了王立功同志改变校容校貌的事迹。2006 年教师节前，他骑摩托车去慰问家住祁集的一名原双沟小学的退养民师，不幸出了车祸，倒在地上，额部出血，昏迷了5个多小时，在百善医院治疗，全用的是自家的钱，在医院住了三天后，就坚持回校上课。2006年10月淮北教育电视台报道了他的事迹，后淮北电视台又在"直播淮北"栏目中报道了他因公出车祸，用私钱治病，带病工作的事迹。2008年也是在教师节之前，也是"两节"（教师节与中秋节）慰问教师，又要到中心学校协调因扩班需增加教师事宜，在骑摩托车向祁集去的路上，王立功不幸被追尾的摩托车撞倒，当时就说不出话，喘不过气。一个认识他的人，给学校打电话，家人把他送进了淮北矿工医院。经查他的脊椎骨第三、四节骨裂。按理说，王立功要休息三个月左右方能出院，可是他想着自己的学生，想着学校的工作，他仅在医院里待了十余天，便不顾医生和家人的劝阻，毅然回到学校。那段时间，王立功每天都是被学生用平板车拉到学校的。钢板夹身，拄着双拐，他每转身挪动一步，都要忍受剧烈的疼痛，但他展现给学生们的总是一张灿烂的笑脸。

王立功校长带病拄杖上课（陈宏　摄）

他以一个共产党员、一个人民教师的形象抒写了无愧于共产党员、无愧于人民教师的光辉篇章。他的事迹也许是平凡的，但他的精神却是高尚的!

三、办食堂，带头拾柴做饭，奉献无私

双沟小学的学生都是周边村镇的适龄儿童，留守儿童较多，许多孩子中午都不能回家，只能买些零食充饥。王立功看在眼里，记在心上。

他在围墙旁边修建了两间简易学生食堂。没钱请厨师，老师们下了课便到食堂里为孩子们烧火做饭。

王立功校长为学生拾柴做饭（陈宏　摄）

"条件太艰苦了……"一天，正在做饭的李明主任禁不住失声痛哭，引得在场的老师哭成一团。但是想到孩子们离家太远不能正常吃饭，想到当时已经 53 岁的王立功校长还要开着手扶拖拉机去拾柴火，老师们擦干了眼泪，坚持了下来……

每天早上三点起床，为孩子们炕馍、炖汤，这是王立功每天的"必修课"。打扫卫生、做饭、刷碗，每一样都少不了他。"我只是希望自己能多做些，让其他老师可以把更多的时间都放在教学上。校长是一面镜子，是一所学校的灵魂。作为校长，就必须要担起这个责任。"王立功说。

学校简易食堂的创办，方便了学生的生活与学习，体现了全体教师吃苦耐劳、团结奋进和王立功校长身先士卒、无私奉献的

精神。

四、讲和谐，牺牲个人利益，精神可贵

2006 年之前，这个学校一直存在着村、校自聘教师。每到学期结束，学校里没有钱，王立功就用自家的钱垫付自聘教师的工资。2002 年新建原双沟小学的 14 间平房时，他卖掉自己的小麦、黄豆筹资 3 万元为学校建房使用，又推迟了儿女们的婚期。他两次因公负伤，在医院住院治疗全部用自家私人的钱，绝不让学校支付一分钱。学校的老师们和其他领导都一致认为王立功校长因公负伤，理应由学校支付医疗费，但他却婉言拒绝："你们的心情我心领了，但学校也是没有钱；再说了，财去人安，只要大家能全身心地把学校的工作搞好，我就心满意足了。"2011 年 10 月，教师定编定岗，根据县教育局的文件精神和祁集中心学校制定的实施方案，又通过全体教师讨论和投票，王立功校长应该长两级工资，但他让给了别人，只愿意长一级工资；后来发现个别教师有情绪，就干脆把这一级工资也让给了别人。绝大多数教师都认为"校长不应该这样"，但他说："只要大家没有意见，能够团结和谐搞工作，我个人牺牲点利益没关系。"他的这一行动，更加激发了全体教师教育教学的积极性，更加唤起了同志们团结协作、顾全大局、努力工作的时代品质，更加促进了本校乃至周边学校的和谐与稳定。

"细微之处见精神。"在王立功同志三十多年的教学生涯里，在他许多看似平凡却催人泪下的事迹中，展现了一位共产党员顾全大局、牺牲个人利益的模范风采，体现了一位人民教师爱岗敬业、无私奉献的崇高品质，闪现出一位小学校长吃苦耐劳、团结协作的人格力量！这位被当地人民评价为"老黄牛"的普通教师，作为"感动濉溪"的十佳人物，当之无愧！

2012 年 11 月 16 日

民办教师的赞歌

民办教师曾经撑起农村学校教育的一片蓝天，今日伟大祖国的繁荣富强分明地抒写着民办教师的心血与汗水。我要为当年的民办教师唱一曲赞美的歌。

中华人民共和国成立后，教育实行两条腿走路的方针，即公办教师与民办教师相结合，让一部分有文化的农民充实到教师队伍中去，充实到学校教育里去。农村的一所完全小学，六七个班级，仅有八九位教师，而这八九位教师中，只有一两位是公办教师，七八位是民办教师。农村的一所初中，五个班级，仅有十位教师，而这十位教师中，要有六七位是民办教师，可以说，没有民办教师，就没有当时的农村学校教育。

民办教师吃的是红薯饭，穿的是破烂衣，有的时候身上或许还会有泥巴，但他们的心是红的，工作起来是没日没夜、非常狂热的，他们的热情和干劲及一天又一天的拼搏与担当是我们现在的年轻人无法想象的。

民办教师具有吃苦耐劳的精神。20 世纪六七十年代，很多小学一开始是借民房上课。而后民办教师们则自己和泥、垒墙、拓坯、建房。房子建好后，他们又拓坯、制泥台子，让学生到野地里拔绞股蓝在泥台子上使劲涂擦，将泥台的桌面涂擦得青亮，学生们夜趴在泥台子上听课、做作业。民办教师们制作草毡子挂在窗棂上。晴天的时候，把草毡子卷起来，通透阳光；雨雪天则把草毡子松下来以避雨雪。他们还时常带领学生给生产队拾棉花、掰玉米、搂小麦等。在扒砂姜、铺路的那些时日里，他们则带领学生拾砂姜、背砂姜、拉砂姜到铺路的工地上去。在"三夏"或"三秋"的大忙季节，民办教师既不耽误学生一节课，又要抢收、抢耕、抢种，真的是苦不堪言。民办教师具有爱岗敬业的精神。他们和公办教师一样，总是认真备课、上课、批改作业，认真做课外辅导，认真做好班主任工作，认真做好学生的思想工作，暑寒假前，认真做好学生的操行评语，鼓励学生不断进步。他们不迟到、不早退、坚持不请病事假。由于他们工资微薄，买不起手表，家里也没有壁钟、挂钟，上早自习往往凌晨两三点就到了学校。他们嫌冷，只得抱柴草在办公室里烤火。他们平时重学习、重教研、重自己所带学科的考试成绩。民办教师还具有乐于奉献的精神，为了提高学科成绩，他们对退步了的学生，对学困生，对经常迟到、早退的学生、对上课精神不集中或经常打瞌睡的学生，则采用家访或促膝谈心或个别辅导的方法，让他们迎头赶上，笨鸟先飞。孩子病了，他们要么交给爷爷奶奶看病，要么交给外爷姥姥看病，交给不在学校的妻子或丈夫看病，自己则坚持不请假，不耽误学生的一节课。20世纪五六十年代，他们白天为学生上课，晚上则身背小黑板，步行好几里路，到农民夜校里去给农民上课，教他们识字，教他们科学知识，教他们劳动技术，用以提高农民的思想道德素质和科学文化技术素质。民办教师更具有知足常乐的精神。他们的工资很低。从50年代的每月补助2元钱到60年代的每月补助6~8元钱，再到70年代的每月补助12元钱。另外，生产队再给民师补助一些粗细粮和柴草。作为民师，他们不攀比、无怨言，反感到很满足，能得到这些补助，他们往往心存感激。1996年到1998年，国家对民办教师实行关（不再接收新民师）、转（直接转为公办教师）、学（即上学，上了两年学之后再转为公办教师）等办法，民办教师全部转为公办教师，他们对此感激不尽。

民办教师对伟大祖国的贡献可谓大矣。我们试想一下，现在30~70岁的中华人民共和国的建设者们，无论工业、农业、国防、现代科学、文化、教育、卫生等各个领域的精英们，有哪一个不是当年的民办教师培养出来的？今日伟大祖国的繁荣富强正抒写着千百万民办教师当年最为艰辛的付出！

民办教师曾经是农村学校教育的主力军，是伟大祖国繁荣昌盛的建设者、践行者和亲历者，历史不能也不会把他们忘记！

2022 年 8 月 16 日草成

中考这几天

2003 年春末夏初，"非典"肆虐。按照上级的部署，濉溪县祁集初中设点中考。县教育局派来的工作人员和监考教师于 6 月 22 日到达考点，23 日上午召开培训会，粘贴座位号，下午开放考场，24 日至 26 日三天考试。这 5 天的时间里，我有幸参与了中考的全过程。

这几天，我们经历了自然风云的变幻。6 月 22 日，瓢泼大雨从高空倾泻不停；6 月 23 日，太阳从层层乌云中挣脱出来，露出欢快、热情的笑脸，迎接着远道而来的园丁们；6 月 26 日，我们沐浴在凉爽的晨风里，沐浴在灿烂的阳光里，沐浴在淮海战役总前委指挥部旧址小李家人民和祁集初中师生的深情厚谊里。这大自然风云的变幻，让我们更加深刻地体会到这自然的生命和生命的自然。

这几天，我们经受了大自然的各种考验。狂风骤雨摇撼不了我们为选拔人才而无坚不摧的坚强决心，蚊虫的叮咬咬不断我们与考点、与师生的一片深情，烈日炎炎热不倒我们战高温、胜酷暑的钢铁意志。

这几天，我们领略了考生们奋战考场的拼搏精神。昨天，星辰陪他们求索，灯烛伴他们展卷，苦读赶走了酷暑，求真退缩了严寒；今天，他们带着老师的教诲，带着爸妈的叮嘱，带着父老的企盼，以喜悦把握成功，用信心在考场鏖战；明天，他们将驾驭知识之舟，乘风破浪，勇往直前，用日益丰富的知识去迎接那知识经济时代的各种挑战！

这几天，我们都在各自的岗位上做出了出色的贡献。监考老师深知选拔人才责任重如泰山，认真负责，运作规范；保卫组人员接送试卷每天早出晚归，顶烈日，吃冷饭，毫无怨言；宣传组工作千头万绪却秩序井然；医疗组接到任务便立即拟订方案，严阵以待，救死扶伤，跑集市、蹲考点；后勤组近 20 名同志，早起 4 点半，晚上熬到整 10 点，炒热菜，拼冷盘，包水饺，烹烧煎，送茶水，喷药液，洒一片真情，流几身热汗；其他领导、工作人员和服务人员团结协作、凝心聚力、忘我工作、无私奉献。如此才打了这一场场胜仗，才获得了各级领导的高度称赞。

这 5 天的时间里，学校与学校之间、个人与个人之间增进了了解，加深了友谊，沟通了心理，强化了情感。这 5 天的时间相当短暂，但它或许——不，它一定会让你难以忘怀，印在心间，以至于下午踏上归途，很多老师依然流连忘返。这 5 天的时间，会是一个音符，它正跳动在你生命的优美旋律里；这 5 天的时间，会是一股细流，澎湃向前；这 5 天的时间，会是一朵蓓蕾，它一定会绽放在你桃李芬芳的教学生涯里。

有道是，同是教书育人才人，相逢何必曾相识。今天，我们为了完成中考任务，从不同的乡镇、不同的村庄、不同的学校、不同的府宅，走到了一起；明天，我们又将各就各位，伟大寓于平凡。那么，就让我们牢记 5 天相处的友谊，听着那欢快的涛声，乘着那改革的大船，扬起那时代的风帆，劈风斩浪，一个劲地向前、向前！

注：此稿草成于 2003 年 6 月 26 日中考最后一场的装订试卷时，即最后一场结束时的总结讲话。

作文批改 "六要"

作文批改，"批" 是指教师对习作所写的旁批（眉批）和总批（尾批），"改" 是指教师在卷面上对文字及标点方面的改动。对于中学语文教师来说，我认为在具体的作文批改时，应该做到"六要"。

（一）要符合科学性。教师要根据教学大纲的要求和训练的重点去批改作文，否则就不具科学性。要研究学生所写作文，或描写景物，或叙述事情，或阐述观点，是否具有科学性。例如"月明星稀"具有科学性，而"明月高悬，繁星点点"就不科学了。还有一个文风问题，要从言之有物、言之有序、言之有情的角度去指导学生作文，去批改学生的作文。

（二）要注意启发性。教师对学生作文的批语，无论是旁批还是总批，都应当注意启发性，尤其是总批，采用启发性的评语，可以避免空泛笼统、千人一面的现象。教师的任务不应该只是伏案批阅、绞尽脑汁地考虑怎样把批语写得有分寸，更重要的是要通过卷面批改和当面指点，或设问，或质疑，或点拨，启发、引导学生开动脑筋，思考问题，以便促使学生自己把文章改得更好些。例如，一位同学在《记一位拾金不昧的好同学》这篇作文中，虽然描写了这位同学 "拾金" 前的自然环境和 "拾金" 后寻找失主的感人情景，但缺少两个方面的描写，我在对应段落加上这样的旁批："在这里，你做了自然方面的描写，很好。但：

（1）路上有没有行人？若有行人，他们为什么没有发现这个钱包？（2）这位同学从发现钱包到拾起钱包，再到决定寻找失主的过程中，有着怎样的心理活动？相信你能够把这一段改得更好。"这位同学对这段批语乐于接受，而后果真改得很好。

（三）要坚持针对性。所谓针对性，就是要针对学生作文的实际情况，有的放矢地进行批改。它包括两个方面：一是要针对学生本人的实际情况。学生的作文水平总有好、中、差之分，那么，教师对不同学生作文的批改也就应该有层次上的要求之别。二是要针对本篇文章的训练重点、作文目标，批改在要害处、关键处。如果眉毛胡子一把抓，势必会事倍而功半。张志公先生在《谈作文教学的几个问题》中说："针对实际，就是'因势'；合乎正确的方向和准则，才能'利导'。真正做到因势利导，教师能少做许多无谓的工作，节省不少的时间精力，而于学生则大有裨益。"（见新蕾出版社 1982 年版《作文教学论集》第 216 页）

（四）要注重鼓励性。教育学、心理学都告诉我们：学生的求成性较强，情绪表现强烈且延续较长；学生往往会因为受到表彰和赞扬而感到愉快和光荣，从而形成一种良好的心境。教师在批改学生的作文时，如能恰切地运用鼓励性的语言，使他们感受到教师的信任，无疑会使学生乐于接受。要知道，学生习作中的点滴创造，正反映他们的智力和能力发展上的某种突破，经教师鼓励，他们便会从不自觉到自觉、从点滴创造到更多的新创造。如果对学生习作中的优点不去加以肯定，而对习作中的不足却板着面孔大加训斥、指责，那就会使学生产生逆反心理，其结果则是拔苗助长，欲速则不达了。因此，教师对学生习作中的优点还是不足，都应该写上鼓励性语言。那种看了卷面涂抹、字迹潦草就轻率写上"扎眼、重抄"的做法，实在要不得！在实施素质教育的今天，鼓励学生有所发明、有所创造，就更为重要。

（五）要讲究实效性。作文批改的实效性，一是要多就少改，如叶圣陶所说："有可批才批，无可批即不批，不一定眉批段批总批一应俱全。"二是批改作文前，要通读全文，以避免那种看了后面发现前面改错了的现象。三是从实际出发，因"人"制宜，因"文"而异。四是要做批改随笔。记录下学生在习作中经常出现的错别字、病句、不当的描写，和内容上、结构上的通病；也记录下达到训练目标的地方，尤其是好的习作，以便为作文评讲提供依据。我还在作文备课中设计了"学生优秀作文选抄"一项，每次作文都把学生中好的习作连同批改在内抄写下来，以便为本届学生复习之用，或为下届学生提供参考。

（六）要合乎规范性。作文批改的规范性，要求教师：（1）语言要合乎规范，即符合语法，不夹杂方言。（2）字要写得规范，即要写得正确、清楚、端正、工整，并力求熟练、美观，不写错别字、不写繁体字、不写不规范的简化字。（3）要评定作文成绩，即在作文题目之前打分数或划等级。（4）要在总批右下角写上批改的日期，（5）总批中的每一个字、每一个标点都要独占一格，并注意行款格式。（6）要正确使用作文批改的符号，不能随心所欲地胡乱勾画。

作文批改是作文教学中的重要一环，是提高学生写作兴趣与能力的一项重要工作。因此，作为一个语文教师，尤其是中学语文教师，在批改学生作文时有必要而且有责任坚持不懈地做到上述"六要"。果能如此，学生的写作水平一定会不断提高的。

发表于 1999 年 12 月《濉溪教研》

课堂 "提问" 浅见

提问是由教师提出问题并与学生共同讨论的一种教学方法。提问里大有学问，它对提高教学质量至关重要，现就这个问题谈一点粗浅见解。

首先，提问是贯彻教学大纲、发展学生智力、培养学生能力的有效途径之一。提问，可以促使学生积极思维，可以调动学生学习语文的主动性和积极性，可以激发学生的求知欲。它是进益的起点，是求得知识、培养能力、发展智力的必由之路。初中学生已经有独立思考的倾向和要求，有求异思维的萌芽，善争辩，爱追求。根据他们这种心理特点，在语文教学中就应因势利导，引导学生进行独立钻研和探索，善于发现问题，敢于质疑问难。

其次，提问是摒弃注入式、运用启发式的主要方法。发现问题、提出问题是我们学习课文、理解课文的起始阶段。能启发学生积极思考，发挥其主体作用，引导他们根据已有的知识经验，通过判断推理来获得新的知识。它由此提高课堂教学效果，进而培养学生能力，提高教学质量，达到事半功倍的效果。

再次，提问的成功与否，是课堂教学成败的关键。无论是复习旧知识，还是传授新知识，也无论是单一课型，还是综合课型，提问这种教学方法同样适用。提问设计得好，运用得好，绝大多数学生都能积极思考，课堂气氛活跃，师生均能在轻松愉快的心境中顺利完成教学任务。反之，课前不认真设计提问，课中不灵活巧妙地运用提问，取得好的课堂教学效果只能是一句空话。

另外，坚持不懈地运用提问的教学方法，能够培养学生勤于思索、善于思索、发现问题解决问题的良好习惯，在潜移默化中"授之以渔"。

问的种类很多，各种问都有它的作用。恰当地选择问法，注意问法的变化，便可显示出问的艺术。概括起来，提问主要有以下五类十种方法。

（一）聚合问与发散问。聚合问，即为找出某确定性答案而提出问题。发散问，即为找出某一问题的某些答案而提出问题。聚合问，有确定答案，目标明确，线索清楚，只要问题设计得好，便可培养学生思维的敏捷性。发散问，内容丰富，富于变化，学生可各抒己见，答案不需整齐划一，因而可引发活跃的思维，丰富的联想。它们的共同作用是培养学生的创造性思维。

（二）类推问与比较问。类推是"比照某一事物的道理推出跟它同类的其他事物的道理"。这种类推性的提问就叫作类推问。例如教《我的叔叔于勒》一课，在揭示课文的主题时就可以进行类推问。确定同类或相似类的事物之间的异同，叫作比较。这种比较性的提问就叫作比较问。例如，在教《孔乙己》和《范进中举》之后就可以设计比较问。类推问与比较问可以培养学生类推、比较、分析、综合、判断等的能力。

（三）顺问与倒问。按照事物的时间顺序、空间顺序或课文的自然顺序去问，叫顺问。把这种顺序倒过来，或从中间突破，往回追溯，便是倒问。顺问，条理清楚，能反映事物本身的过程，易为人们接受；倒问，具有曲折性，独特性，能激发学生思考的兴趣。

（四）直问与曲问。直截了当地提出问题，是直问；通过旁敲侧击提出问题，是曲问。直问，比较直接明快，可以迅速地揭示矛盾，得出问题答案；曲问，引人入胜，富有趣味性。低年级学生可多一点曲问，高年级学生可多用直问。直问培养学生的思索习惯、思维品质，曲问培养学生的分析、综合能力。

（五）浅问与深问。难度较小、容易找到答案的提问，是浅问；难度较大、费思才能回答的提问，是深问。浅问可以照顾大多数，使学困生不致丧失信心，可为深问做必要的铺垫。深问，有利于引导学生奋力"跳一跳"去摘"果子"，也符合苏联教育家赞柯夫的"高难度教学"原则。

在实际教学中，提问的方法远不止上述十种，还有插问、集体问、分组问、个人问等等，更多的是多种提问方法的综合运用。提问方法的选用，要根据具体的教学情境而定。

总体上说，提问要有准确性、针对性和启发性。具体说来，运用提问，要注意以下十个问题：①问，要紧紧围绕教学目的要求，完成课堂教学任务。②问，要能够引发学生的思维。当问必问；不当问的不问；可问可不问的少问。不可搞花架子，不要搞形式。③问，要能放能收，做到放得开，收得拢，杂而有度，散而有神。④问，要把握深浅，难易适中，面向全体，根据课堂情境，应变自如。⑤问，要双向互动，可以老师问学生，也可以学生问老师。⑥问，要适时适人。要在"心求通而未得，口欲言而不能"之时，要因人而异，绝不能先叫人后提问。⑦对所提问题的答案不能要求绝对统一。⑧要注意变换提问形式，如口头提问、书面提问。⑨对学生回答问题要多做鼓励。⑩对学生提出的问题，教师要"知之为知之"，不要强不知以为知。要实事求是，态度坦然，千万不能胡乱回答，或者搪塞回避。

发表于 1996 年第 6 期《安徽教育科研》

谈谈中学语文教学中的导语

　　导语，即教师在课堂上导入新课时所说的一段话。十几年来的初中语文教学实践，使我深刻认识到导语在语文教学中（尤其是在中学语文教学中）的作用是不可忽视的，我们必须正确选择和使用导语。

　　为什么说导语在中学语文教学中是不可忽视的呢?

　　首先，恰当地运用导语是实现教学目的的有效方法之一。1986 年国家教委颁发的《全日制中学语文教学大纲》，确定教学目的为："中学语文教学必须以马克思主义为指导，教学生学好课文和必要的语文基础知识，进行严格的语文基本训练，使学生热爱祖国语言，能够正确理解和运用祖国的语言文字，具有现代语文的阅读能力、写作能力和听说能力，具有阅读浅易文言文的能力。在语文教学的过程中，要开拓学生的视野，发展学生的智力，培养学生的社会主义道德情操、健康高尚的审美观和爱国主义精神。"这个"教学目的"包括了知识的、能力的、智力的、思想道德的和审美的目标，它是中学语文学科的总目标，对全国中学语文教学具有制约性和全面指导的作用，作为一个中学语文教师是必须遵循的。根据课文体裁和内容的不同，只要我们能够恰当地选用好的导语，就有可能实现教学目的中诸多方面的一个方面。例如：《我的叔叔于勒》《竞选州长》《普通劳动者》《周总理，你在哪里》等课文可以从德育方面设计；《反对自由主义》《事事关心》《"友邦惊诧"论》等可以从德育或者智育两方面设计（德育自不必说，智育则可由旧入新、从论证的方法这个角度设计导语）；《菜园小记》《果树园》《岳阳楼记》《醉翁亭记》等课文可从德育、美育、智育方面设计；《赵州桥》《苏州园林》《晋祠》《登泰山记》等课文则可以从美育或智育方面设计。

对可从多方面设计导语的课文，要根据自己的实际情况和教材的重点择而取之。以《岳阳楼记》为例，若从德育方面设计则可运用这样的导语："同学们，我们大都知道'先天下之忧而忧，后天下之乐而乐'的名句。这一名句出自谁作的哪篇文章呢？"在同学们回答之后，接下去说："对的！这一名句出自北宋的政治家、文学家范仲淹所作的《岳阳楼记》。这篇文章就是我们今天要学的课文。那么，这一名句的含义是什么？表达了作者怎样的感情？我们应该怎样正确评价它呢？这些问题在我们学完课文之后就会解决的。下面我们就开始学习这篇课文。"若从智育、美育方面着眼，则可这样设计导语："同学们，我们已经预习了《岳阳楼记》这篇课文。作者对'岳阳楼之大观'的描写、对情因景异的抒写、对'异二者之为'感情的抒发写得多么好啊！他是怎样描写的？它好在什么地方？学完课文后你觉得课文的写法会对你的作文有着怎样的借鉴作用？好，下面我们就认真地学习这篇文章……"

其次，恰当地运用导语，能够协调师生心理，引起学生的学习兴趣，激发学生的学习积极性，收到好的教学效果。

我在教《我们对于一棵古松的三种态度》时运用了引趣式的导语："同学们，在我们未学习新课之前，我先讲一个小故事。一年夏季的一天，一个烧窑的、一个打煎饼的、一个打铁的、一个吹喇叭的，四个人于树下纳凉闲聊。那个烧窑的说：'天真热啊，跟火烤的一样。'那位打煎饼的接着说：'可不是嘛，跟油煎的一样。'那位打铁的又接着说：'别看这么热，要是"嘡喤"一场雨——'话音未落，那位吹喇叭的便接下去说：'那庄稼可就"嗯啊"一声起来了。'"（注：嘡喤，拟声词，拟打铁之声；嗯啊，拟声词，拟喇叭之声）我刚讲完故事，学生就全笑了起来。我接着说："这个故事叫'三句话不离本行'。想想看，他们四人的话是怎样不离本行的？咱们今天学习的《我们对于一棵古松的三种态度》写的是哪三种态度？这三种态度与持这三种态度的人有着怎样的关系？说明了什么道理？课文与我所讲的小故事哪些方面是相同的？"这个小故事，使师生心理得以协调，情感得以沟通，使学生的学习兴趣更加浓厚。导语，是推动学生学习的直接动力，其主要职能是使学生把学习化作自己的愿望和需要。恰当地运用导语，会收到事半功倍之效。再次，恰当地运用导语，能够使学生明确学习目的，培养并提高学生的观察力和注意力。心理学告诉我们，初中学生在观察过程中有无意性、情绪性、轮廓性、片面性等弱点；又告诉我们识记有有意识记和无意识记之分，注意有有意注意和无意注意之别。我们根据教学目的而设计的导语，能使学生目的明确，集中注意力，加强有意识记和有意注意，从而保证语文教学效果的提高。

还有，恰当地运用导语，能使师生互相信任，感情融洽，创造一个积极和谐的教学氛围，在这样的环境里，学生的感受是兴奋的，情绪是高昂的，因而能促进学生记忆、领悟、思维等活动；而智力活动的成效，又会提高学生学习语文的信心和乐趣。

另外，课课恰当地运用导语，能让学生寻其规律，加强新旧知识的联系，丰富学生的联想，增强学生的美感，培养学生对本学科的兴趣、爱好。

正因为导语在中学语文教学中有着重要的作用，大凡中学特级语文教师，都是在"导语"上下功夫的。上海特级教师于漪的教学经验就足以证明这一点。上海教育出版社出版的徐金海等撰写的《中学语文教学探索》中有这样一段话："学生学习新知，接受新课，一开始就得引起他们学习的兴趣，调动他们的积极性，这是很重要的。"于漪有个习惯，她喜欢在这个"一开始"上面做文章。换句话说，她善于在每堂新课的"导语"部分下功夫，花力气。因此，于漪每教一课新课，她都能根据不同类型的文体，不同风格的文章，设计不同的导语。

那么，导语通常有哪些方式呢？

（一）描绘式。即通过对与课文内容有关的环境、人物等的描绘而导入新课的一种方式。这种方式的导语，可以抓住同学们的心，唤起同学们学习新课的浓厚兴趣。

于漪在教《茶花赋》时是这样娓娓动听地导入课文的："今天，我们学习《茶花赋》，作者杨朔。这篇文章发表于一九六一年。这篇散文是一首歌颂伟大祖国的赞歌。祖国，一提起这神圣的字眼，崇敬、热爱、自豪这些美好的感情就会充盈我们的脑际。我们伟大的祖国有五千年的古老文明史，有九百六十多万平方公里的辽阔土地，有许多令人神往的名山大川，还有勤劳勇敢的各族人民。每当提起这些，我们的心中就涌起热爱祖国的感情来，可是要我们拿起笔来写的时候，有的同学就写不出来了。有的同学就问，祖国那么大，怎么表达？同学们的问话很有道理。对于这样一个主题，怎样才能表达得具体形象，而且写出新意呢？杨朔的《茶花赋》在这方面给了我们新的感受与启发。"（徐金海等编《中学语文教学探索》，上海教育出版社，第3页）究竟是怎样的不同感受呢？于漪老师和她的学生一起到那情景交融的优美意境里去遨游、浏览、寻觅。

（二）联想式。即根据课文的内容，通过联想（或新旧知识，或周围环境，或作者生活片断等）导入新课的一种方式。

我在教《沁园春·雪》一课时是这样设计导语的："同学们，今天我们学习毛主席的词《沁园春·雪》。一提到雪，我们的眼前就仿佛呈现出雪花飞舞、冰雪覆盖、天寒地冻的景色。古往今来，许多文人墨客曾描绘雪景寄以情怀。同学们想一想，柳宗元在《江雪》中是怎样描绘雪景的？王维的《观猎》又是怎样描绘的？岑参的《白雪歌送武判官归京》中对雪景的描绘又是怎样的呢？"在学生逐一回答之后，我又接着说："这些都是诗，毛主席用'词'的形式描绘了奇特的雪景，上、下两阕分别抒发了作者怎样的感情呢？"实践证明，这样的导语，感情真挚，知识丰富，启发性强，新旧对比，相映生辉，能够激起同学们对伟大祖国壮丽河山的热爱和对当代英雄的赞颂以及对毛主席宽阔胸怀、伟大气魄的认识与理解。

（三）提问式。即根据课文内容通过提问导入新课的一种方式。这种方式，往往能够抓住课文的重点、难点和容易搞错的疑点，钩出文章的"精义"，迅捷地打开学生思维的门户。

例如，《我的叔叔于勒》一文既可以按照德育设计，用描绘法直接导入新课，也可以传授写作知识，用提问式设计导语。若按后者，导语则可以这样设计——讲授一开始就提出一个令人思考的问题："这篇小说，我们已经预习过了。现在，请同学们说说看，这篇文章的主人公是谁？"在学生说出不同答案，教师统一认识后，可接着问："既然主人公是菲利普夫妇，为什么作者偏以《我的叔叔于勒》命题？作者是怎样描写于勒的？这篇课文所揭示的主题是什么？这些问题，在我们学习之后，就可以明白的。"设计这种提问式的导语，既能为学生钻深吃透课文打下基础，又能在学生脑海里激起新的"悬念"，使学生产生强烈的求知欲望，真可谓导而弗牵，精妙恰当。

（四）谈话式。即根据课文的内容，通过谈话慢慢导入新课的一种方式。这种方式——教师徐徐谈来，慢慢触及主题，轻松愉悦，洒脱自如，或描述，或提问，或抒情，或议论把学生带入教师所设想的意境中去；学生呢，随着教师的漫谈，或静听，或作答，或说笑，或凝思，待老师揭示了课题，学生才恍然大悟。真可谓：师生双方共同活动，自然而然地接受新课。和谐妥帖，加深记忆，领悟要旨，历久不忘。

前年，我去武汉市二十九中听课，那位女教师在讲《批评和自我批评》一课时所用的导语至今我记忆犹新。在学生致礼、教师还礼、学生坐下后，这位执教老师看了看地面，微笑着说："今天，我要表扬一下值日生。同学们知道为什么吗？"学生有的说"地扫得干净"，有的说"扫了地，还泼了水"，还有的说"黑板擦得很干净"。教师接着说："说得都对。我还要提一个问题，那就是有谁今天早上没有洗脸吗？请没有洗脸的同学举手。"老师环视了一下，点头，说，"没有举手的，这说明同学们都洗了脸。那么我们为什么要天天洗脸，天天扫地呢？"在同学们议论之后，老师又接着说，"脸是要经常洗的，不洗就会灰尘满面；地是要经常扫的，不扫就会满地灰尘。"稍停了停，她又接着说，"那么，如果我们有了缺点和错误，该怎么办呢？"很多同学异口同声："要开展批评和自我批评。"置身于教室中的我，耳闻目睹此情此景，深感她的导语紧扣课题，源于生活，自然而然、耐人寻味、发人深省。

除了上述四种导语方式外，还有四种导语方式。一种是激疑设悬式，即根据课文内容，通过激起疑问、设置悬念导入新课的一种形式。再一种是引趣式，即根据课文内容，通过讲引有趣味的故事导入新课的一种方式。还有一种是评介式，即根据课文内容，通过评论、介绍作者作品或介绍课文大意导入新课的一种方式。另外一种是审题式，即根据课文内容，通过分析课文的题目而导入新课的一种方式。

种种导语各有侧重，在实际教学中，选用哪一种最为恰切呢？我想，这要根据课文体裁、内容、课文所表达的感情，文章风格和师生双方的实际情况而定。同时，也还有一个导语综合运用的问题。前述的一些证例中，就有不少是属于综合运用的。我在这里只能说：优美的散文，文学性比较强的说明文，以描绘式、联想式为宜；诗词曲或者学生对某作品的作者已经熟悉的，以联想式，提问式为宜；一些议论文（尤其是立论文）或者文题比较有趣的文章，可用审题式。

使用导语必须持谨慎态度，要充分准备和精心设计。因为它是一课书的开头。应注意：①使用导语要目的明确，扣题而导；要兼顾文章的内容、情感、风格，得体自然，恰到好处。绝不可故弄玄虚，牵强附会，或低级趣味，卑陋粗俗。②教师要选用相应的贴切得体的语言，描写、叙述、议论抒情都要与文章所表达的感情相吻合、相协调，语调自然，富有感情色彩。若无病呻吟，情不对题，将会弄巧成拙，适得其反。例如《周总理，你在哪里》一文，可用崇敬怀念、沉痛的语调描绘周总理的丰功伟绩，描绘悼念总理的人群，若你眉飞色舞，喜气洋洋，岂不有失庄重悖于氛围，情不符文吗？③教师要使用普通话，语言要力求形象、生动、有趣而幽默，具有感染力，切忌平淡乏味，闻而生厌。④要注意借助手势、眼神、表情、姿态等，加强语言的表现力与感染力。⑤使用导语要适可而止，时间不宜过长，一般限制在 5 分钟内，否则将喧宾夺主。⑥使用导语同样要注意教师的主导作用，要放得开，收得拢，绝不能随意发挥，离题千里，不着边际，该止不止。

导语在中学语文教学中有着重要的作用，因此，作为一个中学语文教师，一定要在进行新课时，以谨慎的态度，富有表现力与感染力的语言，恰切而精当地选用导语，以实现本课的教学目的。并且，持之以恒，达到不断提高教育教学质量的目的。

1998 年获安徽省中学语文教学论文三等奖

新世纪教师素养

——浅论教师的"五个水平"

在经济全球化、政治多元化，科学技术迅猛发展的今天，社会对人才素质的要求越来越高。未来的公民不仅要有较高的科学素质，还要有较高的人文素质。国际的竞争首先是人才的竞争。他们必须会生存、会学习、会合作、会创新。我们国家早在20世纪90年代初期就根据国际竞争和国内发展的要求开展实施素质教育。素质教育最根本的特征是以人为本、面向全体学生、促进学生的全面发展、培养学生的创新精神与实践能力。在21世纪，我们国家开始进入全面建成小康社会和和谐社会的新时期。我认为，在新世纪新时期，人民教师必须根据素质教育的要求，具有较高的政治思想水平、文化专业知识水平、教育教学水平和学习与创新水平，以及身心适应水平。

一、教师要具有较高的政治思想水平

有无较高的政治思想水平是教师能否取得教育教学成绩的关键所在。教师要具有广泛的政治理论知识，要认真学习时事政治、通晓宪法和一般法律，认真学习教育法律法规，用以做到遵纪守法；要认真学习马列主义、毛泽东思想、邓小平理论和"三个代表"重要思想，学习哲学，用以不断提高思想觉悟，增强明辨是非的能力；认真学习教育战线涌现的先进人物的先进事迹，用以巩固专业思想、端正教学态度。教师较高的政治思想水平往往表现在远大的人生理想、高尚的道德品质和执着的敬业精神上。教师只有有了较高的政治思想水平——才能自觉地用职业道德规范去规范自己的行为；才能用自己高尚的言行去影响他人、影响社会，真正做到教书育人、为人师表；才能有强烈的事业心和高度的责任感；才能跟上时代的步伐不断地接受新思想、新理念，不断地更新知识、不断地提高教学水平，取得较好的教育教学成绩。反之，则不思进取，不求上进，不愿学习和实践新理念、不愿投身教学改革，思想消极，工作敷衍，甚至堂上熬时，堂下逍遥，日复一日，误人子弟。

二、教师要具有扎实的文化专业知识水平

文化专业知识水平是教师从事教育事业的基础。首先，教师要有广博的普通文化知识。教师的工作，像蜜蜂酿蜜，需要博采众长。为了实现教育的文化功能，为了在学生的学习生活中发挥指导、引导的作用，为了在学生学会学习的过程中起到示范作用，教师必须具有人文社会科学知识、自然科学知识和现代科学技术知识。教师的普通文化知识不仅要渊博，而且要饱学有识，将其内化为个人的文化素质，从而使自己成为具有高尚精神境界和健康人格特点的人类灵魂工程师。其次，教师要有足够的所教学科知识。教师所教学科知识是指教师所具有的特定的学科知识，如语文知识、数学知识等，这是人们所普遍熟知的一种专业知识。教师是知识的传授者，教师传播的内容应该是教师所掌握和了解的知识；教师要创造性地完成教学任务，首要条件就是他的所教学科的知识必须达到必要的水平。再次，教师要有扎实的专业知识，即教育教学知识。它包括普通教育学、心理学、教育心理学，还包括学科教育学（学科教学论、学习论和课程论）以及教材教法的知识。当前，要特别关注建构主义理论和多元智能理论在教学中的应用。教师的普通文化知识、所教学科知识和教

育学科知识并不是孤立存在的，教师在教学实践中，应将三种知识相互沟通、相互融合，形成具有个性特点的文化专业知识结构。作为一名合格的教师，只有文化知识水平高，才能居高临下地"传道授业解惑"，也只有加之以高专业知识水平，才能掌握和运用教育教学规律，选择教学方法，使"传道授业解惑"得以更好地进行。同时，只有有了较高的文化专业知识水平，才容易接受新的知识，才有利于教法和学法的改革。如果你的文化知识水平低，课本上的题目尚且做不好，更何况课外题目呢？如果你对学生搬来的课外题目说不清道不明，一题两题许多题，他们还相信你吗？一个在学生中失去了威信的教师怎么能搞好教学呢？如果你的专业知识水平低，甚至根本不懂教育学心理学，不学习新课程新课标，不把握学科特点，不研究教学内容，不分析学生的心理，对每节课内容，每一堂课，每个学生，总是抱着两本书（教科书和参考书），一个模式，一张面孔，一副嗓子，其结果只能是事倍功半。

三、教师要具有高超的教育教学水平

教师高超的教育教学水平主要体现在以下几个方面。

（一）明确的授业目标。素质教育已经把教师的授业目标定位在人文教育和科学教育相结合的整合教育上，即强调德、智、体、美全面发展的教育，强调以人的发展为本。因此，我们在培养学生文化素质的教育时，不仅要重视知识的传授，而且要把知识的传授和道德精神的熏陶和修养结合起来。学校和教师应当从全面塑造人出发，细致设计课程体系、着重建设整体环境，以便从教学的各个环节和学校的诸多方面培育完善的人。课堂教学是实施素质教育的主渠道。了解学生、钻研教材、备课、上课、作业的布置与批改、教学反思、课外辅导等各个环节，复习、进新、练习、测评、小结等课堂教学的各个结构，都要把重视人的

全面发展放在首要地位。就某一学科来说，义务教育阶段的整体教材、每册教材、每单元教材、每课或每章节教材、每一节教材的内容都是相互联系，由浅入深的，教师应当把促进人的全面发展这个整体目标分解到每节课的教学中去，使每节课都有明确而又恰切的教学目标。

（二）恰切的教学方法。教师在课堂教学中，一定要认真选择适合教材实际和学生实际的教学方法。好的教学方法能够把握"三维目标"，把握重点难点，把握课堂结构，根据两个实际，面向全体学生，激发学生的学习积极性，充分把时间与空间还给学生，充分把发现问题解决问题的过程交给学生，让学生自主学习、合作学习、探究学习，培养学生的发散思维、求异思维和良好的思维品质，培养学生的创新精神与实践能力，收到好的教学效果。反之，教学方法不好，不懂得选用导语，不注重层次过渡，不把握重点难点，不讲究课堂提问，不研究板书设计，不善于处理突发问题，不会激发学生的学习兴趣，不考虑怎样渲染课堂气氛，不会控制和转移学生的注意力，学生只能是被动地、无目的无心思地强迫自己听话，其结果是走了不少弯路而效果甚差。就语文教学而言，当前我国涌现了许多教改流派，如以宁鸿彬为代表的思维派、以于漪为代表的情感派、以钱梦龙为代表的导读派、以魏书生为代表的管理派、以武振北为代表的目标教学派等，这些流派的思想和方法落实到课堂教学中各具特色，各有优势。我们应当一方面博采众家之长，"拿来主义"，为我所用；另一方面可融会贯通，创造出适合自己的教学方法来。

（三）精湛的课堂艺术。一堂课从导语开始，直到小结本课时教学内容、布置作业，时时处处都能反应执教者的课堂艺术。以语文教学为例：①使用导语要恰切。无论是描绘式导语、叙述式导语、承启式导语，还是讲故事导语、解题式导语、谈话式导语、提问式导语等等，要根据课文的体裁，课文的具体内容，课文的感情基调而定。②课堂结构间的过渡要自然，要注意上下知识的联系，要巧妙地设计提问。无论聚合问与发散问、类推问与比较问、直问与曲问、深问与浅问、集体问与个人问……都要问在当问时，问在关键处。③要尊重学生，鼓励学生，注意沟通师生心理，协调师生情感，面向全体学生，重视个别差异。④要把握"三维目标"，注意文道统一。⑤要不断变换教法与学法，激发学生学习兴趣；要巧设教学情境，促进师生互动，重视信息反馈，及时课堂调控。⑥课堂语言要正确流畅，得体自然，幽默风趣，庄谐相间，讲究语言气势，富有感情色彩，有感染力和穿透力，并要注意形体语言的恰切配合。⑦要培养学生的求异思维和创新精神。⑧课堂板书要直观、精当、巧妙。⑨一篇课文的几堂课时间，一节课的开头与结尾，都要力争相互照应，联系紧密，浑然一体，自然天成，要使自己精湛的课堂艺术形成独特的教学风格。

（四）科学的育人方式。育人是一个大的概念，它包括课堂教学在内的所有能够对学生起到积极教育作用的各种活动方式和方法。从大的环境上说，学校和教师要建立一个好的课程体系，要在每一门课程中贯彻素质教育的精神，要通过第二课堂和校园环境来达到良好素质养成的目的。从具体的个案来说，教师要因材施教，循序渐进，晓之以理，动之以情，耐心细致，热情关怀。

（五）先进的教学手段。随着科学技术的迅猛发展，教师们也已经由原来的使用小黑板到使用投影仪，再到现在的使用电脑制作教学软件、使用多媒体教学，教学技术越来越现代化。这种先进的教学手段，直观、动感、立体感强，课堂教学效率高，是过去的那种原始教学手段所无法比拟的，有条件的学校、教师们要学习并使用现代化教学手段。

四、教师要具有良好的学习与创新水平

作为一名人民教师，一定要有严谨的治学态度。要勤奋好学，孜孜不倦；要惜时如金，合理安排；要讲究学习方法；要养成良好的学习习惯。今天我们要有终身学习意识，活到老、学到老，不断地接受新知识，解决新问题。要经常与学生一起交流学习的体会，培养学生的学习习惯，对学生授之以渔。教师还要有创新的思维方法，要在抽象思维、形象思维、灵感思维、创造性思维、求异思维、发散思维等各个方面训练自己。如前面所说，使自己获得渊博的文化专业知识，在学习中成长，在教学中成长。还要有求实的研究态度。要从自己的生活实际、学习实际、工作实际、教学实际、自己的教学对象实际出发，学专业知识、学教改理论、学新课标新理念，并切实应用到自己的教学实践中去；然后，再通过教学反思、总结经验教训，抓住自己常有的闪念式的某一点，只要有可能，就按程序深入研究，或者立课题研究，做"专家型""研究型"教师。更要有不懈的进取精神，无论何时何地，无论教育教学教研，都要坚持不懈，锐意进取，持之以恒。

五、教师要具有健康的身心适应水平

教师既是脑力劳动者，又是体力劳动者。生活在学校里，生存在社会中，更与学生朝夕相处。生活会给你酸甜苦辣，教学也会常常让你产生喜怒哀乐。因此，作为教师，必须具有健康的身体素质和心理素质。身体健康和心理健康是一个人全面健康的两个同等重要的组成部分。身体素质健康是指人体在运动、劳动与生活中所表现出来的力量、速度、耐力，以及灵敏性和柔韧性的能力，教师特定的生活环境和工作特点，要求教师的身体素质要全面发展，而重点应体现在具有较强的耐受力、反应敏捷、精力

充沛、耳聪目明、声音洪亮等诸多方面。提高教师的身体素质应从五个方面努力：注意饮食营养；坚持体育锻炼；合理使用大脑；注意用眼卫生；讲究用嗓技巧。心理健康，即心理素质高，心理的承受能力强。教师健康的心理素质应表现为精神乐观朝气蓬勃，情绪平静风趣幽默，胸怀宽广心境愉快，毅力顽强坚忍不拔。提高教师的心理素质，也应努力于五个方面：①正确理解身心关系，以身体健康促进心理健康，身与心相互促进。②正确对待紧张事件。③自觉培养耐受挫折的能力。④善于自我调节，做情绪的主人。⑤时刻保持乐观、镇静、从容的心理状态。健康的身体素质是教师思想政治、科学文化、能力、心理等各种素质的物质基础；健康的心理素质是教师获得知识技能的内在条件，是影响知识技能内化为自身精神财富的重要因素。健康的身体素质与心理素质两个方面相互联系、相互促进、相辅相成。

综上所述，政治思想水平是关键，文化专业知识水平是前提，教育教学水平是条件，学习与创新水平是不断创造辉煌的保证，健康的身心适应水平是做好各项工作的基础。这"五个水平"同样是相互联系、相互促进、相辅相成的。每一位人民教师和立志做一名新世纪合格的人民教师的同志，都必须努力提高这"五个水平"。同时，这"五个水平"又是无止境的，即使是这"五个水平"都很高的教师，也需要再学习、再认识、再提高！请相信，只要你这"五个水平"过得硬，你就一定会做出成绩，获得荣誉，再创辉煌！

关于作文命题的几点思考

在作文教学中，作文命题是一个很严肃、很重要的问题。我想就此谈谈自己的几点思考。

一、作文命题的地位和作用

《初中语文教学大纲》中指出："语文是学习和工作的基础工具。语文学科是学习其他各门学科的基础。"作文，是语文学科中一种最主要的作业，是识字、写字、用词造句、布局谋篇、运用语言文字表达思想感情的综合训练。从社会交际上看，口语和书面语用途日益广泛，意义日益深远重大，作文教学就更加重要。作文命题是作文训练过程中继写前准备之后写中指导的第一步。这一步关系到学生作文的成败，关系到对学生作文能力的培养。因此，对于语文教师来说，作文命题对提高学生的思想道德素质和科学文化素质，对培养学生的作文能力就成为"重中之重"了。

二、作文命题的四个依据

作文命题应该依据形势，依据生活，依据教材，依据教学大纲。

教学大纲是教师从事教学时必须遵循的纲领性文件。《初中语文教学大纲》中对"写作能力"和"写作训练"都有比较明确、比较细致的规定。如果不依据大纲命题，作文教学就会多走弯路，达不到大纲规定的教学要求，完不成教学任务，或者失之偏颇，事倍功半。语文学科是对学生进行思想品德教育的主要学科，语文教师有责任让学生在作文中反映社会、反映时代，表达自己的思想感情。因此，作文命题理应依据形势。依据生活命题就是要根据学生的生活实际、年龄实际、知识实际去命题。新编中学语文课本中，每一单元后都编写了作文训练，且有很多个作文题目，它对学生的作文起到了明显的指导作用。作文与范文相结合，学以致用，训练重点突出，强调了训练的序列性。因此，语文教师在进行作文教学时，可以而且应该依据教材命题。

三、作文命题的两种基本形式

命题是为作文训练定向。命题的两种基本形式是直接命题和间接命题。直接命题是由教师直接制定作文题，要求学生按题作文，不能走题。直接命题又有全命题、半命题、隐命题、模仿命题、逆命题、选词命题、炼意命题、缩写、改写、扩写等十多种形式。间接命题也称命意作文，即不直接提出作文题，教师或提供某些思考、抒情、联想、推断、猜测的依据，或提供某种实情、实景、资料，或提出写作范围，或提出某个写作要求等等，由学生自行命题作文。常见的间接命题有给材料命题、情境命题、看图命题、观察命题、实践命题、访问命题、联想命题、续写等很多形式。无论是直接命题还是间接命题，许多形式都不是截然分开的，关键是要灵活地掌握它、运用它。

四、两类作文命题的得与失

在长期的教学实践中，直接命题作文已成为教师们一种固定的模式，成为一种最重要的形式，随着教育改革的不断深入，间接命题作文越来越引起人们的重视。但究其实，我认为两类作文命题对完成大纲规定的作文教学任务，对培养学生的作文能力，对发展学生的智力各有长短、各有得失。

直接命题作文既有限制性，又有提示性。学生按照文题本身去构思，由于文题在内容、选材等方面有许多选择余地，因此，同一命题对学生来说，照样能够"八仙过海、各显其能"。第二，直接命题作文能够较好地体现作文训练的序列性。教学大纲对写作训练有明确的规定，新编语文教科书，课文与作文训练的安排都比较符合学生的年龄特点与认知实际，均体现了循序渐进的原则。第三，直接命题作文便于教师指导、提示。第四，直接命题作文的优劣好把握尺度，好评判分数。但是直接命题作文也有它的短处：其一，忽视了学生的拟题能力，不便培养学生的分析、综合能力。其二，长此以往，容易造成学生的依赖心理，学生淡化了创造意识，从而习惯于在教师圈定的思路模式和规定范围内进行思维和写作，这显然对于学生独立思考和处理问题能力的提高以及人才的脱颖而出都是相当不利的。同时，直接命题作文容易造成学生作文千篇一律的现象。

间接命题的长处：一是有利于培养学生的分析、综合能力，培养学生的拟题能力；二是有利于培养学生的思维能力尤其是创造性思维能力，有利于人才的脱颖而出。短处是：一味间接命题，不利于靠近大纲，不容易对学生进行序列训练，较难完成教学任务；再就是不利于教师对学生作文的指导；同时，对不同的作文，不容易把握评判的尺度。

五、作文命题应注意的几个问题

作文命题除前面提到的要紧扣大纲，要讲究训练的序列性，要符合形势，要深浅适度，符合学生的年龄、生活与知识实际外，还要：①命题要明白准确，切忌模棱两可，似是而非，甚至文题本身是病句。②两类命题要同时进行，各取所长，相得益彰。正式作文、试卷上的作文可以多一些直接命题作文；课后作文、周记、参观、浏览等可多一些间接命题作文。③命题要考虑学生前篇作文的具体情况。学生前篇尚未达到某一训练目的，或有某一通病，就有必要为达到这一训练目的或纠正这一通病而另命新题。④命题要有充分准备，绝不能不备课而上课时随心所欲、盲目命题。

发表于 1996 年第 6 期《淮北教育》

新理念下中学语文教师的课堂语言

教师的学科教学任务在很大程度上是靠课堂教学完成的；而课堂教学的效果，又在很大程度上是取决于教师的课堂语言。语文教师的课堂语言，对激发学生的学习兴趣、引导学生理解语文学科工具性与人文性的统一、促进学生热爱祖国语言文字、提高语文教学质量至关重要。在新课程、新课标、新理念下，过去的那种家长式、说教式、注入式的课堂语言已经被今天的这种民主式、鼓励式、探究式的课堂语言所替代。

现根据语言的学科特点，结合自己的教学实践，谈谈在新的理念下语文教师的课堂语言应该努力的几个方面。

一、规范恰切

语文新教材在用词、造句、布局、谋篇等方面更具有典范性，这就要求语文教师的课堂语言必须规范化。教师要能够运用普通话正音、正字、范读、讲析，并教会学生运用普通话。教师的课堂语言还应符合现代汉语规范化的要求，符合语法修辞与思维规律，不断充实和扩大语言的信息量，以便加深学生对教材的理解，力戒语病、方言土语等。恰切的意义在于：一是遣词恰当，造句要符合语法的要求。教师所选用的词语能确切地表达自己的思想、情感和意志，同时又是学生已经掌握并与教师有共同的表象和理解的词语。二是指课堂语言要适合学生的特点和课文要求。教师要根据学生的年龄、年级、生理、智力（观察力、记忆力、思维力、想象力）、情感、意志、个性倾向性，以及已有的知识经验等特点，选用学生易于接受、能够接受、乐于接受的语言。教师的课堂语言还要符合课文的体裁、内容和感情要求。对记叙文、说明文、议论文、诗歌、剧本、文言文等不同体裁的课文，教师在读、讲、析时所用的课堂语言都会不尽相同。即使是同一体裁，由于课文的内容和感情基调不同，教师的课堂语言也会大不一样。例如在教学《十里长街送总理》和《开国大典》时——在语调方面，前者低沉，后者高昂；在语速节奏方面，前者徐缓，后者激越；在情感方面，前者哀痛怀念，后者欢快亢奋。同时，教师在讲读时，也应边讲边听，根据课堂的具体情况，实现情感的自我调节。规范恰切的另一方面，要求教师的课堂语言要简明扼要。

二、生动形象

在教学中，教师要善于运用生动、形象的语言，利用学生已有的经验，引起学生的想象，要能够给学生以感性认识，帮助学生理解教材。这在小说、散文、戏剧、诗歌、记叙文教学中尤为重要。课文所描写的事件、景物、景象，很难全部拿到课堂上来，而生动形象的语言，可以不受时间、空间和设备条件的限制，引导学生随着教材内容进行想象，给学生以直观表象，使学生大有"如见其人、如闻其声、如临其境"之感，甚至能够实现学生的再创造，收到更好的教学效果。一般来说，生动形象的课堂语言往往是口语化的书面语，它常常运用比喻、拟人、排比、设问、反问、夸张等多种修辞方法，讲究词序、讲究连贯、讲究韵味。

三、民主和谐

新课标的一个重要理念是以人为本，即以人的发展为本；另一个重要理念是要把握三个维度，即知识与技能、过程与方法、情感态度与价值观。因此：教师要尊重学生的人格与情感，尊重学生的自主学习，尊重学生的个性差异，尊重学生的发现与创造；要充分把学生学习的时间与空间还给学生，把感悟认知的权利还给学生，把思考和表达的时间还给学生，充分体现学生的主动性——以民主和谐的课堂语言营造民主和谐的课堂气氛。无论什么教学模式，也无论是教学模式中的哪一课教学结构，都应该而且能够使用民主和谐的课堂语言。例如，为检查已学知识的掌握情况，以完成知识迁移，就可使用这样的语言：这里有几道题，谁愿意回答吗？或对于什么什么问题，你有什么见解吗？这样以商讨的语气，平等的地位，能够让学生乐于思考，且思维活跃，发散性强。反之，以家长式板着面孔提出问题，则会让学生有压抑感，其思维将受到阻碍，受到禁锢。如果对把问题回答错了的学生，不是和颜悦色、启发诱导，而是动辄批评、讽刺挖苦，甚至体罚或变相体罚，学生就会感到剑拔弩张，人人自危，就会连被动地接受也谈不上了。

四、鼓励探究

教师是学生学习的组织者、合作者、启发者和指导者。教师在课堂教学中，要真诚地鼓励学生自主学习、合作学习、探究学习。通常说，好孩子是夸出来的。我这里要说，好学生是鼓励出来的。教师在课堂教学中要用鼓励的语言，设置鼓励的情境，多做鼓励的工作。鼓励学生探究的方式有两个，一个是，在课堂教学中，精心营造师生对话的氛围。对话是思想的交流，是感情的碰撞。可以师生对话，也可以生生对话。教师要营造平等情境，体现教师与学生地位平等；要把握语文教学（主要是阅读教学）的基本规律，在学生"心求通而未得，口欲言而不能"之时，巧妙地设计问题，鼓励学生积极主动地去发现、去创造。第二个是，努力找寻学生创造性思维的平台。教师要关注学生经历、感受、体验的学习过程，适时提供语文活动的机会，允许学生从不同的角度认识问题，采用不同的方法表达自己的想法，用不同的知识与方法解决问题，鼓励解决问题的多样化。语文教育的两个重点，一是培养学生有创新精神，再是培养学生的实践能力。语文教学中，能够用得上发散思维的任何一个问题都不只是一个答题，学生对问题回答，有的是正确的，有的是相对正确的，有的是某方面正确的，也有的是不正确的。怎么办？教师可以首先肯定他们各自的思维角度，但同时又要对不正确的观点予以指出，充分体现"要注重对文本的研究，要注重对文本规定性的理解"。要让学生共创，要求学生共识，共创即求异，共识即求同。对学生来说，求异是目的；对事情来说，求异是过程。教师要引导学生达到求异与求同的最佳结合。培养学生的实践能力，是要学生在语言实践中学，在生活中学，在生活中运用。

五、富有情感色彩，讲究语言气势

富有情感色彩的课堂语言，能够增强语言的感染力与表现力。教师的语言必须富有感情并通过声调的变化，辅之以适当的形体语言，做到与学生情感交流、心理沟通，引起学生的共鸣，以情激情，从而使学生进入角色，调动学生的思维，激活课堂气氛，实现师生互动。课堂语言富有情感色彩的重要标志是音质悦耳、问题适中、音速适度，并符合课文的感情基调，或描写，或议论，或抒情，都能使学生听得入神，达到忘我的境界。语言气势往往体现在亮丽的文采、丰富的词语、奔放的感情、一致的词序、鲜明的节奏、恰切的修辞和起伏的韵味上。如果教师的课堂语言干干巴巴、颠三倒四、"嗯""啊"不止，有气无力，何谈感情色彩？更何谈语言气势？又怎能不使学生昏昏欲睡？而情感色彩和语言气势的良好表现，又往往要辅之以充分、充沛、恰切的形体语言。形体语言包括声调处理、面部表情、手势动作等各个方面。教师的凝眉思索和恰切使用重音，一定会使学生围绕问题静静地深入思考；教师那欢快、清新、流畅的描绘，一定会把学生带进那《山中访友》的情境中；教师用深沉、悲痛，甚至声泪俱下语言的叙述，一定会让师生一起走进那《十里长街送总理》寻觅总理的人群中；教师的嘴角一动、眉毛一扬、眼睛一亮、手势一挥、面部一笑、身体一躬，都会令学生走进指向的目标中。

六、张弛相宜，庄谐相间

教师幽默风趣的课堂语言，能够调控课堂气氛，起到驱除倦怠、消减凝滞的作用。因此，教师的课堂语言要做到快慢得当，轻重有度，有张有弛，时庄时谐，绝不能整堂课总让学生处在高度集中、紧张的状态之中。

教师提高课堂语言表达水平的途径一是认真学习古代汉语、现代汉语、教育教学理论、教改理论，及逻辑学，进一步掌握教学规律和语言规律；二是多读中外文学作品、多读名家名篇，储备丰富的词汇；三是把握课程标准，吃透教材内容，认真备课，反复琢磨推敲，上课前一句句地把"口语化的书面语"背出来，上课时灵活运用，求得"先死后活，以死求活"，而后不断地训练、不断地发展。

1998年获淮北市教研室中学论文三等奖

在语文教学中培养学生的作文能力

在语文教学中应该而且能够培养学生的作文能力。在语文教学中培养学生的作文能力要找准结合点。我想就这些问题谈谈自己的粗浅见解。

我们应该在语文教学中培养学生的作文能力。首先，我们在语文教学中培养学生的作文能力符合新编《语文课程标准》的精神："写作是运用语言文学进行表达和交流的重要方式，是认识世界，认识自我，进行创造性表达的过程。"《语文课程标准》中的九年总目标为"能具体明确、文从字顺地表述自己的意思。能根据日常生活需要，运用常见的表达方式写作"。其阶段目标：一至二年级叫"写话"，其重点是"对写话有兴趣，写自己想说的话"；三至四年级叫"习作"，其重点是"乐于书面表达""能不拘形式地写下见闻、感受和想象"；五至六年级也叫"习作"，其重点是"能写简单的纪实作文和想象作文"，能写"常见的应用文"。其次，语文教材中的一篇篇课文在很大程度上是学生学习作文的范文，而学生作文的训练具有序列性，应当循序渐进，各年级的语文教材正符合小学各年级的作文训练序列——从易到难，从低到高，从"写话"到"习作"。

我们能够在语文教学中培养学生的作文能力，是因为：①语文教材符合儿童的认识规律——由易到难、由简到繁、由感性到理性，贴近儿童生活，便于儿童接受。课文中图文并茂，有利于学生说话、写话、习作。②课文中存在着许许多多的结合点，足以让学生在学习课文中培养其作文能力。例如各种描写、各种修辞、各种写作方法、恰切词语的运用等。③一些课文后面的练习题和单元上的要求，都有作文训练方面的设计。④语文课堂教学的不少训练方式已经有意无意地培养学生的作文能力。例如片断练习、复述、背诵、造句、诗词填空等。⑤学生正是在学习课文中潜移默化地提高着自己的作文能力。⑥学生在语文学习中，便于根据课文内容，结合自己的生活知识和已有经验，既立足现实，又积极思维、大胆想象，从而"能写简单的纪实作文和想象作文"。

在语文教学中培养学生的作文能力，其结合点主要有以下十四种。

（1）借助解题分析。文章的题目不是随心所欲、信手写来的，但又是多种多样的。有的是以人名、地名或者物名作为题目的，如《少年闰土》《桂林山水》《长城砖》；有的是以事件作为题目的，如《飞夺泸定桥》；有的是以问题命题的，如《黄河是怎样变化的》；有的是以论题做题目的，如《为人民服务》。通过解题分析，除了让学生明白文章的命题有不同的角度，形式多样外，还给学生自己写文章以命题的启示，要根据文章的内容而命题。例如：集中写人的文章可以人的姓名命题；而写一个人的几件事，可以人的名命题，也可以几件事同属一个方面而命题为《一个_____的人》；集中写事的则可以事件命题，如《植树》《闹元宵》等。

（2）借助词语分析。有些词语褒词贬用，有些词贬词褒用；很多词语一词多义，更多的是词语运用得恰到好处。这要把词语放在具体的语言环境中去分析，才能真正理解它的确切意义。通过词语分析，可使学生加深对词语意义的理解，尤其是能让学生感悟到词语的恰切运用对写文章的作用。例如《十里长街送总理》一文的最后一段，有一句话这样写道："许多人在人行道上追着灵车奔跑。"这句话中的"追"字，既描写了"十里长街送总理"的悲痛场面，又描写了人民热爱总理、怀念总理的悲痛心情。在实际教学中，则可通过换词等形式，比较和体会词语的妙用，要求学生在作文中要确切地运用词语。

（3）借助层次分析。篇中有段，段中有层。通过层次的分析，可以让学生明白一个意思是由几个层次表达的，怎样才叫作层次清楚。例如《落花生》一文叙述的顺序是种花生→收花生→尝花生→议花生，层次清楚；课文以花生为重点，通过一家人对花生的评价，突出文章的主题："人要做有用的人，不要做只讲体面，而对别人没有好处的人。"学习这篇课文，教师要有意引导学生在作文时注意层次清楚，重点突出。

（4）借助上下文关系分析。有些文章或者一篇文章的某一段落，有的采用先总后分的形式，有的采用先分后总的形式，也有的采用"总—分—总"的形式。有些文章首尾呼应，还有的文章开头就定了感情的基调和叙事的主线，例如《回忆我的母亲》等等。通过上下文关系的分析，可以让学生明白写文章要巧作布置，注意照应。例如《记金华的双龙洞》，开头写"4月14日，我在浙江金华，游北山的双龙洞"，中间写游双龙洞的过程，所见所感，最后写"我排队等候，又仰卧在小船里，出了洞"。首尾呼应，浑然一体，完完整整，对所游的描写则体现了作者的巧作布置，独具匠心。

（5）借助悬念设置分析。通过悬念设置的分析，可让学生理解和感悟到写文章时巧设悬念，更能吸引读者。例如《黄河是怎样变化的》一课，第一自然段先扬后抑，第二自然段则直接写道："人们不禁要问：像这样一条多灾多难的祸河，怎么能成为中华民族的'摇篮'呢?"这就是设置悬念,旨在吸引读者。读者读下去,就会了解到古代黄河流域自然条件的优越和后来黄河的变化。

(6)借助叙述方式分析。叙述的方式有顺叙、倒叙、插叙、补叙等。在语文教学中,遇到具体的叙述方式,除让学生理解其概念外,还要让学生明白在什么情况下才适宜用某种叙述方式,更重要的是让学生能够在口语交际或写文章时恰当地应用它。

(7)借助语言表达方式分析。语言表达方式有记叙、描写、说明、抒情、议论等。在语文教学中,要让学生明白为什么这个地方用了记叙的方式,而另一个地方却用了说明或议论的方式,更多的地方是几种表达方式的综合运用。要让学生大胆地尝试多种语言表达方式的运用。

(8)借助各种描写分析。描写通常有环境描写、外貌描写、动作描写、心理描写、场面描写、对话描写等。语文教材中,许多课文虽篇幅短小,却描写精彩。在语文教学中,一是要让学生感悟语言的优美,二是要让学生理解某种描写在具体语言环境中的作用,三是做片断练习或在写文章时加以灵活运用。

(9)借助人称分析。就课文所用的人称来说,多数是用第三人称来写的,少数是用第一人称来写的。如《记金华的双龙洞》《我的伯父鲁迅先生》是用第一人称写的,这样写更具真情实感;《再见了,亲人》则是以第一人称的口气写第二人称的事,写得真切、情切、亲切;《倔强的小红军》《狼牙山五壮士》《登山》这些课文则是用第三人称写的,用第三人称利于作者驰骋、挥洒、拓展。在语文教学中,要让学生明白为什么用第一人称或第二人称,以及它们的作用,鼓励学生用第二人称、第一人称写作。

(10)借助各种修辞分析。要分析各种修辞的特点,各种修辞在具体语言环境中的作用，可让学生用某一修辞或造句，或说一段话，或写一段话。鼓励学生在自己的写作中恰切运用修辞手法。

（11）借助标点符号的分析。必须让学生明白在什么情况下使用什么标点符号、各个标点符号的作用、各个标点符号在具体语言环境中的特定作用、标点符号要用得恰切。要指导学生正确使用标点符号（尤其是感叹号、单引号、双引号、书名号、破折号的正确使用）。

（12）借助人物形象分析。对人物形象的分析：是一个什么样的人物？是用什么手法表现人物形象的？这一个人物形象的塑造能够给你（指学生）什么启发？要鼓励学生写片断或写文章。

（13）借助主题思想分析。要分析：主题思想是什么？论证了什么问题？说明了什么事物？是怎样记叙、论证或说明的？文章先写了什么？又写了什么？最后写了什么？为什么那样写？体会选材或组织材料的作用，体会立意。要让学生懂得怎样才算"主题明确，中心突出"。要鼓励学生列写作提纲，写主题明确的文章。

（14）借助写作特点分析。在一课又一课的语文教学中，要让学生明白：①不同体裁一定会有不同的写作特点；同一体裁也会有不同的特点；不同的文章也会有不同的特点。②写作方法在文章中的重要作用。③写作方法千变万化，不一而足。④要根据具体内容选用最佳方法。

在语文教学中培养学生的作文能力，其结合点远不止上述十四种，更多的是多种结合点分析的综合运用。同时，要注意这样几个问题：要根据《语文课程标准》的要求，不能超标，不能故弄玄虚，天花乱坠；要根据教材内容，从以"本"为本到走出课本、走向生活、走向世界；要根据学生实际；要把握训练序列；

在体现训练重点方面，一篇课文有很多结合点，只能把其中的一个或两个作为训练的重点，以防"拔苗助长"；说与写结合；语文知识练习与作文训练相结合；语文分析与培养作文能力要巧妙地结合起来，不能孤立，不能本末倒置；词句训练与篇章训练相结合；堂上训练与堂下训练相结合。

　　总之，只要教师们能够持之以恒地认真设计语文教学中的结合点，巧妙地对学生进行作文训练，学生们的口头作文能力和书面作文能力就会不断提高，而且能够培养学生的作文兴趣和作文习惯，使其终身受益。

1998 年获淮北市语文论文三等奖

浅谈作文备课

作文备课是指中小学三年级及以上语文教师为上好作文指导课或作文评讲课而进行的教案设计。作文备课意义重大，且有章可循。这里只就作文指导课备课谈几点粗浅认识，以求教于同行。

一、作文备课之"的"

作文备课的目的最主要的有以下四个方面。

（一）能够使作文命题得以有效提炼和升华。我在《关于作文命题的几点思考》（1997年《淮北教育》第三期）中谈到，作文命题有直接命题和间接命题两种。直接命题是有完整题目的命题，如《秋色赋》《记一位好同学》《说"勤"》等；间接命题是不给完整题目，而让学生根据思考补充完整的自命题作文，诸如半命题作文、给材料作文、缩写、扩写、改写、读后感、看图作文等。无论是直接命题还是间接命题，作为语文教师，作文命题都应该认真斟酌，反复推敲，以求适合学生各方面的情况，让学生能够写得出来。作文命题十分重要，这是语文教师在备课前需要谨慎定夺的第一个问题。

（二）能够有效避免盲目性，增强序列性。各年级各单元的语文教材都安排了作文训练，而这个训练是由易到难、由简到繁、由记叙文到说明文再到议论文的，是讲究训练序列的，是符合儿童少年的年龄特征、知识层面和认知规律的，是符合新编课程标准的。认真地进行作文备课，能够增强训练的序列，强化训练的重点，有效地落实课程标准。那种不写作文备课，作文课上信手拈来，随意地在黑板上写个作文题目让学生去写作文的做法，实在是一种不负责任、误人子弟、害人害己的态度。

（三）能够培养学生的作文兴趣和习惯。作文备课好了，老师每堂课都在传达着如何才能写好作文的信息，学生知道该怎样观察生活，该怎样向书本学习、向他人学习、向网络学习，该怎样表达自己所见所闻所思的内容，每堂课都能感受到作文的快乐或者分享到作文的喜悦。这样长此以往，学生就能从老师要我写转变到我要写，培养写作的兴趣，才能做到勤于观察，善于思考，勤于学习，勤于练笔，养成凡事必动笔，凡学必记录的好习惯。

（四）能够有效提高作文水平。学生写好作文必须具备三个重要的条件：一是写作入门讲究章法。看到作文题目或某一种材料，或写自己的所见所闻所思，或根据材料拟定问题而后作文，知道该怎样写，先写什么，后写什么再写什么，讲究写作的顺序。二是有事能写，有话会说。有事能写来源于对生活的观察与思考，来源于你学习到的一些信息。只有事情记叙得清楚（议论文中属论据充分），才不会空洞无物。有话会说：两位学生，同样懂得章法，同样有较多的生活观察，而一位在语言表达上丰富流畅、生动形象，另一位不会表达，只搭骨架、没有血肉；那么前位同学的作文就写得好些，后一位同学的作文则逊色许多。三是能够表达出自己的感情。俗话说"文以载道"，你写的文章要能够表达出自己的观点立场和思想感情；另一方面是，文笔流畅、生动感人，有激情、有气势。因此，作为学生要想提高作文水平，必须有物有序有情。这在老师的作文备课中，要想到、写到、讲到，篇篇讲，堂堂讲，做到千锤百炼。一旦兴趣浓了，习惯养成了，能做到有物有序有情了，就一定会写出好文章，甚至将来能够成为文学大家。

二、作文备课之"章"

作文备课如同语文及其他学科的备课一样，应该有一个大体上的模式。在这个模式中，"教学过程"中的几个环节是必须写清楚的，这是有关作文指导课教师的思考、思维、逻辑等是否混乱的大问题。如果不加思考，在"作文备课"上随便写几句，或者根本不知道该怎样进行作文备课，那么，你的学生在作文时也势必会始终陷入混沌的状态中。"以其昏昏，使人昭昭"，岂不怪也哉！又何"秀"之有？那么，究竟该怎样进行作文备课呢？我以为应该写清楚以下几个方面。

（一）教学目标。目标即想达到的境地或标准。作文教学目标，是针对这节作文指导课，根据学生的作文实际、教材实际、单元训练序列和课程标准而制定的本次作文要达到的一个或几个标准。教学目标的制定，要具体、易操作，有重点。

（二）训练重点。训练重点同样要根据学生的生活实际、作文实际、教材实际、单元训练序列和课程标准而制定，绝不能随心所欲。一篇文章可以有一个训练点或两三个训练重点，而在这两三个训练重点中，必有一个最重要的训练重点。在作文教学过程中，要讲清楚，这个训练重点该怎样表达、怎样实现。

（三）课时安排。一般来说，作文指导课有两节课完成。第一节课的上半时是师生共同活动，弄清楚这篇作文该怎样写，完成作文提纲，交流写作思路；第一节课的下半时和第二节课是学生的打草稿和抄写作文的时间。

（四）教学过程（或教学程序）。教学过程是作文备课的主体部分，一般地说，课堂结构有课题引入，作文探究、作文训练和课堂小结等部分。

1. 课题引入。这是教师在上课之前为引入文题而作的谈话，也可以称之为"导语"。导语有描绘式、问答式、谈话式、比较式等多种方法。使用哪种方法，这要根据具体的文题或所给的材料内容而定。

2. 作文探究。作文探究十分重要，是教学过程的主体，如同语文教学中的"导学达标"或"合作探究"。它要求教师与学生互动，讲究十个方面：①审题：指导学生根据文章题目或所给材料，审出体裁，审出人称，审出写作范围，审出写作重点。②立题：根据所给材料，经过认真思考、在审题之后确定文章题目。③选材：指导学生明确要通过哪些材料才能充实文章内容。要从你所掌握的材料中选择那些你能够表达得最明确，又能表达得好，且最符合文体要求的材料。④立意。即指导学生通过教材确立主题，确立所要表达的感情、阐明的观点、给人的启示等。⑤感情要求。即根据主题、选材、立意而确立的思想感情，诸如憎恶、鞭挞、欢喜、讴歌等。⑥语言要求。即根据文章的体裁、使用的材料、确立的主题、要表达的感情等，确定文章在语言上的表达方式，如叙述、议论、抒情、议论兼抒情、说明等。⑦组织材料。即根据前述而确定先写什么、后写什么、再写什么，是一个写作顺序问题，还要弄清楚文章的主体部分由哪几个方面组成等。⑧开头与结尾。即指导学生就某一文题该怎样开头，怎样结尾；可以有哪几种开头，哪几种结尾；哪几种开头或结尾最能增强表达效果等。开头好了，能够吸引读者，引人入胜；结尾好了，可以首尾呼应，升华主题，使读者回味无穷。⑨列写作提纲。指导学生列写作提纲，既能培养学生思维能力、逻辑能力，又能使文章符合主题、重点突出、层次清楚、首尾呼应，而这几点对于文章本身来说，也是至关紧要的。因此，教师要培养学生写作之前必列提纲的好习惯。⑩范文指导。"范文"有两种，一种是他人（从报刊上选取）的优秀之作，另一种是教师写的"下水文"。教师写的"下水文"会让学生更感到亲切，也有利于提高教师的形象，有利于学生产生对教师的崇拜，有利于培养学生的作文习惯。范文指导往往能够收到柳暗花明、豁然开朗、茅塞顿开之效。

3. 作文训练。作文训练是指在"合作探讨"、学生已经明白该怎样写这篇作文之后，学生自己进行作文尝试的过程。作文指导课上的作文训练通常有两种形式：一种是让学生口头作文，即让学生口头说一下自己的作文；另一种是学生的书面作文。无论口头作文还是书面作文，学生之间都应有交流与启示，教师要给学生交流与启示的时间，让学生在交流与启示中，受到启发、有所感悟、取长补短、写出较理想的作文。

4. 课堂小结。这是对本节作文指导课进行的交流总结。可以由老师提纲挈领地进行口述，也可以师生共同活动，巩固训练重点。课堂小结之后，就可以让学生静静地写作文草稿或抄写作文了。

三、作文备课应注意的几个问题

作文备课应注意以下八个问题：①要根据教材和学生实际。教材中的每一篇课文，都可以理解为是学生写作的范文。每一篇课文之后或每一单元课文之后都有对学生写作上的要求或提示；学生的实际指的是学生的年龄、年级特点，学习、生活实际，已有的知识经验，等等。这两个"实际"要把握好、运用好。②要根据课程标准。新颁《语文课程标准》中各年级、每学期，甚至每篇课文都有对学生作文上的要求。要按照课程标准指导学生的作文。③要根据时代要求。教师的作文命题、教师的作文指导都应该把握时代的脉搏，符合时代精神，体现"文以载道"和"工具性与人文性的统一"。④要把握训练的序列与训练的重点。不能"眉毛胡子一把抓"，力求一个训练目标达到了，再进行下一个目标的训练。⑤作文备课的重点是教学过程，教学过程重点是引导学生如何作文，如何在作文前列写作提纲。⑥教师要有作文批改随笔。在作文批改时，要从整体上记录其优点，记录已达到的目标，也要记录不足点，记录尚未达到的目标，记录带有普遍性的问题，记录写得好的或不足的同学的名字，以利因材施教，以利作文评讲，以利下次作文训练重点的确定。⑦每篇作文都要有写作格式，文质与书写上的基本要求，力求写作规范化。⑧备课还要另加教学反思与优秀作文选抄。作文备课写完了，作文指导课结束了，在对学生的作文批改完之后，要写"教学反思"，多项综合思考，而后写那节作文指导课的成功之处和尚待努力之处。在教学反思之后，可"另附学生优秀作文选抄"。优秀作文选抄，对本年级学期以来，学年以来，甚至本届毕业生、下届学生的作文复习与重点强调会大有帮助；且对于学生来说，他们的大哥哥、大姐姐们的作文更接近他们的生活实际和学习实际，更接近他们的水平，更亲切、更易接受、更有激励性。对于教师来说，坚持下去，也是一笔财富。

前述诸点，是笔者在作文指导课备课方面的实践总结，肯定有许多不周不当之处，恳请各位同人赐教。每位致力于语文教学的教师，均可自循模式，有所发展和创新。

2012 年 7 月 4 日定稿

提高学科质量的五种方法

我们无论做什么事情，都必须讲究方法。方法对了，则事半功倍；方法错了，或者劳而无功，或者事倍功半。提高学科质量，是每一位合格教师不断追寻的目标，同样要讲究方法。笔者认为，提高学科质量最重要的有会用时间、强化训练、研究方法、培养习惯、鼓励欣赏等五种方法。

一、会用时间

会用时间，指的是在学科教学或学生的学科学习中对该学科用足时间、用好时间。只有用足、用好时间，以时间为保障，才能使学生提高学科成绩。这里的"时间"，指的是课堂上的时间、课外时间、节假日时间。这些时间都要用足、用好。那么，怎样用足、用好时间呢？一是在课堂上，要尽可能多地让时间成为有效时间。合理分配时间，让学生总在思考与探究中，总在快乐学习中。二是在课外，要让学生利用最佳时间预习或复习。要让学生自主安排学习时间，变"要我学"为"我要学"。对用时间有计划性，力求会用。

二、强化训练

"训练"是有计划、有步骤地使学生具有某种特长或技能。在学科教学中的"强化训练"就是对学生已学知识在知识与技能等多方面进行的检查、测评和巩固性练习。无论堂上训练还是课下训练都要坚持以学生为主体，训练与指导相结合。只训练，不指导、不讲评，是教师的不负责任，起不到预设的效果，甚至会出现个别学生不参与训练的现象。训练题的设计要把握五点：一是覆盖面要广，面向全体，照顾学困生；二是要有思考性，有训练价值，不要老是让学生做重复性、机械性作业；三是题型灵活，分量适中；四是有层次，有梯度，让学有余力的少数学生能够跳起来"摘桃子"；五是紧扣新课标，体现新理念。训练的方法多种多样：①从训练的方式上说，训练有及时训练、经常训练、多样化训练、利用最佳时间训练等。②从教材的进度角度上说，训练有课课训练、单元训练、期中训练、期末训练等。③从课堂教学角度上说，有课堂训练和课外训练。农民耙地有直耙、斜耙、旋耙等，一分耕耘，一分收获。④从训练的内容上说，有一般性训练和重点性训练。⑤从训练的题型上说，有填空、选择、判断、改错、简述、问答、式子题、应用题……当然，强化训练也要考虑到减轻学生的课业负担。

三、研究方法

研究方法指的是研究在教学过程中教与学的方式或途径。研究方法，偏重于课堂，但不止于课堂。其意义在于：在课堂教学中，教的方法和学的方法如能灵活多变，恰切自如，不仅能够提高课堂教学效率，而且能使学生学得轻松、学得愉快。最重要的研究内容是在教学过程中教师如何点拨、如何启发，学生如何自主学、积极学，怎样才能教学同步，相得益彰。细说起来，有如下十点：①研究教材，即研究学科特点、上下知识联系、这节内容的地位与作用、重难点等，教师要能驾驭教材。②研究学生。即研究学生的生理、心理、年龄特征、认知规律、已有知识经验与生活经验、群体与个体、班级情况等，要面向个体学生，使全体学生学有所获。③研究教学程序。教学有法，但教无定法。我们已经学习和实践过的教法有：凯洛夫教学法、目标教学法、尝试法、洋思经验的先学后教、当堂训练等等。但万变不离其宗，它有一个规律性的东西，即都要有复习旧知识、学习新知识，堂上练习、小结与布置作业。每一位致力于课堂教学的教师，都可以以此为基础，大胆尝试，研究并实践自己的教学方法。④研究环节过渡。即研究教学结构间，教材知识点间的过渡，使其自然得当。⑤研究教法与学法的变换。一堂课中，教法与学法老是一个面孔，就不容易调动学生学习的积极性，让人听而生厌。⑥研究课堂语言。课堂语言要力求准确、流畅、亲切，形体语言要配合恰切，要有声有色有激情，有感染力。不要小看那眉头一皱、眉毛一扬、嘴角一笑、眼睛一亮、手势一挥所能发挥的作用。⑦研究板书设计。板书设计要力求直观、精当、巧妙。⑧研究课堂提问。课堂提问要把握新课标，要根据学生实际与教材实际，要问到关键处，要在"心求通而未得，口欲言而不能"之时，要培养学生的思维品质，创新精神与实践能力，要放得开、收得拢，要注意提问的深度与广度，在多数学生不能回答问题时，要能够及时地应变以降低难度。⑨研究课堂训练（见前述）。⑩研究对话与交流。生生对话、师生对话、文本对话，都要注意融洽师生情感，沟通师生心理。研究新课程、新课标、新课堂，研究新理念的应用。当前，课堂教学应用的新理念有七大方面：一是把握"三个维度"；二是自主合作探究；三是培养学生的创新精神与实践能力；四是面向全体，全面发展，以人为本，因材施教；五是搞好角色定位，学生是学习的主人，要把时间与空间还给学生；六是以教师为主导，以学生为主题，以训练为主线；七是寓思想教育于课堂教学中。研究发展与创新，研究学生的身心发展、思想道德发展、学业发展。研究教学特色，形成教学模式。研究课堂调控。研究的途径一是个体研究，注重学习书本、学习他人，教学实践与反思；二是集体研究，走出去，请进来，发扬团队精神。要寓教于乐，寓教于趣，教师要成为学生学习的组织者、引导者、启发者、鼓励者和参与者。

四、培养习惯

习惯是长时间逐渐养成的一时不容易改变的行为、倾向或社会风尚。对于学生来说，培养习惯指的是培养学生良好的生活习惯、学习习惯与道德习惯。良好的习惯，使人终身受益无穷。这里只说学习习惯。培养学生良好的学习习惯，不仅能使学生在学生时代学好各门功课，而且能使学生终身保持学习意识，在走向社会后，仍然能与书本为伴，与知识为伴，注意知识更新，与时俱进，开拓创新，锐意进取，为国家、为社会施展才华，做出更大的贡献。学生良好学习习惯包括：①勤学习的习惯。②善于学习的习惯。③不需要外界助推而自觉学习的习惯。④有学习兴趣的习惯。⑤挤时间学习的习惯。⑥有外界干扰仍能沉静学习的习惯。⑦学则动脑又动手（圈、点、勾、画、批注、评价、有学习笔记、有心得体会等）的习惯。⑧规律性的学习习惯（饭前饭后学、睡觉前起床后学、出发外地带着书等）。⑨查阅资料的习惯（书籍、电脑、影视、展览馆等）。⑩向别人请教的习惯。⑪做观察记录的习惯。当然，还有其他的一些应该培养的习惯，这里只列举主要的这十一种习惯。那么，怎样培养学生良好的学习习惯呢？一是严格要求，让学生有规律可循，并体会到学习的快乐。例如：早上读书，晚上做作业；熟悉老师的手势、老师的语言、老师教棒的指向等。二是反复强调、反复训练。三是经常指导、经常检查。例如检查文学广角，检查优美句段摘抄，检查诗、词、文的背诵，检查学习笔记，检查日记或小作文，等等。四是教师言传身教，发挥榜样的作用。

五、鼓励欣赏

一是循循善诱、不失时机地鼓励学生进步；二是欣赏学生已经取得的进步；三是开辟专栏、黑板报、学习园地、校园之声等，及时表扬学生的优点、进步或成绩；四是善于发现学生的闪光点；五是通过班会、家长会、家访、谈心等方法，鼓励与欣赏学生；六是鼓励与欣赏重在平时，中心在课堂。

综上所述，提高学科质量的五种方法中，会用时间是前提，强化训练是基础，研究方法是关键，培养习惯是根本，鼓励欣赏是桥梁。这五种方法，相辅相成，相互促进，相互渗透，缺一不可。关键是平时运用，重点是课堂实践。五种方法可广泛应用于各个学科，只是要根据学科特点灵活运用。就中小学语文教学而言，关键是培养学生的听说读写等能力，落脚点是让学生会说话、会交流、会写文章。每位致力于提高学科质量的老师，都可以尝试这五种方法，发展这五种方法。

2012 年 5 月 26 日

教师写 "下水文" 之我见

范文引路是作文教学中教师指导学生作文的一种重要方法。教师写 "下水文" 是 "指导学生正确地理解和运用祖国语言"、提高学生写作能力的有效途径之一。我想就此谈谈自己的几点粗浅认识与体会。

教师写 "下水文" 的意义在于：能够较好地体现语文新课标精神；能够准确地把握训练的重点与训练的序列；能够更好地贴近学生与教材的实际；能够使学生乐于接受，并起到范文的指导与领路作用，收到其他范文所不能收到的效果；能够让学生产生对老师的崇敬、培养学生的学科兴趣与写作兴趣；能够不断地提高自己的写作水平，并树立自己的威信和提高自己的教学成绩。

由于时间和精力的限制，教师不可能每要求学生写一篇作文，就自己先写一篇 "下水文"，而且，篇篇都以 "下水文" 引路，方法单调，学生容易产生厌倦情绪和依赖心理，也不利于培养学生的创造能力。但在下列十种情况下，教师最适宜写 "下水文"。

一、在迁移训练重点时

不同的年级有不同的训练重点，同一年级不同的学期有不同的训练重点，同一学期随着教材的教学进度也会有不同的训练重点；同样，不同的体裁也有不同的训练重点，同一训练重点有时又会有不同的侧重点。例如：记叙文有记人的，有记事的；散文有叙事的、抒情的、说理的；议论文有采取提出论点—论证论点—深化论点方法的，有采取以分论点论证论点方法的，有直接论证论点的，也有用归谬法论证论点的……同时，新教材的每一单元对作文的训练重点都有一个明确的要求或提示，教师的"下水文"能够让学生自然地完成作文训练重点的迁移，起到循序渐进的作用。

二、在学生"心求通而未得，口欲言而不能"时

例如师生一同参观某一地方，游览某一胜地，学生往往觉得什么都可以写，又什么都写不出；再如，教师出了一个题目，让学生各抒己见、自由争议，一些学生常常能支离破碎地说上几句或若干个片断，但要学生口述全篇，却很少有学生能够做得到。这两种情况实际上都是一个虽有事可写、有话可说，但思路不明、选材不准、立意未定的问题。教师如能在这个时候加以引导、点拨，学生一定会豁然开朗、柳暗花明，迅速走出混沌的状态。唐代大诗人李白登上黄鹤楼，在"眼前有景道不得"时，猛抬头，却"崔颢题诗在上头"。体会一下当时李白的心情，一定是茅塞顿开、格外惊喜的！

三、在训练目标不能达到时

这个时候写"下水文"，能够起到及时反馈、补救矫正的作用，如果拔苗助长，则事倍功半。

四、在学生的作文出现通病时

在这种情况下，教师可以在作文讲评课上指出学生作文的通病，分析出现通病的原因，指出纠正通病的方法，也可以自己写篇"下水文"，以收到纠正通病之效。

五、在强调文章的某一体裁时

小学三年级开始写成篇的作文，从写一人一事到写一人几

事，从写一事一人到写一事几人，要求文从字顺，主题较为明确；四年级在此基础上有所提高；五年级接触到应用文、简单的说明文；六年级要求尝试简单的议论文写作。在开始强调文章的某一体裁时，教师可写"下水文"引路。

六、在强调语言的某一表达方式时

语言的表达方式通常有叙述、描写、说明、议论、抒情等多种，教师为了使学生的某一表达方式使用得准确、恰当，可写"下水文"。

七、在意欲让学生的写作水平向高层次发展时

学生的作文已经达到了某一训练目标，而教师力图使学生的作文在此基础上的某一方面或某几方面写得更好些，这个时候，教师宜写"下水文"。这符合循序渐进、因材施教的教学原则。

八、在学生开始接触半命题、非命题作文时

作文的命题形式通常有直接命题和间接命题两种形式。半命题介于两种形式之间（原则上属直接命题），非命题亦即间接命题。半命题、非命题形式的作文，应用发散性思维，易于培养学生的创新意识与创造能力。教师一开始，写篇"下水文"，无疑能起到点拨作用。

九、在一题多练时

例如《习惯》《志向》可写成记叙文、说明文、议论文，也可写成散文；《柳》可写成说明文，抒情散文；《小事》可写成记叙文或议论文；给幅《挖井图》，学生可写成记叙文、说明文、议论文等等。这种时候，教师写"下水文"以指导、点拨，可以让学生活跃思维，体会一题多体的侧重点。

十、在进行特殊的作文训练时

例如给材料作文、看图作文、读写、扩写、缩写、改写、写读后感、写观后感等等。

在实际的作文教学中，远远不止上述的十种情况。最重要的是留心作文现象，揣摩学生心理，而后对症下药。

写"下水文"要注意以下几个问题：1. 要训练目标明确，针对性强；2. 要依据课标、依据教材、依据学生的生活与学习实际；3. 要讲究训练的序列性；4. 要给学生以启发与点拨，但不能让学生囿于"下水文"；5. 要适时、适事，根据需要，一学期不能一篇不写，也不能篇篇都写；6. "下水文"的质量要高，要文质兼美，要让学生佩服。

教师写"下水文"，无论对提高学生写作水平，还是对提高自身素质，都十分重要，而小学在九年制义务教育中是基础的基础，因此，小学语文教师应该乐而为之。

发表于 2001 年第 4 期《淮北教育》

谈班主任形象的自我塑造

　　班主任的工作任务是依据我国的教育方针和当前学校的任务，协调来自各方面对学生的要求与影响，有计划地组织全班学生的教育活动，做好学生的思想教育工作，并对学生的学习、生活、课外活动等全面负责，把班级培养成积极向上的集体，使每个学生在德、智、体、美、劳等方面都得到充分的发展，形成良好的个性。班主任的这一工作任务决定着班主任必须有一般教师所具有的良好素质，必须有一定的管理才能，必须有比一般教师更好的威信，因此，班主任要在自己的工作实践中，不断地武装自己，充实自己，修正自己，塑造自己。

一、以其良好的整体素质，让学生敬佩崇拜

　　在思想品德素质方面：班主任一是要有较高的政治觉悟，在思想与活动上同党中央保持高度一致，教育学生为中华民族的伟大复兴而努力学习；二是要有远大的人生理想——树立了正确的人生理想，人生便有了精神支柱，就能焕发强大的内驱力，激励人们为这远大的目标而努力奋斗；三是要有高尚的道德品质，即以身立教、为人师表，献身教育、教书育人，遵纪守法、履行职责，谦虚谨慎、团结协作，严于律己、宽以待人。最重要的是要有执着的敬业精神，即对工作精益求精，对学生奉献爱心，对学校热爱倾心。

　　在文化专业知识素养方面，班主任首先要有渊博的专业知

识。根据当今信息时代的特点，合格教师的知识结构应该由这样三部分组成：基础文化知识、相关学科知识、学科专业知识。教师是以传播知识为主要工作手段的职业，所以教师具有丰富的文化专业知识是做好教师工作的前提。其次是要有严谨的治学态度。要勤奋好学孜孜不倦，要珍惜时间合理安排，要讲究读书方法。再次，要有终身学习的良好习惯，只有通过不断地学习，更新知识，才能跟上社会的发展和时代的步伐。另外，要有丰富的社会经验，要广泛地获取社会经验。

在教育教学素质方面，教师尤其是班主任要有明确的育人目的，科学的育人方式，创新的思维方法，细致的授业目标，畅达的教学语言，和谐的师生关系，先进的教学手段，较好的科研才能，独特的教学个性，要有突出的课堂教学艺术。

除上述外，教师还要有健康的身体素质和心理素质。

班主任具备了上述的基本素质，才能受到学生的敬佩与崇拜，才能有号召力，班集体才会有凝聚力、向心力、内驱力。

二、以其完备的管理才能，让学生心悦诚服

班主任在管理班级方面，要使学生心悦诚服，理解你，信任你，就必须努力做到以下几个方面。

（一）要遵循班主任工作的基本原则。一要面向全体，对学生全面负责。要树立正确的人才观和质量观，要从对每一个学生负责做起，不能厚此薄彼。二要正面教育和启发引导。要善于发现学生的闪光点，鼓励学生不断进步，真正地尊重学生，严禁对学生体罚或变相体罚。三要热爱学生，严格要求学生。要正确处理热爱学生与严格要求之间的关系。四要从实际出发，有的放矢。要深入了解学生，要根据学生的已有知识和年龄特征，有的放矢地进行教育。五要以身作则，言传身教。班主任要加强思想品德修养，严于律己；要树立教书育人思想，把言传与身教结合起来；要建立融洽和谐的师生关系，要讲究教育方法，发挥渗教的作用；要协调教师，建立良好的教师集体，提高教育效果。

（二）要建立一个团结协作、积极向上的班集体。1. 要建立班级组织。要充分酝酿、民主选举产生班委会与团支部，对各个成员要合理分工。2. 要制定班级制度。除已有文件《中学生守则》和《中学生行为规范》外，还要具体制定生活制度、学习制度、请假制度等。3. 要面向全体，对每一位学生全面负责。4. 对每一位学生要平等公正，一视同仁。无论是男生还是女生，无论是班干部还是一般同学，无论是学习成绩好的学生还是学习成绩差的学生，对他们都要一样关心、一样爱护、一样鼓励，在处理他们之间纠纷的时候，要实事求是，公正平等，合理恰当，不能偏爱偏袒。5. 要培养学生的向心力与荣誉感。作为班级的一员，都有责任、有义务与这个集体荣辱与共，要有集体荣誉感，要养成良好的行为习惯，不为班级集体抹黑，要积极参加学校组织的历次活动，并以信心和实力赢得荣誉。6. 班级管理要科学化、民主化。要注意对学生良好品德心理和学习心理的培养与形成，教育学生形成正确的道德观，锻炼学生同不良行为做斗争的意志力，不断提高学生的自主管理的自觉性。

（三）要根据学生的个性差异进行分类指导。学生的个性差异表现为能力差异、气质差异和性格差异等。班主任在自己的工作实践中，可根据学生的差异，建立心理档案，对他们提出不同的努力目标，选择不同的教育方法。家访或开家长会，把学校教育与家庭教育结合起来，能够深入了解学生的兴趣、爱好、个性倾向性，以及学习成绩等，便于对学生提出具体要求，发挥他们的特长，挖掘他们的潜力，能够为他们的成才而少走弯路，是对学生进行差异教育的好方法。对于有异常行为的学生——班主任和科任教师要对他们关爱有加，晓之以理，动之以情，循循善诱；也可以采取"一帮一"结对子、开发隐性课程等方法，为他们营造良好的学习环境，使他们体会到师生的良苦用心，使他们从彷徨、自卑、我行我素中走出来，或许能够"浪子回头金不换"；要善于发现他们的闪光点，鼓励他们不断进取，绝不能轻视他们，放弃他们。

（四）要联系和协调科任教师，齐抓共管。对学生教育，大而言之，是全社会的事，学校、家庭、社会都有责任。单就学校教育来说，它是全体教师的事；就某个班级来说，学生的成长离不开班主任和他的每一位科任教师。对于将来深造的学生来说，他必须各学科全面发展，因为"7-1=0"。就全方位的管理来说，学校有学校的纪律，班级有班级的制度，全体教师、各个群团组织都要齐抓共管，各个教师都应该以身作则。班主任是联系各科的纽带，有责任协调科任教师。

三、以崇高威信，让学生求知做人

班主任的教育威信是学生接受教诲的推动力量，它能够更好地引导和教育学生。班主任教育威信的树立，一是要有前述的崇高的教育思想、良好的道德品质、渊博的文化专业知识，以及高超的教育教学艺术。二是在与学生的长期交往中，能够适当满足学生的需要。三是要注意自己的仪表、生活作风和生活习惯。四是高度重视首因效应，即给学生的第一印象，教师接受一个新班上的第一节课就非常重要。第一印象好，学生就信服你，赞成你，拥护你，喜欢你，对你教的学科兴趣浓；反之就会轻视你，反对你，甚至厌恶你，即使你以后想方设法地改好，也要经过很长的一段时间。五是要严格要求自己，有自我批评精神。"知之为知之，不知为不知"，切不可强不知而为之，害人害己；自己做错了事，要勇于自我批评，或诚恳地接受学生的批评，求得学生的理解和谅解。这样，不仅不会降低威信，相反会提高威信。

六是要和学生共处，倾听他们的心声，发现他们的特长，了解他们的个性，寻找教育学生的不同方法。这因为教师在课堂上是学生学习的组织者和指导者，而在课下，教师必须是学生的伙伴，要不断地沟通师生心理，协调师生关系，增进师生情感，实现师生共进。

　　班主任工作是一项十分辛苦的工作。班主任只要能够不断地提高自身素质，研究管理方法，努力工作实践，树立教育威信，注重形象的自我塑造，就一定会成为一名合格的、备受师生和学生家长欢迎的班主任。

2001 年 1 月 16 日

困　惑

　　减轻学生的课业负担，实在是一件让教师很困惑的事情。现就有关的几个方面谈谈自己的认识与体会。

　　我认为，加重学生课业负担的形成主要有以下几个方面。一是一级一级的领导要质量要出来的。县教育局对各中心校要质量，各中心校对所属学校要质量，学校对各科教师要质量，教师也只有对学生要质量了。多布置作业即加重学生的课业负担，就成了提高学生成绩的前提了。二是平行班的老师比出来的。一个中心校，假如某年级有十个平行班，这十个平行班的学科教师都在比自己的学科成绩。三是教师的切身利益逼出来的。年度考核、评先评优、职称评定等都是把教师的学科成绩作为第一条件。四是本班学科教师的作业叠加出来的。小学阶段的三年级及以上都有语文、数学、英语三科，三科教师都要布置作业，这作业总量就多了。五是多数家长要求出来的。多数家长都认为多布置作业好，省得孩子在家里玩。

　　形成课业负担加重的原因有两个大的方面。一是教育主管部门对教育质量问题的评价失之偏颇。县和中心校对历次的统考、抽考，都把各校各科的考试成绩公布出来，又公布平均成绩，各校和各科教师都能得到自己在全县或全中心校的位置。考得差的学科教师就会脸上无光，他们只好加大作业量了。另外，还有一个片面追求升学率的问题。中考结束后，主管部门一级一级都在关注哪个学校参加考试学生升入淮北一中、濉溪一中和其他普通高中的人数，所占的百分比，这是不评比的评比呀！二是重智育轻德育，重统考学科轻非统考学科，重学科教学轻课外活动等现象还严重地存在着。课程表上的音、体、美学科和课外活动，实际上被语文、数学、英语学科替代了。虽然各级领导，都在大会小会上严厉地批评片面追求升学率和轻德育、轻非传统学科、轻课外活动等现象，强调学生要德智体美劳全面发展，强调要开足开齐各个学科，强调学生的个性和特长发展，强调上好两操一活动，等等，但客观上或者说实际上，上述的种种不正常现象依然存在，或许也还有一个陋习难改的问题。

那么，学科教师的心态究竟怎样呢？这个问题也是不一而足。年轻教师怕学生的成绩上不去，会直接影响自己绩效工资的分配，影响年度考核、评先评优，影响职称评定，恐怕自己比别人晚上车，少拿工资。中老年教师大多数已经评上了高级职称，但他们怕学生考不好，失面子。怕别的老师评价他们，高级职称评上了，教学不那么卖力了，只等退休了。所以他们多数也在抓学生的成绩。实际上，老师们对学生的课业负担重，学生每天中午吃不好饭，晚上熬夜的时间长也心疼，但他们不多布置作业，又怕成绩下滑，落人之后，最终还是走不出要质量的阴影。于是乎，教师们又都以加重作业量为前提。而学生呢？越发地苦了。面对加重学生作业负担的种种现象，老师们有很多劝导学生的理由。比如说"黑发不知勤学早，白首方悔读书迟""书山有路勤为径，学海无涯苦作舟""宝剑锋从磨砺出，梅花香自苦寒来""书中自有颜如玉，书中自有黄金屋""受尽十年寒窗苦，一举成名天下扬"……

教师怎么才能从困惑中走出来呢？笔者认为最重要的有三个方面：一是主管部门、学校领导不能只拿学科成绩论高低，拿教学成绩一锤定音。要制定相关的刚性规章制度，在德能勤绩等各方面进行全面考核。"德"指的是教师在教书育人、为人师表、爱岗敬业等方面的思想道德水平和学生的德育水平。"能"指的是教师的教育、教学、教研能力。"勤"指出勤、加班、服务学校等具体情况。"绩"不仅指教师的学科成绩，还指教师在教育教学教研方面的特殊活动、经验推广等，还指所带学科数、所带学生参加竞赛的成绩，也指教师和学生的对外影响力等。要一周一评比，一月一公布，重在平时，以此作为评先评优、年度考核和职称评定的依据。二是切实开设好音体美课程，开展好课外活动，搞好文体娱乐活动。三是各科教师都能切实地减轻学生的课业负担，都少布置作业，让学生有充足的闲玩与娱乐的时间，有充分发挥自己特长、张扬个性的时间，要形成氛围，养成习惯。

　　以上的体会不知对否？请行家里手批评指正。

2022 年 2 月 19 日晚上 8 时 26 分草成

浅析学校封闭式管理的利与弊

从 20 世纪 90 年代开始，尤其是进入新世纪之后，不少学校都在实行或仿效实行封闭式的管理模式。这些学校在管理思维上是意欲让学生平安无事，少出乱子，考出好的学科成绩；在管理方式上是让学生循环往复于教室、食堂、宿舍，除规定的少得可怜的休息日可以回家外，其余任何时间不准学生随便走出学校的大门。但究其实，这种管理模式实在是利少弊多。现就此谈几点粗浅认识。

一、学校实行封闭式管理的有利之处

学校实行封闭式管理的有利之处不外乎三点。一是在一定程度上可以培养学生狭隘的生活能力。学生每天 24 小时都只能在校内生活着，换句话说，也就是每天 24 小时都被学校领导、班主任、其他教师管着。他们到了上课的时间进课堂，到了吃饭的时间进食堂，到了睡觉的时间进宿舍；而且，这课堂、食堂、宿舍都有教师在一旁用眼盯着，用话训着，不同的场所有不同的老师监督着、管束着，谁也别想越雷池半步。于是乎，学生进校后少则一周、多则两三周，本来活蹦乱跳的孩子们就被学校管制成小绵羊顺从的学生了。学生每天"三点一线"（课堂—食堂—宿舍），这所谓"独立的"生活能力也就"养"成了。二是能够或多或少地减少意外事故的发生，为学生提供一个安定的学习环境。封闭式管理，学校不准学生走出校外；如果学生真的不走出校外，当然避免了学生在外出现事故的可能性。也由于实行封闭式管理，校门整日被门卫锁着，校外人员又不得随便进入校内，这样校外闲杂人员入内滋事的可能性也或多或少地避免了。因此，学生的学习环境也就相对安定了。三是在一段时间内学生的学科成绩可能会有所提高，与片面追求升学率的应试教育相吻合。学生的学习时间从早自习开始到晚自习结束，每天 10—12 个小时，学生每天都在读呀，背呀，写呀，时间长，作业多，于是很多学生的学习成绩给磨出来了。这样做的结果，一方面是一些不适应这种模式的学生被淘汰了，另一方面是一些适应了这种模式的学生高分低能的现象出现了。

二、学校实行封闭式管理的诸多弊端

学校实行封闭式管理的弊端很多，我认为最主要的有以下四个方面。

（一）实行封闭式管理，不利于学生健康人格的形成。学生的中小学阶段正处在感知社会、认识社会、适应社会的最关键阶段，学生理应经常到丰富多彩的外部世界去，了解社会、了解自然，感知、认识生活的各个方面和各个层面，了解和认识生活中的真善美和假丑恶，从而确定自己的人生目标，确立自己正确的价值观、人生观。而实行封闭式管理，学生长期被封闭在学校这个小区域里，每天都在做着课堂—食堂—宿舍这样"三点一线"的循环往复，社会、自然、生活对他们来说都是那么陌生、那么茫然。他们有一天真的走向了社会，又会走过多少周折，走出多少误区，劳神费力呀！因此，实行封闭式管理，阻滞学生的社会化进程，有碍学生健康人格的形成。

（二）实行封闭式管理，不利于学生创新能力的培养。从大的方面来说，学生整日封闭在学校里，使他们失去了可供他们思考的社会课题，他们对社会、自然，甚至生活几乎一无所知，哪里会有思考？哪里会有研究？哪里会有创新？从小的方面来说，学生整日封闭在学校里，学生在学校的任务除了学习还是学习，形成了"死读书、读死书"的不良习惯，形成了单一的定向思维，思维品质差、动手能力差，创造想象能力差。这实在是一害自己二害国家。

（三）实行封闭式管理，不利于学生身心健康的发展。中小学阶段是人一生中身心发展的最重要阶段，在这一阶段，人的身体和心理随着年龄的增长不断发育，逐渐走向成熟与完善。而实行封闭式管理，学生课余活动时间少，缺乏适应强度与广度的体育锻炼，再加上学校食堂条件差，食品单调，很难做到主副食营养均衡，这就会影响学生正常身体与心理的发展。再说，学生的中小学阶段，其无拘无束的思想和天马行空的想象，本来是他们的天性，而这一点却被封闭式管理的模式给扼杀了，可能会让一些学生的心理产生扭曲。

（四）实行封闭式管理，会引发一些不正常现象的出现。一是学生对封闭式管理会产生逆反心理，故意想方设法地走出去，惹出祸端。媒体上的一则消息就是明证。一天中午，一位新入学的七年级学生为了买到比校内小卖部便宜几角钱的午餐，从学校后墙跳出，不慎失足，导致左肾和三分之二的脾被摘除，学校及政府有关部门都因此被追究了责任。试想，如果不是实行封闭式管理，这类现象会产生吗？再是实行封闭式管理，会使很多学生厌学、转学、逃学和辍学，使学生家长产生很大压力，使社会背负很多负面影响。

三、学校实行封闭式管理违背常情

《中华人民共和国教育法》中规定，各级各类学校都要全面贯彻执行我们国家的教育方针。而我国的教育方针是："教育必须为社会主义现代化建设服务，为人民服务，与生产劳动和社会实践相结合，培养德智体美全面发展的社会主义事业的建设者和接班人。"党中央、国务院早在 1993 年就提出学校要对学生全面实施素质教育。现代教育思想是培养学生的创新精神与实践能力：要学生学会生活，学会学习，学会协作，学会做人，学会创新；又要求教师搞好角色定位。教师是学生学习的指导者、启发者和鼓励者，学生是学习的主人，要把时间与空间真正还给学生。教师要面向全体，因材施教，尊重每一位学生。学生的评价观，洋思经验是"合格+特长"。据此，再根据本文前述实行封闭式管理的四大弊端，我们不难看出，学校实行封闭式管理，无论在管理思维上还是在管理方式上，都有悖情理。

四、学校应全面贯彻执行教育方针，实行科学管理

笔者认为，学校实行科学化管理，有三大内涵。

（一）全面贯彻教育方针，全面实施素质教育。首先，要明确教育的终极目的是要把学生培养成全面发展的人，而不是考试的机器、储存知识的机器。中小学教育不只是为了培养几个奥赛第一，或者几名重点初中、重点高中，甚至重点大学的种子选手；更不是为了平均分、升学率，这些表面好看的数字。其次，只有现代化的教育思想和科学化的管理才能使学生学得轻松愉快，才能使校园成为培养人才的摇篮、个性发展的乐园。学生自由支配时间多了，其爱好和特长才能发挥。再次，学校应在丰富校园生活的同时，有意识地让学生多接触、多了解社会，或组织学生参加社会实践活动。这样，当他们走出校门时，才能成为一个很快适应社会、对社会有用的人。

（二）以人为本，以德育人，以法治教，严格管理。科学发展观的核心是以人为本，以人的全面发展为本，并实现人的可持续发展。这一观点同样适用于教育。学校要把德育工作放在其他各项工作的首位，要以社会主义的荣辱观去教育学生，知荣明耻，树立正确的人生观、价值观，树立远大的理想与抱负，培养他们爱国主义、集体主义情操，使他们将来能够为社会主义现代化建设多做贡献。要坚持依法治教，做到有法可依，有章可循，建立健全各项规章制度，并严格执行。要严格管理，做到科学管理。

（三）学校各部门要人人抓管理，教师学生要人人爱管理，形成齐抓共管的良好局面。学校校委会、党支部、教导处、总务处、教科室、共青团（少先队）、学生会、教代会等各个组织，要各司其职，各负其责。每位领导、每位教师、全体学生要分工明确，人人讲管理，人人爱管理，人人抓管理，人人严管理。

综上所述，学校实行封闭式管理利少弊多、违背情理，学校必须全面贯彻国家的教育方针，实行科学化的严格管理。如能这样，对人、对校、对国都是有益而无害的。

2009 年 3 月 15 日晚

小议人民教师的职业道德

一、新时期，教师必须具有良好的职业道德

教师职业道德是指教师在其职业中，调节和处理与他人、与社会、与集体、与职业工作关系所应遵循的基本行为规范或行为准则，以及在这基础上所表现出来的观念意识和行为品质。教师的职业道德，既具有他律性，又具有自律性。在教师职业道德发展的历史长河中，有许多这样一致的回答：教育是造福人类的事业。国家的发展，民族的未来，社会的兴衰，很大程度上取决于教育和教师们的工作。正因为教师职业具有为善于社会、为善于人类的最大价值，所以教师职业是非常神圣而又崇高和伟大的，人民教师的这个称号，也是不容许任何人践踏的！

因为教育具有继承性，所以教师的职业道德，无论在什么社会、在什么时代，都会有相同的地方；又因为教育具有阶级性，所以教师的职业道德又会因社会的不同而不同，有着鲜明的时代特点。我们现在所处的时代，是世界经济一体化的时代，是信息化的时代，是人才竞争的时代。教育部 2008 年新修订的《中小学教师职业道德规范》，其内容共有六个方面。即爱国守法、爱岗敬业、关爱学生、教书育人、为人师表、终身学习。《中小学教师职业道德规范》的这六个方面集中反映了我们国家当今时代对人民教师的要求，集中体现了广大人民群众对人民教师的厚望，集中展示了党和国家对教育和教师以及教师职业道德建设的

高度重视。《中小学教师职业道德规范》的六个方面就是新时期教师所应具有的职业道德。

笔者认为，爱国守法是对教师品德方面的要求，是调整教师与国家和法律之间关系的道德规范。"爱国"就是要热爱祖国，热爱人民，拥护中国共产党的领导，拥护社会主义。"守法"就是要全面贯彻国家教育方针，自觉遵守教育的法律法规，依法履行教师职责权利，不准有违背党和国家方针政策的言行，爱国守法是作为一名合格人民教师的前提基础，一个做不到爱国守法的人绝对不配称人民教师。爱岗敬业是调整教师与教师职业之间相互关系的道德规范。人民教师必须热爱自己的教育事业，有立志献身于教育事业的崇高理想和勤勤恳恳孜孜不倦地钻研业务的精神，真正做到有责任感和真正做到认真备课上课，认真批改作业，认真辅导学生。爱岗敬业是教师职业道德的基本规范，是做好教师教育工作和履行其他教师职业道德规范的思想前提。关爱学生是强调教师和学生之间相互关系的道德规范。师生关系是教师在工作中所面临的主要人际关系。作为教育活动的双方参与者，师生关系是否协调，直接关系到教育的目的和效果，教师对教育的忠诚与热爱主要通过关爱学生而体现出来。因此关爱学生是教师职业道德的重要规范。对待学生要"严慈相济"，既要有母爱的纯真、慈祥，又要有父爱的严格、尊重。要保护学生安全，关心学生健康，维护学生权益。教书育人是对教师职业道德方面的要求，是强调教师与"传道授业解惑"之间关系的道德规范。教书育人是教师整个道德规范的灵魂和核心。作为一名教师，要在给学生传授知识的同时，自然地进行思想品德教育，一方面培养学生良好的智力，另一方面，要用先进的思想武装学生的头脑，陶冶学生的道德情操。我们要把学生培养成为"德智体美全面发展的社会主义建设者和接班人"，能否培养出这样的人才，将关系到国家的兴衰。因此，教书离不开育人，教书育人是教师的神圣职责，是教师终身的艰巨任务。为人师表是教育活动对教师个人言行提出的一条重要的教师职业道德规范。教师言行对学生思想、行为和品德具有潜移默化的影响，它是一种重要的教育力量。韩愈说："以一身立教，而为师于百千万年间，其身亡而其教存。"可见，为人师表是教师职业道德的重要内容，是教师必备的主要道德规范。终身学习是对教师职业道德在文化专业知识方面的要求，是调整教师与时代知识之间关系的道德规范。在当今社会与时代中，科学在突飞猛进地向前发展，知识发生着日新月异的变化。作为教师一定要跟上社会的发展，跟上时代的步伐，做到与时俱进，终身学习。如果满足现状、故步自封，就会被时代所淘汰。

综上所述，作为一名合格的人民教师，爱国守法是前提，爱岗敬业是基础，关爱学生是根本，教书育人是核心，为人师表是关键，终身学习是保证。

二、教师必须不断提高自身的师德修养

教师提高自身的师德修养，应当努力于以下几个方面。

（一）认真学习理论，注重内省慎独。首先：只有认真学习理论，才能树立正确的世界观和人生观；也只有确立了科学的世界观和人生观，才能坚定不移地热爱社会主义祖国，热爱和献身人民教育事业，才能自觉地把个人生命的意义、价值与人民教育事业紧紧联系在一起，把教育和培养好学生看作人生最大的幸福和快乐，才能以坚忍不拔的精神战胜前进道路上的一切困难，为人民教育事业而努力奋斗。反之，如果不加强理论学习，不能树立正确的世界观和人生观，就不可能深刻地认识社会、认识人与人之间的正确关系，就不能牢固树立专业思想，就不会有责任感和事业心，工作起来就会敷衍塞责。其次，只有认真学习政治理论，才能深刻理解教师道德规范和要求，明辨道德是非，提高遵守师德规范和要求的自觉性。除学习政治理论外，还要不断地学习教育科学理论和丰富的科学文化知识，掌握育人的本领。再次，个人的道德修养要注重内省和慎独。内省即指自觉地进行思想的约束、内心时时反省，检查自己的言行。慎独是指一个人去独立工作、无人监督、有做各种坏事的可能的时候，坚持不做坏事，使自己的言行事事时时处处符合教师的职业道德规范，养成良好的职业师德行为习惯。

（二）在教育实践中磨炼意志，增强情感体验。教育实践不仅是教师进行师德修养的现实基础，而且是检验师德修养的重要标准。与教育实践活动相结合，按照教师道德的规范和要求，不断进行自我教育和自我改造，是教师职业道德修养的根本方法。教师不仅要通过理论学习来分辨是非善恶，更重要的是身体力行，用科学理论指导自己的行动，磨炼意志，培养自己良好的品行。同时还要在教育实践中不断增强情感体验，体会师生、地方群众对自己教育实践的情感反映。

（三）虚心向他人学习，自觉与他人交流。这里的"他人"指的是社会上各行各业的优秀人物。"虚心向他人学习，自觉与他人交流"，指的是在师德修养过程中，要注重学习和汲取社会生活中一切有用的养料。社会生活是一座道德宝库，蕴藏着丰富的宝藏，每时每刻都有闪光的思想和行为。在实现中华民族伟大复兴的征程中，涌现出许许多多的新人新事新风尚，这些不仅为各行各业职业道德的升华提供了营养，也给师德修养提供了借鉴和养料。我们要向各行各业的优秀人物学习，向自己身边的模范教师学习，向自己的教育对象——学生学习。

（四）确立可行目标，不断提升追求。师德修养同人们认识和改造客观世界的一切活动一样，必须有明确的目标作为指导。

同时，当一个目标实现了之后，又要确立另一个经过努力可以实现的更高层次的目标。在教师职业道德修养中，指导整个修养过程的总目标，是把崇高的教师职业道德理想，作为一面旗帜，为教师如何做人，如何胜任教书育人的职责指明了方向和奋斗目标，并成为教师生活的重要精神支柱，推动和激励着教师朝着更高的道德境界奋进。具体地说，一个教师从普通教师到优秀教师、从一般教师到骨干教师、从镇级骨干教师到县市省乃至国家级骨干教师，都是一个个奋斗目标。教师就是要在这不懈奋斗与追求中，时刻保持旺盛的精力，昂扬的斗志、顽强的毅力和坚强的意志。

（五）让师德修养的提高显现于自身综合素质的提高之中。新时期的教师，要在不断地学习与实践中，努力提高自身的五大素质，即不断地提高自身的思想道德素质、文化专业知识素质、教育教学教研素质、健康的身体心理素质和终身学习素质。而师德修养的提高，应当在自身五大综合素质的不断提高中显现出来。

三、加强师德建设的几点设想

1. 加强领导，履行师德建设目标责任制，并且与年度考核相结合，与评优评先、晋级增资、绩效工资等直接挂钩。2. 不失时机地开展教育活动。一是利用重大节日，对教师进行师德教育；二是利用身边的好人好事开展教育活动；三是学习报刊上先进人物的先进事迹。3. 抓点带面，促进全体教师师德修养的整体提高。4. 师德建设要正常化、制度化、规范化。通常是学年度制定目标，而后检查督促，并实行月评、期评、总评。5. 师德建设要与教育教学教研广泛结合。师德建设必须加强领导，健全制度；师德建设要以开展活动为支撑；师德建设必须与教学教研相结合，落脚点在提高教育教学质量上。

我们立志做合格的人民教师的每一个人，都应努力学习政治理论，努力学习教育理论和科学文化知识，努力教育实践，用《中小学教师职业道德规范》去规范自己的言行，不断提高自身的师德修养，为振兴中华培养出更多更好的优秀人才，真正做到无愧于社会、无愧于时代、无愧于人民、无愧于我们所从事的光荣而又艰巨的教育事业！

2022 年 1 月 22 日修改

后　记

　　我这人没有特别的嗜好，不会打牌，不会下棋，也不会钓鱼，唯一能打发时间的只有读读写写，或者到田间小路上走走。2017年退休之后，我闲着无聊，便将平日里所见所闻所思的东西诉之于笔端，写成了一篇篇豆腐块的文章，又把过去尘封于橱底的小文翻出来，总拢一起，粗数一下已有百余篇。经过再三考虑，尽管它们都是那样浅薄与偏激，还是结集出版，让读者去批评指正吧，于是从中挑出79篇，便有了今天的这个小册子。

　　说老实话，我从中学时代就酷爱文学了。我曾经把破旧的报纸剪辑成16开的小本子，让老师给起了个名字——《战地黄花——学习集》。我把当时《人民日报》副刊《战地》上的好文章和《安徽日报》副刊《朝晖》上的散文、诗歌等，剪下来，贴在我的学习集上。每册大约50页，共辑15本。那上面的不少句段我都摘抄下来，甚至会背。同时，我还读了当时出版的一些散文集、小说集，也偷读了一些古典文学名著和外国文学名著。从上高二的1974年开始，我尝试着投稿，曾在国家、省、市、县级报刊上发表过小戏曲、散文、诗歌等。高中毕业后的三年多，我挖过王引河、解河，给生产队喂过猪，也曾遭到一些人的攻击与陷害，饱尝了劳动的艰辛和人情的冷暖。那时，我痛下决心，力图从文学上打开缺口，将来当教师或当作家，让那些攻击陷害我的人因而颤抖！希望的火焰就这样熊熊地燃烧起来了！于是，我白天干活，晚上一夜一灯油地熬着。困了，就趴在泥台子上睡一会儿；醒来，就继续地读、背、写，常常和衣而眠。即使在挖王引河、解河的那两个多月的时间里，我每天晚上在民工们熟睡时，把马灯挂在我睡觉铺位的庵棚上照样坚持学习。1978年秋，在恢复高考制度的第二年，我以本大队参加高考和中考13人中的最高分数者身份当上了民办教师。后来考取了濉溪师范，成为一名真正的人民教师，又读了大专和本科。在此后的四十多年中，我与人合著出版了《初中语文精要语段阅读荟萃》和史料性散文集《小李家的38个日日夜夜》，写了百余篇散文，出版了长篇小说《沉重》三部曲《锻炼》《红烛》《坐标》。每每忆及这些，我的心中总是感谢党的好政策，感谢当年为理想而拼搏的自己，感谢那些攻击诬陷过我的人。

我把这本散文集分为三部分，是基于我本人的生活与工作实践考虑的。经历是一笔财富。在那几十年的过往岁月中，虽然没有突兀的奇峰，没有难耐的低谷，没有壮举，更没有伟业，但就在这平平淡淡中，也有写不完的逸人趣事，抒不尽的苦乐情怀。经历即生活，而生活是创作的源泉，我写的每一篇小文，都不是凭空杜撰出来的，而是真人真事真感情。不去西安，就不会有对"不夜城"及大雁塔后面壮阔图景的描写；不去云台山，就不知道那里的"三步一泉，五步一瀑，十步一潭"和云台天瀑；不游河南，哪里知道龙门石窟、嵩山少林寺和清明上河园？即使像《竹》《浴池》那样的短文也是借物言志、对自己真实感情的表达。

我自认为本集子有三个显著特点。其一，是分辑而编。我把这些文章分为三大部分，即《我爱我的祖国》《我爱我的家乡》《我爱我的事业》，把它们分编到里边去。其二，同属写人记事的，我却把它们分别编到不同的部分里，例如《河南三日》《游云台山》《西安行》与《相山公园，我心底的最爱》《铁佛半日游》等，同是游记，前三篇属省外游，我就把它们编到"我爱祖国"里去，而后两篇，我则把它们编到"我爱家乡"里去。其三，每一辑都各有特点。第一辑基本属直抒胸臆的。只不过有的是通过游览而直抒胸臆，如《西安行》《河南三日》《游云台山》；有的是通过具体的情境而歌颂祖国的，如《我爱你，祖国》《春天来啦》等；有的是托物抒情的，如《竹》《浴池》等；也有的是通过某一形象而抒发感情的，如《那位机敏的女孩》《中国好人——李华松》《迟到的报春燕》等。第二辑大多是写时令、写景点、写亲人、写特点、写心绪与作为的。由此而抒发了我对家乡的热爱情感。《淮北的夏天》《淮北的秋》是写时令的；《小李家，这片红色的土地》《相山公园，我心底的最爱》《小李家的变迁》等是写景点的；《悼念奶奶》《母亲的弥留之际》等是写亲人的；《草寺庙春会》《老家》《新家》等是分别抓住"春会"和"老家"与"新家"的特点来写的；写心绪的有《过年》《五十一岁生日录、思、祈》等；写有所作为的，有《领舞者》《刘安乐》《一位情系百姓的"濉溪好人"》等。第三辑则洋溢着我对教育事业无比热爱的情怀。这里写了教育的发展，如《民办教师的赞歌》《教室的变迁》；写了一些优秀教师可歌可泣的事迹，如《浍水的呜咽》《张云波，好人》等；也写了对当今教育弊端的思考，如《困惑》《浅析学校封闭式管理的利与弊》等，又有10篇教学论文，这些论文都是在市级以上的刊物上发表和获奖了的。归拢这些论文于散文集中的目的，一是充实板块内容，二是抛砖引玉，求教于同行。

我感谢家乡的土地和人民。因为家乡的土地滋养了我、培育了我，给了我"日出而作、日落而息"的生活；家乡的人民从正反两个方面给了我对生活的认知，给了我确立理想和为之奋斗、绝不懈怠的拼搏精神。我感谢祁克昌、吴增华、孙平、何化健、刘巍巍等同事，因为他们修改我的一篇篇手写稿并打印了出来，没有他们当初的帮助，就不可能有今天的这本散文集。尤其是刘巍巍，他既是我的同事，也是我的学生，不仅给我打印了许多文章，而且直接参与了这本散文集出版的全过程，认真、细致、真诚、到位，令我感动与欣慰。我感谢淮北市作协的林敏主席、江峰主席、邱晓鸣副主席、赵素萍秘书长，和程文、王明文、王巍、郭兴华、况成燕等多位老师，以及已经去世的张云波老师，因为他们曾对我的文章进行过修改。有许多篇散文在《淮北日报》《相城》《烈山文艺》《濉溪文艺》等报刊上发表过。我还应该感谢我的大女儿陈春艳和大女婿孙长宽，因为他们不仅给我打印了许多文章，而且对每篇文章都进行了梳理、校对和审定，同时，为出此书也付出了诸多心血。谢谢上述的你们和为我出版这本散文集而提供过帮助的所有人！

由于本人水平有限，再加上对生活与社会本质的认知不那么透彻，不足与错误之处一定有很多，恳请热心的读者批评指正。

陈宏

2022 年 6 月 7 日下午 4 时 9 分草成